徽州文学概论

吴兆民 著

合肥工業大學出版社

序　言

朱万曙

文学的地域文化性质，早在上个世纪初，就已经有学者关注和论述。汪辟疆《近代诗派与地域》就说道："若夫民函五常之性，系水土之情，风俗因是而成，声音本之而异，则随地以系人，因人而系派，溯源于既往，昭轨辙于方来。庶无訧焉。"刘师培还曾撰《南北文学不同论》对文学和地域地理的关系进行论述。近年来，地域文化的研究愈来愈受到重视，文学史的研究也在走向深入。但是，关于地域文化与文学关系的理论思考似乎还不够丰富。我的大学同学吴兆民最近完成了《徽州文学概论》一书。因为是同学，因为我曾经对"徽学"有所涉猎，所以他命我为该书写一序言，我自是难以推却，也不能推却。借着他的大著，我以徽州地域文化与文学之间的关系为例，谈一点对地域文化和文学的看法，既是对兆民同学大著读后感，也和学界同仁做一交流。

一、何谓"地域文化"?

何谓"地域文化"？目前似乎没有权威和达成共识的定义。依笔者所见，地域文化，是在一定的地理空间形成，并经过长期积累的包括观念、风俗在内，具有自我特色的诸多文化元素的总和。这个定义包括四层含义：第一，是“一定的地理空间”，它不仅指历代行政区划所界定的地理空间，也包括自然地理空间，例如北方的草原、西部的高原、东部的海洋、江南的山水等，这些自然空间对于地域文化的形成起着不可忽视的作用。关于地理之于文化的影响，梁启超也早已关注，并有详细论说：“气候山川之特征，影响于住民之性质；性质累代之蓄积发挥，衍为遗传。此特征又影响于对外交通及其他一切物质上生活；物质上生活还直接间接影响于习惯及思想。故同在一国，同在一时，而文化之度相去悬绝，或其度不甚相远，其质及其类不相蒙，则环境之分限使然也。”第二，地域文化不是一朝一夕形成的，一定经过了长期积累的过程，在本地域，它足以成为一种传统，影响着在该地域生活的人，并且不断沿袭。第三，如同诸多“文化”，地域文化也是以观念作为核心，然后扩展到物质层面和其他文化元素之中。第四，可以称之为“地域文化”的文化，一定有着不同于其他地域的文化特征，这种特征完全可以被感知到。

近年来学术界所关注的徽州比较鲜明地体现了上述“地域文化”的定义。“徽州”是一个地名，从宋代到民国时期也曾经是一个行政区域，但是，“徽州文化”确实是一个可以感知的有着自我特色的地域文化。

从地理空间上看，它位于皖南山区，境内山峦林立，其中有著名的黄山和齐云山。众多山涧形成的河流汇集为两条大的河流，一是由西向东的新安江，一是由东往西的阊江。新安江流入千岛湖，最后注入钱塘江；阊江则通往鄱阳湖。这样的地理环境决定了徽州的文化的累积过程相对封闭，在经过长期积累后，具有“超稳定性”。

从积累过程看，徽州承接了中国历史上两晋、唐末和两宋之交的三次人口的迁入。中原和北方地区的战乱，迫使百姓们纷纷南迁，其中的一部分就迁徙到山峦为屏障的徽州，他们在这里安顿、休养生息，同时也带来了中原文化。特别是部分世家大族，在原居地就有着丰厚的文化积累，南迁徽州后，仍然保持者家族的文化传统，包括儒家文化观念和耕、读的传统。宋代科举考试正常化以后，徽州的文化积累得到了一次爆发的机会，诸多士子通过科举步入仕途，既为家族带了荣耀，也垂范后世，加之朱熹自命为徽州人，进一步强化了徽州“崇学”“崇儒”的文化传统。明代以后，由于徽州人口增长，徽州人纷纷外出经商，在为家乡带来可观的物质文化的同时，徽商与徽州籍的文人将“崇学”“崇儒”的文化传统进一步予以强化。

从文化元素构成看，徽州文化观念首先就表现为“崇学”“崇儒”。明代的程瞳著《程朱阙里志》，将徽州视为“程朱阙里”，以此而自豪。在诸多族谱的“族规”“家训”中，崇敬朱子、强调遵守儒家伦理，是重要而又重要的内容。历代徽州学人的著作中，对儒家经义的阐释占据了很大的比例。由儒家观念出发，徽州的以血缘为纽带的宗族意识和组织也不断被强化，进而延伸到村落、祠堂等物质文化元素中；儒家所倡导的“忠孝节义”等伦理观念，也演变为矗立在村头田间的高高的牌坊。“崇学”的观念，转变为对教育的高度重视和诸多的书院建筑，进而培育出高于其他地域的进士数量，当然，也带来了刻书业的发达以及诸多的藏书家、藏书楼。其他的文化元素也因此而显示出与其他地域不同的气象：因为文士多，所以舞文弄墨者众；因为徽商带来的富裕，所以文化消费能力强，戏曲演出之类的活动频繁，由此又催建了为数不少的戏台建筑。种种文化元素在这里汇集交错，却无不有着地域的动因，带上地域的色彩。

最后，徽州地域文化拥有着不同于其他地域文化的自我特征。就其表层、可视或物质文化元素看，徽州的建筑颇为独特：村落依山而建，村落中的民居一律粉墙黛瓦，辅之以马头墙，这种风格的建筑被称之为“徽派建筑”。就深层审视，一个村落，往往是一个宗族的居住地。祠堂中的祖宗牌位的庄重摆放，显示着族人敬祖爱宗的伦理情感；村口村外的牌坊，昭示着“忠孝节义”的伦理观念。精致的石雕、砖雕、木雕，既透露出徽商曾经富有的历史信息，各式各样的图案也叠印着徽州人祈求平安、祥和的愿望。还有随处可见的楹联、学者们关注的大量的刻书文献、契约文书，都共同展示了这个地域“崇学”“崇儒”的文化观念。

中国版图辽阔，地域众多。应该说，并非所有的地域都有地域文化，特别是随着行政区划的变化，不少曾经有过深厚积累的地域文化都被分割乃至消解，以至于对于地域文化的含义理解不一，对地域文化的研究也难以深入，有些所谓的地域文化研究，或无比较，或自说自夸。就地域文化而言，徽州文化是一个典型的个案。透过徽州文化，我们能够对什么是“地域文化”有比较深入的理解。

二、地域文化与文学的同构

地域文化与文学是一种什么样的关系？应该是同构关系。毫无疑问，地域文化对文学产生着程度不同的影响。

影响之一，是对创作主体——作家的影响。任何一位作家都出生、生长在某一地域，该地域的文学元素必然植入其记忆和心灵之中，这往往形成作家的“故乡”情结，从而又自然地渗透在其创作之中。有的作家因为仕宦或其他原因，离开故乡，寄籍他地，时间一长，第二或第三“故乡”的文化也自然影响其心灵和创作。

影响之二，是同一地域作家之间的交往以及地域作家群的形成。文学史上的流派，往往由文学风格、主张等相同而形成或被后人概括命名，但因地域相同而结合的文学流派也是重要的现象，特别到明清以后，文人之间的交往越来越多，因为“地缘”关系，更容易在交往中加深了解，形成文学创作的“群”和“派”。例如“公安派”“竟陵派”“桐城派”等都是以地名作为流派之名，其开创者和代表人物都出自同一地域，后来的成员才扩展到其他地域。又如明末清初戏曲创作的“苏州派”，则全为生活在苏州的戏曲家。近年来，随着文学史研究的深入，地域作家群或流派陆续得到挖掘，例如有的学者就提出晚明诗歌中就有“新安诗群”，有“金陵六朝派”等。

影响之三，影响到作家的题材内容的选择。一地有一地之山水，一地有一地之文化景观，一地有一地之人物，一地有一地之民情风俗。生于斯长于斯的作家，在题材选择上，必然会将自己最熟悉的对象写入作品中。例如出生于徽州的汪道昆，在其《太函集》中，就有70多篇徽州商人和商妇的传记，其诗歌中也多有徽州景物的描写和吟咏。也有一些寄寓他乡或在某地短暂停留的文学家，同样将地方风物、人、事摄入笔端，李白晚年曾经流寓宣城一带，他的诗中，有对九华山的赞叹，也有对桃花潭的情感抒发。至于现代文学作家，地域文化之于题材选择的影响更为明显，沈从文的湘西风情、老舍的京味小说等等，无不打上了地域文化的烙印。

影响之四，是地域文化观念在作品中的渗透。中国自秦汉以降，成为大一统的帝国，在意识形态上，也是一统天下，儒家思想文化在多数情况下占据着绝对统摄地位，思想史研究者关心和讨论的是不同历史时期儒家思想的变化，如从先秦儒家思想和宋明理学的发展，但却忽略了在不同地域，其作为观念支配人心的程度深浅也不相同。例如在明代中叶阳明“心学”兴起，肯定“人欲”、尊重人的个性的思想已经蔚为时代思潮之际，地处崇山峻岭之中的徽州却仍然崇奉“朱子之学”和“朱子之教”，守节、殉节的妇女仍然被表彰。这些地域文化观念也必然的渗透在文学创作之中，例如汪道昆的文集中，就有不少节妇的传记。对于理学的崇奉，使得徽州地域的文学呈现出一种矛盾的景象：一方面，由于重视教育，这里舞文弄墨者众，乃至有诸多的诗社、文社；另外一方面，这里又没有出现在文坛有足够影响力的作家和作品。这种矛盾现象的内在原因，乃在于该地域文化观念的相对滞后。

文学对地域文化同样有着重要的作用：

其一，文学家和文学作品往往是地域文化的显性符号。文学家因文得名，对本地域而言，是文化象征，是一份骄傲；对地域以外的人而言，是让人知晓、了解这个地域的符号，如杜甫之于成都，汤显祖之于临川和遂昌，吴敬梓之于全椒、南京。文学作品和作家紧密联系在一起，有的作品因为和地域密切相关，如苏轼咏西湖、王士祯大明湖赋《秋柳》，其对地域文化而言，同样具有重要的符号作用，它们都让读者对作品产生或所写的地方生出向往之情。

其二，文学家和文学作品强化地域文化的自我特征，或者为地域文化赋予新的内涵。

在中国古代，一般而言，文学家在身份上往往是士大夫，他们有着比较高的社会地位，因之他们往往也是思想的代言人。就地域文化而言，文学家——士大夫的不仅是本地域的文化象征，他们通过作品表达的思想以及他们对本地域的热爱、文学描写，无不都具有强化地域文化自我特征的作用。由于具有士大夫的身份，文学家又对本地域的文化风尚起着示范意义，成为本地人仿效的榜样，地域文化的传统因此而形成，地域文化的特征也因此得到强化。

另外一方面，作为士大夫，古代的文学家们往往会走出本地域。他们本来就是“精英文化”圈的成员，在入朝为官后，他们结交的都是士大夫身份的人士，彼此之间同气相求、互相影响，原有的文化观念在碰撞中发生变化，同时因为宦游而了解到他地的地域文化，然后通过各种途径、渠道（如致仕、退隐回乡，如与家乡的书信交流）而对其原先所属的地域产生影响，从而赋予地域文化新的内涵。

分而言之，地域文化之于文学、文学之于地域文化，彼此之间都发生着不可忽视的影响。合而言之，二者又互为同构。就一个地域文化而言，文学是其重要的组成部分，其情形有二：一是文学家和文学作品参与了地域文化的建构，这种参与，不仅有出生于本地域的文学家及其作品，也包括出生于其他地域却与本地域联系密切的文学家，他们或宦游本地，或长期寄居本地，或曾经短期来此游历。徽州地域文化的形成过程中也体现了文学家参与建构的情形，如明代中叶的文学家屠隆曾任徽州府推官，他参加了汪道昆组织的“白榆社”，和徽州的乡绅多有交谊，彼此间诗文唱和。二是本地域的文学传承和传统。地域文学其实是一个很值得关注的文学史现象，特别是那些文化积累深厚的地域。一个地方因为崇尚文化，重视教育，必然有师承，教师往往既是学者，也是文学家，至少能诗能赋，他对于学生的文学影响就建立了文学的传承关系；另外一方面，还有家族的文学传承，父辈对文学的爱好乃至成就，对于后代更起着熏陶作用。近年来，对于文学家族的研究已经取得了不少的成果，实际上，文学家族恰恰是地域文化的重要组成部分。文学上的师承和家族传承，久而久之，就形成了地域的文学传统，成为地域文化的重要层面和内涵。

三、文化下移和下层创作

文学之与地域文化的关系在明清时期有一重非常重要的表现，那就是文化下移带来的下层文学创作的活跃。明清时期，着人口增长，读书人增加，而科举取士名额有限，造成了大量读书人留滞下层社会，他们未能步入仕途，不能居“庙堂之高”，但为了生计，或为塾师，或为幕僚，或为商贾，或为乡医，甚或为方术之士，形成了读书人的职业分流现象。他们虽然属于社会下层，虽然为生计故从事的不是“士”阶层的职业，但由于曾经读书，在文化观念、文化行为上和“士”阶层保持着一致，有相当多的人也和“士”阶层有着密切的联系，是下层社会有文化的群体，他们的存在和文化活动，充分显示了明清时期文化的下移趋势。

诸多的读书人沉潜于下层社会，吟诗弄文是他们书写人生或寄托心志的重要方式。他们缺少宦游的机会，留居本地的时间较多，因而在身份上更具有地域色彩，从而使得地域文学得以蓬勃兴起。从身份和经历上，我们可以将这些地域性的文学家分为以下三类予以审视：

第一类是基本上留居于本地的文学家，他们虽然曾经读书，但科举考试不顺利，为了生计而放弃科举道路。在城市，他们的职业选择可以更加多元，明末清初苏州的一批文人，以写戏为职业，如李玉、朱素臣、朱佐朝、叶时章等，成为戏曲史上的“苏州派”。他们毫无疑问是曾经读书之人，也未能或者放弃了科举道路。在乡村，他们或当私塾先生，教书为生；或奉行“不为良相，便为良医”的古训，行医乡里。例如创作了《目连救母劝善戏文》的郑之珍，据传记资料，他因为“病目”而最终放弃了科举考试，做了私塾先生；明代徽州还有一位“山人”江瓘，他选择的职业是医生，而且撰写有医学方面的著作，但同时也吟诗为文，留下了一部《江山人集》。这些文学家以在本地生活时间为多，出游外乡他埠的经历少，交游面也不是很广，是名副其实的“地域文学家”。

第二类是没有取得科举功名、既留居本地又经常游历外地的文学家。这类文学家家庭大体上比较富有，在家乡有田有产，家乡观念也很浓厚。但或者是追求人生的体验，或者因为生活的需要，他们经常游走于外地，特别是繁华的城市。他们的交游面很广，诗词歌赋既是他们和上层士大夫交游的媒介，也因此而成为他们提升社会地位的手段。他们参与地域性的文学活动，也因为“见多识广”而为地域文学带来新的信息。在他们的身上，体现了地域文学之间、和士大夫文学之间的互动。这类文学家在我们所研究的徽州比较多，典型的如潘之恒，他科考不顺，游历各地，但徽州又是他的家园。他的交游极为广泛，所交往的上有大臣名士，下有徽州本地的乡村读书人。他曾经邀请和陪同冯梦祯等人到徽州游历，也曾经在南京、扬州等地品曲论戏。他参加汪道昆组织的“白榆社”的活动，得到汪道昆的提携，他也和汪道昆以外的士大夫们来往密切，包括汤显祖和公安“三袁”们。徽州是他的根据地，但他的身影却活跃于当时的文化中心，这让他的视野比仅仅留居在徽州乡村的读书人开阔很多，也让他在文学创作、戏曲批评甚至文献编纂诸方面建树更多。另外一方面，他也以这种出入本土和外地的方式，沟通了徽州与外界的联系。

第三类是寄居他乡的文学家。明清以降，人口的流动越来越频繁，读书人也是如此。如果说，宦游还是在本籍以外的地方短暂地停留居住，大批未能步入仕途的读书人却可能为了生计而移居他地。这在徽州表现得很突出。徽州由于山多地少，从明代成化年间开始，徽州人就大批外出经商。随着商业的扩大，他们就逐渐地寄居在经商地。徽商“贾而好儒”，他们重视子孙的读书，不惜本钱。他们有浓厚的宗族和家乡观念，加之考试也必须在本籍参加，故而其子孙多在徽州读书并参加科举考试。即使不在徽州读书，也得回到徽州参加考试。自然，落选者非常多。这些科举考试名落孙山的徽商子弟最终也只能继承父业，成为他们本不屑为之的商贾。他们也要离开家乡，到父辈所在的经商地去经商和生活。他们的身份比较复杂，既是商人，又曾经是读书人。经商是生存乃至家庭家族的的需要，但曾经读书的经历，让他们对文化有着抛却不了的情结，其中的一部分在文学创作上也取得了成就。例如明末清初居住在杭州的汪然明，清代乾隆年间主盟扬州文坛的“二马”兄弟和江春，均属于此类情形。就地域文学而言，他们于故乡徽州似乎没有参与和发生影响，而是融入所居住地的地域文学之中。

以上三类文学家，在文学史上似乎都没有什么地位。他们大多都失意于科举考试，从此委身于下层社会，自然也无从在正史上留名。而目前的文学史还是“士大夫文学史”，对这些文学家的关注程度还很不够。实际上，他们的文学以及其他的文化活动，体现了明清时期在经济活跃、文化水准提升环境之下的“文化下移”走向。他们也曾经读书，其中也不乏才学之士，只是科举录取名额有限，使得他们不能实现通过科举入仕的梦想，从而滞留于士大夫阶层之外。他们的创作，可以称之为“下层创作”；他们的创作也带着比较鲜明的地域色彩。

四、经济支撑与文学语境

在讨论地域文化与文学的关系时，我们不能忽略经济要素。文学是上层建筑的一部分，其繁盛衰落和经济基础息息相关。地域文化的繁盛与否，与经济基础相关；一个地域文化是否在与其他地域文化相比显示出优越性，也与其经济实力大有关联，文学相应地在此语境中呈现出地域的差异性。

在学术界，“江南”是一个常常提及的地域概念。“江南文化”在明清两代似乎也展现出令人羡慕的繁荣气象：那里人文荟萃，书香沁鼻；那里有着众多的文士，他们活跃于朝野之间，舞文弄墨不在话下，即便是居所，也流溢出文化的韵味，那些园林建筑，曲径回廊，灵石流水，布局精巧，令人感叹。江南，是文学的温床，也哺育着诸多的高雅，如昆曲，如绘画，如轻歌曼舞，如悦耳的丝竹，如悦目而给人以舒适感的刺绣。甚至女性，也有“扬州瘦马”之流行。这一切，和京城以皇家气象为底气的文化迥然不同，和中原、山陕等地的文化色调差别更大。而形成这种差异的，除了山水地理、文化传统等原因外，经济是重要的原因。

汤显祖曾经写过一首关于徽州的诗，诗题为《吴序怜予乏绝，劝为黄山白岳之游，不果》：“欲识金银气，多从黄白游。一生痴绝处，无梦到徽州。”对于这首诗的解释，有的认为是赞美徽州，有的则认为是鄙薄徽州的铜臭之气，其实都缺乏对汤显祖写诗之时心态的考究，他是表明自己不愿意像有些文人士大夫拿着身份到徽州去“打秋风”。但是，这首诗又实在地透露了徽州极为富有的事实。

明代中叶后，徽商之活跃、徽商之富有，诸多的文献多有记录。万历年间的进士谢肇浙在他的《五杂俎》一书中记载说："富室之称雄者，江南则推新安，江北则推山右。新安大贾，鱼盐为业，藏镪有至百万者，其他二三十万则中贾耳。"

新安，就是徽州；山右，则是山西。在明代，徽商与晋商是两大商帮。在他的笔下，徽州商人之富，令人称羡，他们以经营盐业致富，有的资财达到上百万两银子，那些只有二三十万资财的只能算个"中贾"。

归有光在为一程姓徽商写的寿序中说道："今新安多大族，而其在山谷之间，无平原旷野可为耕田。故虽士大夫之家，皆以畜贾游于四方。倚顿之盐，乌倮之畜，竹木之饶，珠玑、犀象、玳瑁、果布之珍，下至卖浆、贩脂之业，天下都会所在，连屋列肆，乘坚策肥，被绮縠，拥赵女，鸣琴跕屣，多新安人也。"

归有光分析了徽州人经商的原因，描述了徽州人经商的种类，也夸耀了徽州人经商后的豪奢生活，——"连屋列肆，乘坚策肥，被绮縠，拥赵女，鸣琴跕屣"——比其他地方的人奢侈多了！

徽商的商业利润，一部分用于再投资，一部分用于消费，一部分返回家乡，用以购买田地和建筑房屋。徽州因为徽商的商业利润，成为处于江南边缘的最富有的地域之一。经济上的富有，使得徽州在文化上也得到超越于其他地域的迅速发展。于是，这个地域文学的文化语境便渐渐地变得特别起来。

其一，财富让这个地域的读书人成倍地增加，文学队伍得以扩大。

徽州本来就有重视读书的传统。对于希望能够长久保持家族荣誉和家族秩序的徽州宗族来说，教育是亢宗之本，是宗族有效延续的必备手段，要最大程度上保证族中子弟读书进取。

《茗洲吴氏家典》规定："族中子弟有器宇不凡、资禀聪慧而无力从师者，当收而校之，或附之家塾，或助以膏火，培植得一个两个好人，作将来楷模，此是族党之望，实祖宗之光，其关系匪小。"可见，培养一个两个的读书人是为了作为后代学习的榜样，关系到家族荣誉和家族的精神动力。

徽商富有以后，更加重视子孙的教育，提供了更多、更好的物质条件。诸多文献都记载，他们广建义学、义塾，为宗族以及乡里的贫困子弟提供读书的场所，如明代歙县商人洪世沧，在吴越经商，"家稍裕，遂承先志与族党中，捐赀二千金入宗祠，以其息设义塾二堂"。清代婺源商人詹荫梧"创建义学，并置田租培植寒畯为久远计"。乾隆年间，朝廷重臣曹文埴告老还乡，鉴于朱熹曾经读书于歙县紫阳山，倡议修复"古紫阳书院"，两淮盐商纷纷响应，捐银11000两，使该书院得以修复完成。

对教育的重视和投入，让徽州这个人口不多的地方读书人比例大为提升，其标志之一，是科举录取人数。据徽州方志的记载，在明代，徽州一地共有文进士446，文举人1237人。到了清代，徽州的举人和进士更是层出不穷，文进士有664人，文举人2067人。这个数字应当包括寄籍外地的读书人，但却只是难以统计的读书人中科考成功者。读书人的成倍增加，无疑扩大了文学队伍。

其二，财富让这个地域崇尚风雅的风气愈加浓厚，文学创作蔚然成风。

人一旦富有，必然追求精神的优越。徽商拥有财富以后的重要表现之一就是对风雅的崇尚，而舞文弄墨、吟诗作赋，是风雅之一种。在他们的推动之下，文学创作蔚然成风。

有个例子比较典型。歙县《泽富王氏宗谱》卷四记载：

“延宾，早能成立，商游吴、越、奇、鲁。且性颖敏，好吟咏，士人多乐与之交，而诗名日起。人谓孺人（延宾母）曰：‘业不两成，汝子耽于吟咏，恐将不利于商也。’孺人叹曰：‘吾家世承商贾，吾子能以诗起家，得从士游幸矣，商之不利何足道哉！’”商人王延宾虽然经商，却经常和文人诗歌唱和，声名渐起。有人因此他母亲建议：心不能二用，做事情也没有各方面都做好的。但这位母亲却有自己的想法：我们家已经是世代经商了，如果我的儿子能够因为写诗得以和文人交游，那么商业上小小的失利损失又算得了什么！在其他文献中，我们还可以发现很多像王延宾这样的“好吟咏”的人。例如明代休宁率口程氏家族，定期举行诗会，并且将诗作刊刻成集。

其三，财富让这个地域的文学作品得以大量刊刻。

徽州的刻书和版画，曾经被郑振铎等学者高度推崇。这是从中国刻书史或版画史的视角出发的赞赏。就地域文化的角度审视，刻书业同样因财富而勃兴和发达。财富让这个地域的读书人大增，读书人读书的需求促进了刻书业的发达；读书人既写书，又有财力刊刻出来，进一步让刻书成为产业，于是有了虬村黄氏刻工的活跃，同时也促使他们在镌刻技术上越来越精进。

研究中国版画史的学者对于高石山房刻本《目连救母劝善戏文》中的插图是否算得上是徽派版画发展的分水岭有所争议。这个刊本的意义还在于，徽州人的财富，让能够撰写或者创作文学作品的读书人，有能力将自己的文字刊刻出来，流布于世。那部戏文的作者郑之珍虽然只是一个私塾先生，但他的父辈以及家族通过经商积累了不少的资财，尽管戏文作品篇幅很大，但他仍然请了虬村黄氏的刻工将它刊刻了出来。类似于郑之珍将自己的作品——哪怕是水平并不高的作品——刊刻出来的徽州读书人还不少，有的自己在世的时候没能将作品予以刊刻，但儿孙们也将其刊刻出来，以此表达追念先人的孝心。

我们可以推测，在中国历史上，即使在明清两代，曾经有过撰述的读书人为数不少，但他们的作品往往因为财力的原因未能得到刊刻，如果他们的子孙有了财力并且有一份孝心，还保存了先人的手稿，也许能够得到刊刻。问题是，他们的后人未必有财力，或者有那份孝心。他们的手稿或许因为战乱等原因而消失。作品得到刊刻和流布，即使水平一般甚至糟糕，但却显示了他们作为文学家或者仅仅是文学爱好者的存在，而一大批人和作品的存在，则呈现了地域文学曾经的繁荣以及地域特色。

五、“精英意识”与地方视野

考察地域与文学的关系，“精英意识”和地方视野之间的分别、联系和互动，也是不能绕开的问题。

所谓“精英意识”，是指那些通过科举考试步入庙堂的士大夫们的思想观念。所谓地方视野，则是指那些科考失败、滞留于本乡本土的读书人的思想观念。在社会地位上，他们判然为两个阶层；但是中国文化传统中的“家”“国”观念以及血缘、地缘、学缘的关系，使得两个阶层又有着千丝万缕的联系。

读书人通过科举考试步入仕途后，无疑进入了“精英阶层”。他们身在朝廷，获得了身份的优越感。更为重要的是他们作为“精英”，建立起自己的交游圈，除了官场上的互相支撑外，还有彼此之间的同气相求、思想观念的交流，包括文学主张的交流和共识。在明代，就有了前、后“七子”颇有声势的复古主张，也有“唐宋派”对复古主张的不满和矫正。另外一方面，他们对于新的思想观念更容易接触和了解，当“异端之尤”李卓吾出现以后，诸多的士大夫纷纷关注，无论是挞伐者还是推崇者，共同关注都是事实。

“精英”们风云际会、意气风发，引领着风气，左右着文坛。但他们和沉埋于家乡的那批读书人有着割不断的联系。实际上，无论他们在仕途上曾经多么得意，但从明中叶后开始，由于党争愈演愈烈，官员的被斥退、贬谪或因言官弹劾而请辞，已是司空见惯的现象。这些“精英”们不时地回到家乡，或待机而动，或甘心退隐，至少暂时在熟悉的家乡生活一段时间。他们会和地方政府有联系，他们和本地的读书人也有密切来往，甚至建立起交游圈，组织各种活动，在这些交游和活动中，他们排遣了被朝廷冷落的寂寞，并且能够体会到作为士大夫一员的优越感。

反之，未能入仕的本土读书人也会积极地向精英阶层靠拢。一方面，因为有着血缘、地缘、学缘的关系，另外一方面，他们也借着和精英阶层的交往而提升自己的地位。读明清徽州人的诗文集，这种感受很强烈，他们谒见徽州籍在京城为官的士大夫，将写给他们的诗作郑重地收入自己的集子里，尽管那些诗作实在毫无意义。

精英阶层与本土读书人的这些交往，必然让“精英意识”向本土传播。他们会将在朝廷、在外面世界获得的见识、观念传递给本土的读书人。在徽州地域文学史上，汪道昆之于本土读书人的影响是一个突出的例子。他虽然未入后“七子”之列，但和王世贞交好，在文学上都主张复古。在解职回乡后，他组织了丰干社、白榆社等诗社，一时追随者甚众，其成员多为徽州本地读书人或在徽州任职的官员。作为中过进士、担任过兵部侍郎的士大夫，汪道昆既对诗社成员有提携、有鼓励，也是他们的精神领袖，特别在文学观念上，对他们影响甚大。袁宏道曾说道：“近日江南北谈诗者，什九出汪、王二公之门，其一虽不出二公门，然用意属词，居然在二公绳尺内。间有稍知趋向耻为模拟者，虽亦时时姗笑此辈，及下笔，未免为格套所缚，浮泛雷同，往往而是，杂毒之入人甚矣。”袁宏道所说的“汪、王二公”，指的就是汪道昆和王世贞，他站在性灵说的立场上，批评复古派在汪、王影响下的“模拟”之风。但他们的影响恰恰说明了“精英意识”向地域传播的事实。

尽管精英阶层对本土的读书人有着重要的影响作用，但是，本土读书人毕竟不属于精英阶层。身份的不同、生活方式的差异、和精英阶层交往的疏密，都决定了本土读书人作为一个中间阶层的地方视野。这种地方视野在文学创作中的表现，就是题材的选择。在他们的作品里，本地的人、事和风物往往占有很大的比例。例如在明代徽州有个叫吴文奎的读书人，曾经师从后“七子”之一的吴国伦。但在他的诗文集《荪堂集》里，有关于他自己营建的园林的记录，也有他的祖父、父亲、叔伯等人的传记，还有不少关于徽州风物的描写。明末清初的汪子祜是徽州祁门县人，他“幼颖敏，读书一目十行下，尤好吟诗。先生有句云：十五学吟追雅颂，二十作赋凌相如，盖不虚也。性豪迈不羁，厌绝科举之学，不屑为。舅氏方西郭工诗善画，推择名流八人为诗社，而先生与焉，年最少，而才又最高，顷刻千言立就。每遇美景乐事，则招邀数子，行觞无算，醉里成诗，悲壮高凉，时露英雄本色”。这是一个有个性、有才华的人，他不屑于走科举应试的道路；他的性格“豪迈不羁”；他少年时就好为吟咏，又受到舅舅辈的影响，更以诗吟为乐。他的《石西集》中，有大量的山水田园诗作。

类似吴文奎和汪子祐的本土诗人还可以列举不少，他们的创作，充分显示出和精英阶层不同的地方视野。

地域文化与文学的关系其实还有很多需要思考的理论命题，我在这里只是对其中的几个问题提出了自己的思考，期望得到同仁们的指教。

兆民同学和我1979年金秋时节结缘于安徽大学，同窗四载，他的朴实和才情，都给同学们留下深刻印象。曾经记得，他的一篇文章，颇得教我们现代文学的刘元树老师赞赏，让我们略感“嫉妒”。毕业后，他回家乡的黄山学院任教，最初大约和我一样，先努力站稳讲台，同时也为生计而忙碌。90年代末，我在安徽大学徽学研究中心工作，经常前往黄山市，自然和同在高校工作的兆民同学有了较多的联系，彼此之间的交流也更多。他这些年来结合文学和徽学研究，成果颇丰，如今，又完成了《徽州文学概论》一书。在我看来，他的大著着眼于徽州地域文学，所探讨的徽州文学现象更为集中，所论既有普遍性的问题，例如“徽州文学”的边界和内涵问题，“徽州文学”的历史演变问题，“徽州文学”的地位问题，又有对个体作家的深入探究，如吴少微、程敏政的创作，还有家族文学、石刻文学乃至徽州民谣等等。兆民同学注重从资料出发，又据有徽州本土的优势，能够关注和发现徽州以外学者所难以关注和发现的问题，因之使得大著既着眼于徽州，又不局限于徽州；既深化了“徽学”研究，也有助于文学史的认识的深入。我为学坛又添新著而欣喜，亦为同学而骄傲。

2017年9月写于中国人民大学

目　录

上编　徽州文学综论

下编 徽州文学专论

上　编

徽州文学综论

第一章　徽州文学的性质界说

要全面深入地研究徽州文学，必须搞清楚徽州文学的一些基本问题。以下就是对这些基本问题所作的思考。

一、“徽学”不容“徽州文学”缺席

在如火如荼的徽学研究的早期阶段，徽州文学的研究几成冰点和空白。是徽州无文学，还是研究者的无视和冷漠？在学界曾有“徽州无文学”的观点，如果这是与徽学中那些显赫的领域相比较来说的，那还有片面的道理，而如果只是就文学本身来说的，这就有些置事实而不顾了。

徽州文学与徽商、徽派建筑等领域相比似乎稍显不足，但不等于说徽州文学在整个徽学中没有立足之地，在整个中国文学中没有任何亮点和地位。事实上，它具有一大批有重要影响的诗人、散文家、戏曲家、文学理论家及其重要作品，这无疑是对源远流长的中国文学的一个丰富和补充。况且徽州文学毕竟是徽学大家族中的一个不可或缺的成员，没有徽州文学处身其中，徽学研究无论如何都是不完整的。为了实现真正意义的徽学研究，我们必须对徽州文学给以足够的重视，以避免由于认识上的误区而造成不应有的损失。

从徽州文学的实绩来看，徽州文学并不像人们所想象的那样简单平凡、无足轻重。徽州文学之所以让人们误认，主要是由于徽学中的一些领域成就过于突出，客观上遮挡了徽州文学的光芒，掩盖了徽州文学的地位，也因此转移了人们关注的视线。正因如此，人们长期以来对徽州文学没有进行必要的挖掘、整理、批评和宣传，从而导致“不识庐山真面目”，客观上也就使徽州文学成了不被人看好的“丑小鸭”。对事物的正确认识和评价来自于对该事物的全面深入的研究，而不是凭着简单的印象和盲目的感觉来先入为主地判定。相信经过对徽州文学的深入挖掘、全面整理研究及正确评价，势必有一大批文学家和他们的作品会拂去历史的尘埃而以本来的面目重见文学的天日，再现文学的光辉。

从发展趋势看，随着徽学研究的逐步深入，一个开拓徽学研究新视野的问题也日益紧迫地摆在人们的面前，而我们对徽州文学投以钟情的一瞥和全力对之加以研究将是势所必然的事。这不仅是徽学研究的需要，也是中国文学研究的需要，更是中国社会发展的需要。

开展徽州文学研究，不但能够直接拓宽徽学研究视野，丰富徽学研究内容，提高徽学研究品位，推进整个徽学研究朝着更深、更广的方向发展，而且也将进一步丰富中国文学宝库，进一步提高徽州文学在中国文学史上的地位；不但对今天的“打好黄山牌，做好徽文章”的全省发展战略的实施起着积极的促进作用，而且也为中国的精神文明建设作出自己应有的贡献。

如此看来，徽州文学在徽学中是不容缺席的。

二、是“新安文学”，还是“徽州文学”？

在徽学领域的众多方面，有这样一种特殊现象，那就是有冠以“新安”的，也有冠以“徽州”的。前者如“新安理学”“新安医学”“新安画派”等，后者有“徽州朴学”“徽州版画”“徽州方言”等。如何来认识这种现象呢？

“新安”这一地名起于280年所设的新安郡，而“徽州”这一地名起于1121年由歙州改设徽州，前者要比后者早841年。正因如此，也就有用“新安”来指称徽州和相关方面的。但显出这一地区在中国历史上的地位和影响的主要是在进入到徽州时代以后，所以也就有用“徽州”来指称相关方面的。从以上情况看，称“新安”也好，称“徽州”也罢，是两可的。即如“徽州文学”也完全可以称作“新安文学”，况且早在新安时代就已经有了自己的文学。虽然如此，但在这里我们还是主张以称“徽州文学”为好。为什么呢？

（一）“徽州文学”虽然始于新安时代，但它的绝大部分历史主要是在徽州时代，其主要成就也在徽州时代。在新安时代，无论从作家的数量来说，还是从作品的质量来说，都是有限的。新安时代主要包括南北朝和唐代。在南北朝主要的文学家是程茂、程詧、萧几、任昉、吕文达、谢灵运、沈约等，在唐代的文学家主要是吴少微、张志和等有限的几个，其作品总体数量也有限。而在从进入徽州时代以后的宋代开始，作家和作品数量呈直线上升趋势，质量也不断提高，影响也日益扩大。因而我们主张把它称作“徽州文学”。

（二）由于现在“徽州学”这一概念已被世人广泛接受，影响也越来越大，而“徽州文学”又客观地隶属于“徽州学”这一研究范畴之下，为了保持概念系统的统一，不节外生枝，不人为添乱，因而还是把它称作“徽州文学”为好。

（三）“徽州”作为一个大的地域名称概念终结于20世纪80年代，代之而起的是“黄山”。黄山时代历史尚短，加上在文学上还没有什么大的起色，在成就上也不可能超出过去的时代，所以还不可能以“黄山文学”来指称整个过去时代的文学，以称“徽州文学”最具有概括意义和代表意义，也最符合历史实际。

（四）徽州的“徽”字有一个含义是“美”，再加上字形上的规整美观和连读起来音节上的抑扬顿挫，透露出丰富悠远的美的气息。因而“徽州文学”这一概念要比“新安文学”显得更典雅，自然以称“徽州文学”为好。

基于以上认识，我们称“徽州文学”而不称“新安文学”。至于其中的属于新安期的那段文学，我们只要在“徽州文学”后注以“新安时期”即可。

三、徽州文学究竟始于何时？

徽州文学始于何时是一个重要问题，我们要回答它只能从史料出发，不能臆断。从明代程敏政的《新安文献志》可知，最早的本籍作家是南北朝齐时的程茂和梁时的程詧。

程茂，《新安文献志》“先贤事略上”中说：“程郢州茂，休宁篁墩人。齐永元中为郢州长史，会萧衍起兵襄阳，分兵围郢城，与守将张冲协力据守，移书责衍反正，诏以茂都督郢、司二州，辅国将军，郢州刺史，会援绝城降，义不受梁官。”在《新安文献志》卷八收有程茂所写的《责萧衍犯顺书》一文。这是目前见到的有史记载的徽州籍作家所写的第一篇议论性散文作品。程詧，《新安文献志》中说：“程秘书，郢州茂之子。幼能文，以诸生选为司徒左长史，累迁散骑侍郎，大同中为秘书少监，与柳恽齐名。尝作《东天竺赋》以自况，为文士所传。忠壮公灵洗其孙也。”这里提到的柳恽（465—517）为南朝梁诗人，字文畅，河东解（今山西运城西）人。

以诗文琴棋出仕齐、梁两朝，历任秘书监、吴兴太守。有《江南曲》《赠吴均》等诗歌作品。其诗情词清切，韵调俊美。在与柳恽的对举中，可看出程督在当时文坛上的地位和影响。他的《东天竺赋》一文收在《新安文献志》卷四十八中，铺写从容，文笔婉致，极具才情。这是目前见到的有史记载的徽州籍作家所写的第一篇抒情性散文作品。

在梁时任职徽州的外籍文学家主要有萧几、任昉、徐摛、吕文达等。

萧几，《梁书》卷四十一曰："萧几，字德玄。齐曲江公遥欣子也。年十岁，能属文。……为新安太守，郡多山水，特其所好，适性游履，遂为之记。"他所写的新安山水记，是外籍在徽州任职者中所写有关徽州文学作品的最早篇章，可惜我们现在不能读到。

任昉，南朝梁文学家，字彦升，乐安博昌（今山东寿光）人。仕宋齐梁三代。当时以表奏书启诸体散文擅名，而沈约以诗著称，时人号曰"任笔沈诗"。他于天监元年（502）春出任新安太守。

徐摛，南朝梁文学家，字示秀，东海郯（山东郯城）人。与庾肩吾齐名。官太子左卫率，当时太子宫中都学他浮靡浮艳的文风，为宫廷诗代表作家之一。于中大通三年（532）出任新安太守。

以任昉、徐摛的著名文学家的地位和影响，对徽州文学的发展产生的积极影响是无可怀疑的。他们在徽州任职期间所写的有关徽州风情的作品，可惜没有流传下来。

吕文达，河南省南阳人，出生于世袭贵族家庭，于齐永明年间（483—494）任新安内史，后定居徽州。他所写的《吕堨记》一文文笔精练，层次清晰，不仅具有史料价值，而且具有较高的文学价值，是现存外籍在徽州任职者的第一篇记叙性散文作品。

最早游历徽州的文学家是南朝宋诗人谢灵运和梁诗人沈约。

谢灵运，陈郡阳夏（今河南太康）人，移籍会稽。谢玄之孙。晋时袭封康乐公，故称谢康乐。入宋，曾任永嘉太守、临川内史等职。其诗大都描写会稽、永嘉、庐山等地的山水名胜，善于刻画自然景物，开文学史上山水诗一派。明人辑有《谢康乐集》。他曾游历新安江，并写有《新安桐庐江》，这是今存最早的有关新安山水的诗篇。

沈约，字休文，吴兴武康人。历任宋齐二代，后官至尚书令。其诗浮靡，着意雕饰，因与谢朓、王融诸人之作皆注重声律，时号永明体。游历徽州时写有《新安江水至清浅深见底贻京邑游好》一诗。这首咏新安江的诗为今存最早有关新安山水的诗篇之一。

从以上可以看出，徽州文学在南北朝齐、梁时显出了端倪，并且呈现出一定的格局，据此可以认定徽州文学始于南北朝齐、梁时代。当然，真正的起始时间应该是早于此的，只是由于我们目前所见到的史料所限，不能向前推移了。多年前蒲午写了《陶潜·〈桃花源记〉·徽州》一文，认为东晋大诗人陶渊明所写的《桃花源记》的原型就是徽州黟县的桃花源，文中言之凿凿，令人信服。如果此说确能成立的话，那么徽州文学的历史就从南北朝往前推移到了东晋，一下延长了数百年。那徽州文学的开篇该是怎样的光彩夺目和神奇无比啊！由此一路走去，那整个徽州文学不也是“缘溪行，忘路之远近。忽逢桃花林，夹岸数百步，中无杂树，芳草鲜美，落英缤纷”的桃花源么？但愿徽州文学起始于此。

四、徽州文学并非局限于徽州的文学

一说到徽州文学，一般都会认为就是发生在徽州本土的文学，殊不知情况是复杂的。

第一，历史上的徽州版图是处在不断变动之中的。北宋宣和三年（1121）设立徽州时，所辖为歙县、黟县、休宁、婺源、绩溪、祁门，此后基本上都是一府六县的格局，没有什么大的变化，因而徽州文学的基本区域范围也主要是这样一种格局。只是到了1934年，婺源县划入江西省，13年后的1947年又划归徽州，又于两年后的1949年划属江西省至今；绩溪县于1987年黄山市建市时划属安徽省宣城地区。

另外，尚有现属宣城地区的旌德县和宁国市曾分别于1940年8月和1952年2月划归过徽州，原属池州地区的石台县、太平县于1952年划归徽州，其中石台县又于1987年后划属池州地区，而太平县除于1974—1980年划属池州地区外，均属徽州，现为黄山市黄山区。

对于这样一种版图格局中的徽州文学该如何来认定呢？

婺源、绩溪这两县现虽划属别的地区，但由于它们与徽州的历史联系非常久远而紧密，对于历史上所出现的文学人物和文学作品就必须纳入到徽州文学中，这是名副其实的，也是天经地义的。不然，徽州是不完整的，徽州文学自然也是不完整的。

就石台、旌德、宁国和太平这些地方严格来说，它们划归徽州的历史并不长，而且发生在现代，并且目前除太平（现黄山区）外仍划归在别的地区。对于这些地方历史上所出现的文学可以不纳入到徽州文学的范围之内。况且这些地方的文学家也只是极少数，有与无对徽州文学影响不大。不过也许有人不同意这样做，因为过去人们是习惯于把原属石台县的唐代诗人杜荀鹤和属旌德县的著名词人吕碧城作为徽州文学人物来谈的。之所以这样做，原因是这些地方毕竟隶属过徽州。退一步说，就算以上这些地方过去未曾隶属过徽州，但由于它们处在徽州的周边地区，不可能不受到徽州的历史和文化的辐射和影响（毕竟徽州的历史和文化影响太大了），这些地方其实属于“亚徽州文化圈”。如从此角度来看，未尝不可以把这些地方的文学纳入到徽州文学中来。只不过这样就显得相对宽泛了。

第二，作为一定的文学创造主体是流动的。

徽州文学主要是徽州人创造的，但徽州人的足迹并不只是踏在徽州的土地上，就像历史上的徽商足迹遍布全国一样，徽州文学创造主体也散布在全国各地。走出去的徽州人或经商或从政或从文，凭借自己的勤劳和智慧，在本土以外的广大区域创造了无与伦比的经济和文化成果，同时也涌现出了许多富有成就的文学家，创造了丰富灿烂的文学。他们虽处身异地他乡，但他们所创造的文学难道不应属于徽州文学吗？比如作为社会活动家的朱升、许国所创造的文学，作为教育家的朱熹、陶行知所创造的文学，作为学者的戴震、胡适所创造的文学，作为徽商的马曰璐、江春他们所创造的文学都不应属于徽州文学吗？

因而对徽州文学的区域范围的认识，一定要立足“小徽州”而面向“大徽州”，只有把大、小徽州都纳入其中，才能全面反映徽州文学的全貌，才能真正体现徽州文学家的创造才情。

五、徽州文学不只是徽州文学家所创造

从一般意义上说，徽州文学应是徽州文学家所创造的，但

事实并非如此。就是徽州文学家本身也可分两种情况：

一是在徽州本土生活的文学家，徽州文学的一大块天空是由本土文学家撑起来的，这是毫无疑义的。即如明代著名戏曲家郑之珍，即是本土文学家的一员。他年轻时因屡试不第，后来就放弃了读书入仕的念头，专心在本土从事戏曲创作。《目连救母劝善戏文》是他成就最高、影响最大的作品，成了戏曲大家族中一个独特的品类，对中国戏曲的发展产生了重要影响。还有清代著名戏曲家方成培，早年体弱多病，因此杜绝了科举入仕之念，自己在家闭门读书，特别在乐律方面造诣精深。后在前人旧本的基础上他完成了新本《雷峰塔传奇》的创作，不但使传统故事的思想性大大增强，而且洗去了旧本的妖气，使白娘子成为古典文学中的经典形象。除此之外，在徽州本土祖孙作家、父子作家、兄弟作家、姐妹作家代不乏人，他们与民间文学家一起创造了丰富多彩的本土文学。

二是或出仕或经商或因祖父辈外出发展而旅居他乡的文学家。如唐代有著名文学家吴少微等；宋代有著名诗歌理论家、诗人方回，著名文学家朱熹，著名诗人方岳等；明代有著名戏曲家汪道昆、汪廷讷，著名文学家程敏政等；清代有文学家赵吉士、张潮等；现代有文学家胡适、苏雪林，诗人汪静之，文艺理论家叶以群，文学翻译家汪原放等。这类作家往往代表了徽州文学创造的最高成就，在全国范围内有一定影响。如宋代文学家朱熹，单是所写诗词作品就有 1200 余首之多，狭义散文达 200 篇以上，单从创作的量上说就非同寻常；从质方面说，也步入了宋代文学的最高成就行列，即如他所写的《春日》《观书有感二首》等，早已为广大读者所传诵，是宋代文学作品中的经典性作品，更是徽州文学中的代表性作品。

徽州文学不只是徽州文学家创造的，非本籍的文学家也创造了徽州文学，这也有两种情况：

一是非本籍而在徽州任职的文学家创造了徽州文学。自古以来，在徽州任职的文学家不在少数。如南朝梁时出任新安太守的著名文学家任昉、徐摛；宋代任绩溪县令的苏辙，任徽州司户参军的著名诗人范成大等；清代任徽州知府的诗人靳治荆，任黟县教谕的文学家刘大櫆，任歙县知县的词人谭献等。他们在徽州任职之前即是享誉全国的文学家，到徽州任职后，在客观上理所当然地会对创造徽州文学产生积极的影响；他们都来自外籍，因而看徽州的一切都是新鲜别致的，这就使他们经常处在诗情激荡和文思勃发之中常有所作。

二是非本籍而游历徽州并写有关于徽州作品的文学家，他们或慕徽州山水之美而来，或钦徽商声名而来，或因寻亲访友而来，无一不被徽州大好山水所吸引和陶醉，无一不以优美的篇章咏歌之。唐代有李白、刘长卿、权德舆等，宋代有杨万里等，元代有张可久等，明代有唐寅、徐宏祖、王世贞、汤显祖等，清代有施闰章、沈德潜、黄景仁、袁枚、龚自珍等，现代有郁达夫、叶圣陶、丰子恺、郭沫若、老舍等。他们专为游历而来，不但以他们的独到眼光发现着徽州山水之美，以他们的睿智心灵体味着徽州山水之美，更以他们美的篇章传扬徽州山水之美。

因而，徽州文学是由本土、非本土、本籍和非本籍的四类文学家共同创造的，正因如此，徽州文学才显得这样历史久远、数量庞大、类型多样和成就突出。

以上我们对徽州文学在徽学中的地位问题、称谓问题、起始时间问题、地域概念问题和作家范围问题等进行了初步研究，使我们对这些问题有了比较清醒的认识。这些问题虽是一些基本问题，但对徽州文学研究来说也是一些重要问题。这些问题的解决，有助于徽州文学研究的进一步发展。

通过以上对徽州文学的四个方面的全面而系统的认识，我们可以回答什么是徽州文学这一问题了。所谓徽州文学，就是由徽州本土文学家和客居他乡的徽州籍文学家所创作的文学以及供职与游历徽州的外籍文学家所创作的有关徽州的文学的总称。

第二章　徽州文学创作主体的类型特点

当我们把关注的目光投向徽州文学的时候，不得不首先注目徽州文学的创作主体。一定的文学为一定的创作主体所创造，把握徽州文学创作主体的特点无疑是全面而深入地认识徽州文学的第一步。

徽州文学创作主体是庞大的。据初步统计，徽州籍文学创作者（写有诗集、文集者）在千人左右（其中清代最多，约占半数），非本籍的写有关于徽州山水作品的文学家总数在两百人左右。随着研究的深入，还有一批文学创作者将被逐步发现，总数估计要达到 1500 人左右。当然，从量的方面来认识徽州文学创作主体只是一个层面，我们主要的还应从更内在的层面来认识，只有这样才能真正把握徽州文学创作主体的特点。本章主要从本土和非本土、本籍和非本籍的角度以及从职业和身份对创作主体的内在规定的角度来考察徽州文学创作主体的类型特点。

一、从本土和非本土、本籍和非本籍的角度看

按以上角度，可将徽州文学创作主体分成以下四类：

（一）生于斯、长于斯又终老于斯的本土文学家

一提到徽州文学创作主体，首先就应提到徽州本土作家，

本土作家是徽州文学创作主体的首要成员。

在徽州本土，从南北朝梁代开始，尤其从宋以降，文风日益炽盛，所出现的创作主体人数成倍递增。徽州文学的一大块天空是由本土作家撑起来的，这是毫无疑义的。即如明代著名戏曲家郑之珍（1518—1595）和清代著名戏曲家方成培（1713—?）即是徽州本土文学家的成员。郑之珍年轻时因屡试不第，后来放弃了读书入仕的念头，专心在本土从事戏曲创作。他所创作的戏曲作品以《五福记》和《目连救母劝善戏文》成就最高，影响最大。其中后者在徽剧、川剧、湘剧、昆曲等剧种中都争先移植上演，在清代曾风靡许多地区，使“目连戏”成了戏曲大家族中一个独特的品类，对中国戏曲的发展产生了重要影响。方成培早年体弱多病，放弃了科举入仕的念头，自己在家闭门读书，在乐律方面造诣精深，多有建树，后来在前人基础上完成了《雷峰塔传奇》这一古典名剧的创作，洗去了旧本的妖气，大大增强了思想性，使白娘子成为古典文学里的经典形象。

还如清末著名词人汪渊（1851—1916），寄籍休宁商山村，曾为贡生，后淡泊功名，在家乡以设馆教学为生。一生对诗词创作情有独钟，撰有《瑶天笙鹤词》2 卷、《藕丝词》《味菜堂诗集》《麝尘莲寸集》各 4 卷等。特别是《麝尘莲寸集》，集宋元人佳句重组为词，自创一格，且声律谨严，清新自然，共集词 284 篇、156 调，显示出文学创造的特异才能，在词史上开出了一个新境界。不但汪渊在文学上卓有成就，其妻程淑也有很高的文学修养，她不仅对汪渊《麝尘莲寸集》中各集词句详加校注，为后人评赏提供了方便，也使其各词全为集他人词句所成的特点得到了确证，体现出丰富的学识，而且还自著有《绣桥诗词存》传世。他们被时人称为徽州夫妻诗人。

徽州本土，祖孙作家、父子作家、兄弟作家、姐妹作家等，代不乏人。在徽州，有的乡村甚至几成“文学之村”。据史料记载，歙县江村仅有一百多户人家，到乾隆四十年，全村共有78位作者，编著之书多达155种，其中不少即是自撰的诗集、文集。就连村中妇女也成了诗中高手，即如村女吴昊，一时闺秀，酬唱成帙，著有《香台集》；村民江昱之妻陈佩，著有《闺秀集》，等等。一村如此，整个徽州文风之盛，于此可以想见。

这类本土作家从实际情况看，还可细分为两类：一是以创作雅文学为主的本土文学家，如上所述；二是以创作俗文学——民间文学为主的本土文学家。这后一类大都不知名姓（有的作品可能为流传过程中的集体创作），而所创作的作品却世代相传，散发着浓郁的徽州乡土气息，真淳深厚而又婉致动人，具有很高的艺术价值，如一些民间传说、民歌谣谚等，是一笔极为丰富而宝贵的徽州文学遗产，值得我们深入挖掘和总结。

（二）属本籍而不在本土的文学家

这一类作家为数可观。这类作家之所以不在本土，是因为或求仕，或经商，或因祖、父辈外出发展而旅居他乡等，原因虽各不相同，但他们毕竟以徽州本土为根，通常以新安人或徽州人自称。

这类作家，在唐代有著名文学家吴少微（663—750）、著名词人张志和（714—774）等；在宋代有文学家朱弁（1085—1144），著名诗歌理论家、诗人胡仔（1110—1170）和方回（1227—1307），著名文学家朱熹（1130—1200），著名诗人方岳（1199—1262）等；在明代有著名文学家程敏政

(1444—1499)，著名戏曲家汪道昆（1525—1593）和汪廷讷（1573—1619）等；在清代有文学家赵吉士（1628—1706）、张潮（1650—?）等；在现代有文学家胡适（1891—1962）、苏雪林（1897—1999），文学翻译家汪原放（1897—1980），诗人汪静之（1902—1996），文艺理论家叶以群（1911—1966）等。

这类作家的文学创作往往代表了徽州文学创作的最高成就，在全国范围内具有一定影响。如唐代的吴少微曾与同事富嘉谟，为扭转当时文坛的浮靡之风，以自己的创作实践倡导新风，强调内容充实，气格高迈，一时成为风尚。吴少微所撰的《崇福寺钟铭》、富嘉谟所撰的《双龙泉颂》等作品被时人称为“吴富体”。吴少微并与富嘉谟、谷倚一起被称为“北京三杰”，成为有史记载以来的第一个享誉全国的新安籍文学家。《旧唐书·文苑传》和《新唐书·文艺传》均有记载。再如明代著名戏曲家汪道昆，为文简而有法，作诗别具风骨，撰有《太函集》120卷，收散文106卷，诗歌1520篇。他所创作的杂剧《高唐梦》《五湖游》《远山戏》《洛水悲》《唐明皇七夕长生殿》等清新俊逸，诙谐多姿，在全国范围都有一定影响。

这类作家由于他们突破了本土作家生活区域范围上的局限，创作视野更其开阔。他们所写作品的题材虽然以本土以外的社会生活内容为主，但一旦涉及本土生活内容即表现出特有的眷恋之情，显出特有的迷人情怀。即如现代著名女作家苏雪林，早年曾在故乡太平（现黄山区）永丰乡岭下苏村生活过一段时间，因此在她心中埋下了故乡情结，在创作中经常闪现出本土生活的影子，而且还写有专门表现本土生活的篇章，如《故乡的新年》《黄海游踪》等，真挚深厚，生动感人。

（三）非本籍而任职徽州的文学家

自古以来，在徽州任职的文学家不在少数。如南朝梁时于天监元年（502）春出任新安太守的著名文学家任昉（460—508）、于中大通三年（532）出任新安太守的文学家徐摛（472—549）；在宋代有于元丰八年（1085）任绩溪县令的文学家苏辙（1039—1112），任徽州司户参军的著名诗人范成大（1126—1193）等；在清代有任徽州知府的诗人靳治荆（生卒年不详）、任黟县教谕的刘大櫆（1698—1779）、任歙县知县的词人谭献（1830—1901）等。这些文学家虽然都来自异域他乡，但与徽州文学的创作和发展结下了不解之缘。

对这类文学家要注意以下几点：（一）他们在到徽州任职之前即是享誉全国的文学家，到徽州任职后，在客观上理所当然地会对创造徽州文学产生积极的影响。即如任昉，南朝散文大家，以擅长表、奏、书、启等实用文体知名于时，与诗坛圣手沈约齐名，号称“任笔沈诗”。他来徽州任职，自会对徽州文学产生某些积极影响。（二）他们都来自外籍，对徽州有着一种距离感，因而看徽州的一切都是清新别致的，徽州山水的独有品格更使他们陶醉其中，不能自已；他们又是当政者，与这方水土又有一种特别的亲和力，甚或安家于此。这就使他们常处在诗情激荡和文思勃发之中，因而常有所作，这是极其自然的。即如苏辙，在绩溪任上就曾写有《绩溪谒城隍文》《祭灵惠汪公文》等诗文 30 余篇。刘大櫆在黟县任上也写有语言隽永、意境清丽的《黄山记》等文。（三）由于历史原因，有的作品我们今天已经难以见到了，这是极为遗憾的；有的我们可从史料上知道他们曾有记写徽州山水的篇章，如罗愿在《新安志》中载有曾任新安太守的任宇因“郡多山水，特其所好，适性游履，遂为之记”的文字，但今天恐难再找到任宇的作品了，这是令人遗憾的；有的我们今天虽能看到他们的一些有关徽州的作品，但极有可能是他们所写的一部分，或很少一部分，虽然如此，但也已经弥足珍贵了；有的留存较多，足以让我们领略他们在徽州任职期间的情感世界和审美世界，见证他们为发展徽州文学所作出的贡献，这让我们感到无比欣喜和满足。

（四）非本籍而游历徽州的文学家

这类文学家游历徽州，或慕徽州山水之美而来，或钦徽商声名而来，或因寻亲访友而来，等等。虽然游历徽州的原因不同，但都无一不被徽州大好山水所吸引和陶醉，无一不以优美的篇章而咏歌之。

在唐代，有诗人李白（701—762）、刘长卿（？—约785）、权德舆（759—818）等游历徽州，并留下不少精美诗篇。特别是伟大诗人李白，曾于754年前后漫游黄山和新安江及黟县，留下了不少游踪、轶闻和诗篇，使整个徽州自唐以来都弥漫着诗仙的气息和精神，有关他的轶闻和他所写的《赠黄山胡公晖求白鹇》《送温处士归黄山白鹅峰旧居》《青溪吟》等诗篇被广泛传诵，他的游踪也被徽州人所追寻和纪念。在宋代有以杨万里（1127—1206）为代表的诗人游历徽州，杨万里在任江东转运使时曾游历徽州，留下了《新安江水自绩溪发源》《过阊门溪》《阊门外登溪船五首》等优美诗篇。在元代有著名散曲家张可久（约1270—1348），曾以路吏转首领官的身份亲历徽州，写下了《霜角·新安八景》《水仙子·黄山道中》《折桂令·徽州路谯楼落成》等一系列曲作品。

明清两代著名文士游历徽州者更是纷至沓来。

明代有唐寅（1470—1523）、王世贞（1526—1590）、汤显祖（1550—1616）、徐弘祖（1586—1641）等亲览徽州山

水，并写下了不少诗文作品。其中的徐弘祖于1616年冬和1618年秋两次游览黄山、齐云山，留下了《游黄山记》（前、后）《游白岳日记》，并发出“薄海内外无如徽之黄山，登黄山天下无山，观止矣！”的由衷赞叹，为使黄山之美昭著天下作出了杰出贡献。尤其是著名文学家王世贞，于嘉靖年间应兵部同事、歙人汪道昆邀请，带文士百余人随行徽州的壮观之举令世人惊叹。清初文学家张潮在《〈歙问〉小引》一文中记云：“王弇州先生来游黄山时，三吴两浙诸宾客从游者百余人，大都各擅一技，世鲜有能敌之者，欲以傲于吾歙邑中。汪南溟（道昆）先生闻其至，以黄山主人自任，僦名园数处，俾吴来者各各散处其中，每一客必有一二主人为馆伴。主悉邑人，不外求而足，大约各称其技，以书家抵书家，以画家抵画家……无一不备。与之谈则酬酢纷纭，如黄河之水，注而不竭；与之角技，宾时或屈于主。弇州先生大称赏而去。”此乃徽州文坛一大盛事，足见当时文风之盛，也因他们的到来，极大地鼓舞和推动了徽州文学艺术的发展。

在清代有著名文学家施闰章（1618—1683）、沈德潜（1673—1769）、袁枚（1716—1798）、黄景仁（1749—1783）、龚自珍（1792—1841）等游历徽州，都写下了不少精美的文学作品。其中清代著名诗人黄景仁，一生五入徽州，写有《春雨望新安江》《重游齐云山》《重游新安杂感》《黄山松歌》等一系列作品，并对徽州作出了“地气磅礴、人风古淳”的总评价。特别是龚自珍，1812年其父龚丽正赴任徽州知府，他随父同往，并奉父命参与府志纂修工作。在此期间他广游城内名山胜水，并写下了《黄山铭》《病梅馆记》等一批诗文，赞美徽州形胜。

在现代，游历徽州的著名文学家人数较多，主要有（按来访先后）郁达夫（1896—1945）、叶圣陶（1894—1988）、丰子恺（1898—1975）、郭沫若（1892—1978）、老舍（1898—1966）等，其中郁达夫曾于1934年3月，与林语堂、潘光旦等一行八人，应东南五省周览会之约，出行旅游到达徽州，写下了《出昱岭关》《屯溪夜泊记》《游白岳齐云山记》等文及《齐云岩》诗二首；叶圣陶于1955年游历黄山后写有《黄山三日》一文；丰子恺于1961年游览黄山后写有《上天都》一文；郭沫若在来黄山前就写有《咏黄山灵芝草》（4首）《观看〈黄山风光〉摄影展览有感》等诗，于1964年游览黄山后，写有《咏黄山》《黄山之歌》等诗歌作品；这些作品都产生了积极影响。

这类文学家他们专为游历而来，不但以他们的独到眼光发现着徽州山水之美，以他们的睿智心灵体味着徽州山水之美，也以他们的生花妙笔表现着徽州山水之美，更以他们美的篇章传扬徽州山水之美。他们实是徽州之美的发现者、表现者和宣传者，他们留下的有关徽州的精美篇章，无疑是徽州文学宝库中的珍贵篇章，也无疑成了徽州文学传统中的闪光部分。

从以上本土与非本土、本籍与非本籍的角度对徽州文学创作主体所作的类型特点的分析中可以看出，徽州文学创作主体的类型构成是很丰富的。但单从这一角度来认识徽州文学创作主体的类型特点还是不够的，还必须从职业和身份对创作主体的内在规定的角度对其进行类型分析，方能见出徽州文学创作主体的类型的全部特点。

二、从不同职业和身份对创作主体内在规定的角度看

在徽州文学创作主体这一庞大队伍中，把文学创作当作一

种修养者有之，当作一种爱好者有之，当作一种交友之道者有之，当作一种自身才情显示者亦有之。但总起来说，在徽州籍的创作主体中，专门从事文学创作的是少数，更多的是自觉不自觉地把文学创作与自己的职业和身份特点结合起来，从而使创作较多地打上了各自职业和身份特点的印记。因此，从职业和身份的角度对徽州文学创作主体（主要对本籍人员）加以研究是必要的，而从这一角度出发，可把徽州文学创作主体分成以下九类：

（一）作为文学家的创作主体

在徽州本籍人员中专门以文学为业者是少数，这一类创作主体中，虽然徽州本籍者所占比例相对较少，但从前文的研究中可知，构成徽州文学创作主体的共有本土和非本土、本籍和非本籍四种类型，对于那些主要以文学成就知名于世而又写有有关徽州的文学作品的文学家，均可纳入到作为文学家的创作主体这一类中。这样的话，作为此类创作主体的总体数量就不少了。由于前文对此类文学家已多有论及，此不赘述。但有一点必须明确：主要是这一类创作主体所创作的文学作品，代表了徽州文学的最高成就，构成了整个徽州文学的主体，并且在中国文学史上拥有自己的地位。这是徽州文学创作主体中最引人骄傲的一个群体，也是今天的徽州文学研究所要着力关注的对象。

（二）作为社会活动家的创作主体

中国历史上曾出现了为数不少的徽州籍的社会活动家，他们在政治舞台上扮演过重要角色。他们中有些人不仅具有杰出的政治才能，同时又具有突出的文学才能，写下了大量文学作品，无论从作品的质还是作品的量方面说，都堪称文学家。

这方面在南宋有大臣程珌（1165—1242）、程元凤

（1199—1268）等，其中前者撰有《洺水集》60卷，后者撰有《讷斋文集》等。在明代有著名政治家朱升（1299—1370）著有《枫林集》10卷；朱同（1336—1385）著有《覆瓿集》8卷；许国（1527—1596）著有《许文穆公集》16卷；此外尚有毕锵、范涞、金声等也各自撰有文集。在清代有名臣汪由敦（1692—1758）、曹文埴（1736—1798）、曹振镛（1755—1835）等。其中汪由敦著有《松泉文集》26卷，曹文埴著有《石鼓砚斋文钞》20卷、《石鼓砚斋诗钞》32卷、《直庐集》8卷，曹振镛著有《话云轩咏史诗》等。

这类文学家由于他们所处的特殊地位和身份，所写大多为政论性文章，其中有些篇章完全可以作为议论类文学作品来读。他们所写的一些记人记事类作品，可读性普遍较强，具有一定的文学价值，有的还写有不少抒情言志的诗歌作品，更直接体现了他们对艺术价值的创造和追求。

（三）作为教育家的创作主体

这类创作主体主要有南宋著名思想家、教育家朱熹（1130—1200），著有《朱晦庵集》100卷等。元代学者、教育家郑玉（1298—1358），著有《师山文集》8卷、《师山遗文》5卷等。元末明初理学家、教育家汪克宽（1304—1372），著有《环谷集》等。现代著名平民教育家陶行知（1891—1946），著有《古庙敲钟录》《斋夫自由谈》《行知诗歌集》等，尤其是他的《徽州人的新使命》一文，既表现了对家乡山水和人民的热爱之情，又启迪激励着徽州人努力拼搏向前，具有很强的艺术感染力，是徽州文学中不可多得的精美篇章。

这类创作主体由于其教育家的特殊身份，所写的文学作品艺术质量较高，影响也较大。即如朱熹，单是所写诗词作品就有1200余首之多，狭义散文达200篇以上，单从创作的量说就非同寻常；从质方面说，也步入了宋代文学的最高成就的行列，即如他所写的《春日》《观书有感二首》等，早已为广大读者所传诵，是宋代文学中的经典性作品，更是徽州文学中的代表作品。

（四）作为学者的创作主体

这类创作主体在宋代有著名史志学家罗愿（1136—1184），除了著有《新安志》等著作外，还著有《鄂州小集》5卷等；明末清初学者闵麟嗣（1628—1704）著有《庐山集》《闵宾连悟雪诗草》等三种；清代学者汪绂（1692—1759）著有《双池文集》《双池诗集》等；清代著名学者程晋芳（1718—1784）撰有《勉行斋文集》6卷、《勉行堂诗集》25卷等；此外尚有汪中、凌廷堪、鲍廷博、俞正燮、汤球、鲍康等。在现代有著名学者、社会活动家、文学家胡适（1891—1962）著有《胡适文存》《白话文学史》《尝试集》等。

这类创作主体在文学创作上的特点与作为教育家的创作主体的特点有些相类，他们所创作的作品艺术水准普遍较高，有的在文学史上具有特殊的地位。即如胡适，于1917年在《新青年》杂志上发表的《文学改良刍议》一文，揭开了中国现代文学革命运动的第一页，大力提倡白话文体，并创作了现代第一部白话诗集《尝试集》，开启一代新诗风，成为新文学运动的领袖人物之一，其文学成就和影响是世所公认的。

（五）作为书画家的创作主体

由于在徽州本土“黄山画派”“新安画派”的形成和发展，客观上使得作为书画家的文学创作主体数量较大，其创作的文学作品艺术水准也较高。

在明代主要有著名画家程嘉燧（1565—1644），著有《松园偈庵集》2卷、《松园浪淘集》18卷、《松寥集》3卷等；

李流芳（1575—1629），著有《嘉定四先生集》（与他人合集）《檀园集》等。在明末清初有著名画家程邃（1605—1691），著有诗集《萧然吟》《会心吟》等；渐江（1610—1664），著有《画偈》1 卷；查士标（1615—1698），著有诗集《种书堂遗稿》和《黄山诗钞》；李永昌（生卒年不详），著有《画响》4 卷。在清代主要有著名画家汪士慎（1686—1759），著有《巢林集》7 卷；方士庶（1692—1571）著有《环山诗钞》1 卷、《天慵庵笔记》2 卷；罗聘（1733—1799），著有《香叶草堂诗存》《白下集》。在现代有著名山水画家和绘画理论家黄宾虹（1865—1955），著有《黄宾虹画话录》《宾虹诗草》等。

这类创作主体的特点是：首先，由于诗画是同源的，并且又以“诗中有画，画中有诗”为诗、画创造的最高境界，他们在致力于发展绘画艺术的同时，把注重诗歌创作当作自己的自觉追求，这就使他们在创作中使诗与画有了血肉般的联系。正因如此，凡是杰出的画家没有不写诗的，也无不创作出了具有高质量的诗歌作品。其次，作为画家的诗歌作品，主要是题画诗，或作为画面的补白和映衬，或作为画意的诠释，或作为对画理的揭示等，是绘画艺术作品的一个有机部分，丰富了绘画艺术的审美内蕴，也提升了绘画作品的艺术品位。即如李流芳的诗歌作品，虽大多为题画应景酬赠之作，但清新自然，别有意趣；李永昌所著的《画响》即是平日题画诗的汇集，主要是阐释画意的理语；渐江的《画偈》，收录的即是 120 余首题画诗，诗艺精湛，颇具禅意。再次，此类创作主体所创作的诗歌作品普遍富有意境，极具内蕴，有很高的艺术价值。

（六）作为医学家的创作主体

这类创作主体主要有明代著名医家江瓘（约 1503—

1565），著有《武夷游稿》等；明末清初著名医学家汪昂（1615—1694），著有《讱庵文集》，他还把文学与医学结合起来，用七言诗体编成歌诀集《汤头歌诀》，成为后世的医药学教科书，在今天仍在起着重要作用；清代医家曹若揖（生卒年不详），著有《诗韵启发》《枕流诗集》等。

这类创作主体在人数上虽然不多，但也体现了特定类型的创作主体所特有的精神风貌。

（七）作为科学家的创作主体

这类创作主体主要有清代天文学家余煌（生卒年不详），著有《吹壶》《北征》《芝阳》各诗草、《野云诗余》《词鲭》《偲闻录》等；科技发明家齐彦槐（1774—1841），曾创制浑天仪、中星仪等，著有《梅麓诗集》《梅麓文钞》《双溪草堂诗文集》等。

这类创作主体所从事的职业多富于抽象思维性质，而通过对他们所创作的文学作品的阅读，告诉我们：抽象思维与形象思维并不总是对立的，是完全可以相互促进、共同发展的。或许他们科学事业的成功，正有形象思维的一份功劳！

（八）作为徽商的创作主体

这类创作主体主要有清代著名盐商、藏书家马曰琯（1687—1755），曾自为盟主，与他人共结“邗江吟社”，著有《沙河逸老集》《嶰谷词》等。清代著名盐商江春（生卒年不详），著有《随月读书楼诗集》《黄海游录》等。

这类创作主体对徽州文学的发展作出了自己的特殊贡献：一是他们以自身的创作实践丰富了徽州文学，有的还取得了较高的艺术成就，即如著名诗人沈德潜就曾对马曰琯的创作给予高度评价，称其诗为“峭刻得山之峻，明净得水之澄”。二是他们以自己的经济实力，给徽州文学的发展以强有力的支持，或赞助出版诗集、文集，或捐资开展有关文学艺术活动等。他们的创作和义举体现了徽州商人的“贾而好儒”的典型特征。

（九）作为其他类的创作主体

这类创作主体主要有宋代著名武术家程鸣凤（1225—?），著有《读史发微》和《盘隐》《梧冈》等诗文集；明代著名制墨家方于鲁（生卒年不详），著有《方建元诗集》12 卷；清代著名收藏家汪启淑（1728—1800），著有《撷芳集》80 卷、《兰溪棹歌》1 卷；清代著名古币研究和收藏家鲍康（1810—1881），著有《诗集》8 卷。

这类创作主体虽然有些特殊，人数也不多，但其文学创作精神是难能可贵的，其取得的成绩是令人鼓舞的。有的通过文学创作显示出了文武双全的独特才能，如程鸣凤为武状元，但有很高的文学造诣；有的诗歌作品具有较高的艺术水准，如方于鲁早年学诗，曾加入著名戏曲家汪道昆在故乡组织的“丰干社”，其作品受到较高评价，又如汪启淑，在创作上所显示出的丰富性也令人叹赏。

通过以上从职业和身份对创作主体的内在规定的角度对徽州文学创作主体的类型划分，让我们看到了一种产生于徽州文化背景底下的奇观，那就是“行行出状元”的俗语在徽州有了特殊的翻版——行行出文学家！正是各行各业的精英共同汇聚成了这一徽州文学创作主体，正是这各行各业的人们以共同的理想和追求、以独特的个性和笔调谱写了徽州文学的灿烂篇章，汇聚成了今天徽州文学之河的浩荡向前之势。

以上我们既从徽州本土和非本土、本籍和非本籍的角度，又从特定的职业和身份的角度，对徽州文学创作主体进行了全面而深入的类型区分和特点揭示，让我们看清了徽州文学创作主体的类型构成及特点。据此，我们可以得出以下结论：

徽州文学创作主体所跨越的时代是久远的（从梁代至今，有1500年的历史），队伍是庞大的（总数在千人以上），类型是多样的（从第一角度分，有四大类；从第二角度分，有九大类），成就是突出的（历代都有全国著名的文学家和文学作品）。据此，我们有理由认为徽州文学也客观地具有与徽州文学创作主体相吻合的性质：历史是久远的，数量是庞大的，类型是多样的，成就是突出的。

第三章 《清人别集总目》中的徽州创作群体

《清人别集总目》[①] 是一部全面反映现存清代诗文别集著述、馆藏及其作者传记资料的大型工具书。此书收录了大量清代徽州籍作家和作品，从中可以看出清代徽州作家数量和作品数量都大大超过了此前任何一个朝代，可谓蔚为大观。它为清代徽州文学研究提供了非常宝贵的资料和线索。但所有这些，在《总目》中是散处的，不能直接见出其总体状况，需对其进行筛选、整理和分类。本章主要从籍贯、姓氏、性别和家族等方面细加分类和考察，以见出清代徽州文学创作群体的总体概貌，为进一步开展清代徽州文学研究提供基础。

一、从籍贯看（463 人）

在《清人别集总目》中，作为徽州文学创作群体的籍贯方面有四种情况：一是统称“徽州人”，二是统称“新安人”，三是称“黄山人”，四是按徽州各县而称。统称“徽州人”的虽然不能明确哪个县，但毕竟也有所明确。只是统称“新安人”的情况比较复杂，因为全国称“新安”的除徽州外还有

---

① 《清人别集总目》，安徽教育出版社，2008 年 6 月版，编者李灵年、杨忠。

其他几个地方，在没有旁证的情况下很难确定。

在整理中，根据“徐德音”条中的“歙县许迎年妻”，推定许迎年为歙县人；而许迎年为许昌龄子，许昌龄又为许承家子，而许承家与许承宣为兄弟，而这两兄弟正是今歙县唐模村头“同胞翰林”石牌坊中的主人公，故此确定在《总目》中被称为江都人的许迎年、许昌龄、许承家和许承宣均为歙县人。又据“黄文珪”条的“婺源人，居江宁。黄铎子”推定江宁人“黄铎”为婺源人，而“黄铎”条中称其为“黄鼎”子，正与《总目》中的“黄鼎”条相合，因而确定“黄铎”为婺源人。而对《总目》中的其他情况未作任何处理，只是据实收录。

具体说来，统称“徽州人”的主要有吴学珠、张士元、程光祖、纪荫等 4 人；统称“新安人”的主要有王卓炎、方洄、方淳、叶为铭、吕公滋、吕公溥、吕守曾、吕启祥、吕法曾、吕复恒、吕宣曾、吕宪曾、吕谦恒、吕履恒、吕耀曾、朱昂、朱从龙、朱国达、许裕坚、李淑仪、吴麐、吴曾树、汪必昌、汪坚杨、汪树琪、汪登原、张羽、张镠、胡士亨、胡文郁、胡香昊、俞镜元、黄正铭、曹来福、程邑、程□、程用昌、程名世、戴烜姒等 39 人，其中的“曹来福”由于著有《黄山纪游诗》（2 卷），本地人撰写的可能性较大，基本上可以确定为徽州人。除此而外，其余均存而不论。称“黄山人”的，只徐斌一人，可直接纳入徽州人。而分徽州各县而称的共有 457 人，总其以上可以确定为徽州人者共计 463 人。

分徽州各县而称的情况如下：

（一）歙县（236 人）：王炜、王文治、王廷模、王茂荫、王景潮、王鼎祚、仇梦岩、方辅、方芬、方俛、方熀、方正澍、方如川、方掌珍、巴廷梅、巴慰祖、叶丹、叶宗尹、毕荣佐、朱靖、朱裳、朱霈、朱之榛、朱文翰、朱承宠、庄华湘、江兰、江权、江昉、江春、江昱、江恂、江闿、江观涛、江作楫、江绍莲、江振先、江振鹭、江毓英、许仁、许荣、许球、许楚、许士佐、许全治、许迎年、许周仁、许绍曾、许昌龄、许承尧、许承宣、许承家、许炳勋、苏永椿、杨光先、吴云、吴卯、吴宁、吴苑、吴杰、吴炜、吴定、吴阆、吴菘、吴绮、吴鲁、吴焯、吴焜、吴慎、吴蔼、吴熊、吴澄、吴之彦、吴之騄、吴中衡、吴玉搢、吴邦治、吴华孙、吴承励、吴荫培、吴载勋、吴效英、吴绶诏、吴葆森、吴锡纪、何青、何易、何秉棠、何佩玉、何佩芬、何佩珠、闵麟嗣、汪任、汪灼、汪沅、汪荽、汪莱、汪珵、汪堂、汪焯、汪蓥、汪溥、汪镇、汪薇、汪麟、汪士鋐、汪士慎、汪天与、汪永□、汪交泰、汪汝谦、汪启淑、汪国相、汪咏沂、汪宗沂、汪定执、汪定基、汪珂玥、汪律本、汪叙惇、汪洪度、汪洋度、汪浩然、汪继昌、汪梧凤、汪淳修、汪德渊、宋和、张节、张潮、张习孔、张文淦、张廷诰、罗聘、罗士琳、金让恩、金式玉、郑来、郑晟、郑溥、郑由熙、郑旭旦、郑复光、郑桂森、郑祯祥、项纶、项琳、项应莲、胡长庚、胡承增、胡赓善、洪朴、洪梧、洪琮、洪榜、洪遴、洪璟、洪文翰、洪汝舟、洪汝怡、洪汝闿、洪承熙、洪嘉植、姚潜、徐荣、徐玉增、徐同善、徐宝善、徐景轼、徐嘉干、徐麟光、唐锦蕙、凌廷堪、凌应秋、凌学攽、黄生、黄筏、黄衡、黄以琳、黄承吉、黄宾虹、黄崇惺、曹烨、曹文埴、曹允源、曹自□、曹应钟、曹应鹤、曹鸣銮、曹学诗、曹振镛、曹崇庆、程义、程良、程岫、程庭、程埙、程崟、程喈、程焜、程熙、程銮、程邃、程之鵕、程文囿、程允基、程世麟、程廷祚、程庆馀、程昌期、程荣功、程钟澍、程庭鹭、程起鹤、程晋芳、程恩泽、程梦星、程梦珪、程梯功、程御龙、程嗣章、程瑶田、程嘉训、程端本、程襄龙、鲍康、鲍鸿、鲍有莱、鲍廷博、鲍时基、鲍宗轼、鲍桂星、鲍倚云、鲍善基、鲍瑞骏、潘世镛

（二）绩溪（22人）：方体、石芝、朱瑞麒、许会昌、余庭训、孙采芙、汪渊、汪宗豫、邵辅、邵作舟、周懋泰、周懋原、胡传、胡在渭、胡荣珂、胡晋文、胡培系、胡培翚、胡嗣运、胡肇昕、胡肇龄、程秉钊

（三）休宁（88人）：王标、方本、方浩、方照、方宗埙、叶浓芳、叶霖蕃、成瑢、毕守祥、江圣麟、孙汉、孙煌、孙葆基、孙殿龄、杨言、杨陈复、杨思本、杨懋业、吴存义、吴自孚、吴应莲、吴启元、吴陈勋、吴学濂、吴宗信、余本愚、汪观、汪森、汪楫、汪堪、汪璲、汪灏、汪由敦、汪芳藻、汪述祖、汪鸣銮、汪宗运、汪承霈、汪钟淑、汪晋征、汪梅鼎、汪韫玉、陈浦、陈兆骐、陈明翼、金翀、金楹、金云门、金若兰、金恩溥、赵端、赵吉士、胡大镛、胡之光、胡晖吉、胡晖祥、胡惟埰、胡德琳、查景璠、夏文莼、徐卓、徐大纶、黄之隽、黄仁麟、黄文彪、黄寿曾、曹贞秀、程易、程烈、程堂、程淑、程□、程世绳、程志远、程治平、程定祥、程盛修、程瑞祊、程端德、潘宗信、戴熙、戴震、戴寿昌、戴谷孙、戴思望、戴胜征、戴泰运、一智

（四）黟县（33人）：朱紘、朱钟、朱濲、朱为弼、朱镜蓉、江庆成、许懋和、孙式荣、孙学道、孙维龙、汪伟、汪泰、汪士进、汪士通、汪方钟、汪良翰、汪承恩、汪魁苇、汪嘉清、胡与高、胡文铨、胡文镐、胡成浚、胡积城、黄元治、黄瑞莲、黄德华、程功、程寿保、程鸿诏、程朝仪、舒龙骧、鲍元俍

（五）祁门（18人）：马沆、马泰、马惠、马曰琯、马曰

璐、马振仲、方玉缙、汪伯荐、张诏、张瑗、陈鸿猷、胡廷珏、胡廷琛、胡廷琭、胡佩芳、倪伟人、谢荣光、谢登隽

（六）婺源（60 人）：王友亮、王凤生、王廷享、王纫佩、王佩兰、王遥芬、王麟生、齐翀、齐康、齐学裘、齐彦槐、江永、江谦、江人镜、江之纪、江南春、江峰青、江铭勋、余元遴、余凤书、余光耿、余铨桂、汪绂、汪作霖、胡永焕、胡翔云、俞塞、俞文诏、俞正燮、俞世球、俞祖馨、俞富仪、俞镇瑢、黄铎、黄辉、黄鼎、黄文珪、黄文瀚、董策、董廷策、董桂山、董桂敷、程华、程宏远、程启源、程佩琳、程学金、程荣春、程烈光、程德赉、程鹤轮、程履丰、程翼云、詹考祥、詹励吾、詹国瑞、詹养沉、潘书馨、戴大昌、戴扬森

二、按姓氏分（463 人）

1. 马姓（6 人）：马沆、马泰、马惠、马曰琯、马曰璐、马振仲

2. 王姓（14 人）：王炜、王标、王友亮、王凤生、王文治、王廷享、王廷模、王纫佩、王茂荫、王佩兰、王景潮、王鼎祚、王遥芬、王麟生

3. 仇姓（1 人）：仇梦岩

4. 方姓（13 人）：方本、方芬、方体、方浩、方辅、方侻、方照、方熀、方玉缙、方正澍、方如川、方宗埙、方掌珍

5. 巴姓（2 人）：巴廷梅、巴慰祖

6. 石姓（1 人）：石芝

7. 叶姓（4 人）：叶丹、叶宗尹、叶浓芳、叶霖蕃

8. 成姓（1 人）：成瑢

9. 毕姓（2 人）：毕守祥、毕荣佐

10. 朱姓（12 人）：朱紘、朱钟、朱靖、朱裳、朱霈、朱

淏、朱之榛、朱文翰、朱为弼、朱承宠、朱瑞麒、朱镜蓉

11. 庄姓（1 人）：庄华湘

12. 齐姓（4 人）：齐翀、齐康、齐学裘、齐彦槐

13. 江姓（22 人）：江兰、江永、江权、江昉、江春、江昱、江恂、江闿、江谦、江人镜、江之纪、江圣麟、江庆成、江观涛、江作楫、江绍莲、江南春、江振先、江振鹭、江峰青、江铭勋、江毓英

14. 许姓（16 人）：许仁、许荣、许球、许楚、许士佐、许全治、许会昌、许迎年、许周仁、许绍曾、许昌龄、许承尧、许承宣、许承家、许炳勋、许懋和

15. 孙姓（8 人）：孙汉、孙煌、孙式荣、孙采芙、孙学道、孙维龙、孙葆基、孙殿龄

16. 苏姓（1 人）：苏永椿

17. 杨姓（5 人）：杨言、杨光先、杨陈复、杨思本、杨懋业

18. 吴姓（38 人）：吴云、吴卯、吴宁、吴菀、吴杰、吴炜、吴定、吴阆、吴菘、吴绮、吴鲁、吴焯、吴焜、吴慎、吴蔼、吴熊、吴澄、吴之彦、吴之騄、吴中衡、吴玉搢、吴邦治、吴存义、吴华孙、吴自孚、吴应莲、吴启元、吴陈勋、吴学珠、吴学濂、吴宗信、吴承励、吴荫培、吴载勋、吴效英、吴绶诏、吴葆森、吴锡纪

19. 何姓（6 人）：何青、何易、何秉棠、何佩玉、何佩芬、何佩珠

20. 余姓（6 人）：余元遴、余凤书、余本愚、余光耿、余庭训、余铨桂

21. 闵姓（1 人）：闵麟嗣

22. 汪姓（65 人）：汪伟、汪任、汪观、汪灼、汪沅、汪

娄、汪绂、汪莱、汪焘、汪珵、汪堂、汪渊、汪森、汪焯、汪楫、汪蓥、汪溥、汪堪、汪镇、汪璲、汪薇、汪灏、汪麟、汪士进、汪士通、汪士鋐、汪士慎、汪天与、汪方钟、汪由敦、汪永□、汪交泰、汪汝谦、汪芳藻、汪伯荐、汪作霖、汪启淑、汪良翰、汪述祖、汪鸣銮、汪国相、汪咏沂、汪宗运、汪宗沂、汪宗豫、汪定执、汪定基、汪承恩、汪承霈、汪珂玥、汪钟淑、汪律本、汪叙惇、汪洪度、汪洋度、汪晋征、汪浩然、汪继昌、汪梧凤、汪梅鼎、汪淳修、汪韫玉、汪魁苇、汪嘉清、汪德渊

23. 宋姓（1 人）：宋和

24. 张姓（8 人）：张节、张诏、张瑗、张潮、张士元、张习孔、张文淦、张廷诰

25. 陈姓（4 人）：陈浦、陈兆骐、陈明翼、陈鸿猷

26. 邵姓（2 人）：邵辅、邵作舟

27. 罗姓（2 人）：罗聘、罗士琳

28. 金姓（7 人）：金翀、金楹、金云门、金让恩、金式玉、金若兰、金恩溥

29. 周姓（2 人）：周懋泰、周懋原

30. 郑姓（8 人）：郑来、郑晟、郑溥、郑由熙、郑旭旦、郑复光、郑桂森、郑祯祥

31. 项姓（3 人）：项纶、项琳、项应莲

32. 赵姓（2 人）：赵端、赵吉士

33. 胡姓（29 人）：胡传、胡大镛、胡与高、胡之光、胡长庚、胡文铨、胡文镐、胡永焕、胡在渭、胡成浚、胡廷珏、胡廷琛、胡廷璩、胡佩芳、胡承增、胡荣珂、胡晋文、胡晖吉、胡晖祥、胡积城、胡培系、胡培翚、胡惟埰、胡赓善、胡翔云、胡嗣运、胡肇昕、胡肇龄、胡德琳

34. 查姓（1人）：查景璠

35. 俞姓（7人）：俞塞、俞文诏、俞正燮、俞世球、俞祖馨、俞富仪、俞镇瑢

36. 洪姓（12人）：洪朴、洪梧、洪琮、洪榜、洪璘、洪璟、洪文翰、洪汝舟、洪汝怡、洪汝闿、洪承熙、洪嘉植

37. 姚姓（1人）：姚潜

38. 夏姓（1人）：夏文莼

39. 倪姓（1人）：倪伟人

40. 徐姓（10人）：徐卓、徐荣、徐斌、徐大纶、徐玉增、徐同善、徐宝善、徐景轼、徐嘉干、徐麟光

41. 唐姓（1人）：唐锦蕙

42. 凌姓（3人）：凌廷堪、凌应秋、凌学放

43. 黄姓（19人）：黄生、黄铎、黄辉、黄鼎、黄筏、黄衡、黄之隽、黄元治、黄仁麟、黄文珪、黄文彪、黄文瀚、黄以琳、黄寿曾、黄承吉、黄宾虹、黄崇惺、黄瑞莲、黄德华

44. 曹姓（12人）：曹烨、曹文埴、曹允源、曹贞秀、曹自□、曹来福、曹应钟、曹应鹤、曹鸣銮、曹学诗、曹振镛、曹崇庆

45. 董姓（4人）：董策、董廷策、董桂山、董桂敷

46. 程姓（62人）：程义、程功、程华、程良、程易、程岫、程庭、程埙、程烈、程堂、程崟、程淑、程喈、程焜、程熙、程銮、程邃、程□、程之鵕、程文囿、程允基、程世绳、程世麟、程光祖、程廷祚、程庆馀、程寿保、程志远、程宏远、程启源、程昌期、程佩琳、程秉钊、程学金、程治平、程定祥、程荣功、程荣春、程钟澍、程庭鹭、程起鹤、程晋芳、程烈光、程恩泽、程梦星、程梦珪、程梯功、程盛修、程鸿诏、程朝仪、程御龙、程瑞祊、程嗣章、程瑶田、程嘉训、程

端本、程端德、程德赉、程鹤轮、程履丰、程襄龙、程翼云

47. 舒姓（1人）：舒龙骧

48. 谢姓（2人）：谢荣光、谢登隽

49. 詹姓（4人）：詹考祥、詹励吾、詹国瑞、詹养沉

50. 鲍姓（11人）：鲍康、鲍鸿、鲍元俍、鲍有莱、鲍廷博、鲍时基、鲍宗轼、鲍桂星、鲍倚云、鲍善基、鲍瑞骏

51. 潘姓（3人）：潘书馨、潘世镛、潘宗信

52. 戴姓（9人）：戴熙、戴震、戴大昌、戴扬森、戴寿昌、戴谷孙、戴思望、戴胜征、戴泰运

53. 纪姓（1人）：纪荫

54. ？姓（1人）：一智

三、按性别分（女19人）

从性别来分，在《总目》中出现的徽州文学家共有男性文学家444人，女性文学家19人，占4.1%。虽然人数不多，但她们也为徽州文学增添了光彩。她们是：

王纫佩（1821—1891），婺源人。江峰青妻。

王遥芬（1800—1883），一作瑶芬，婺源人。顺宁知府桐乡严廷钰妻。

方芬，大兴人。嫁歙县程氏。

方掌珍，歙县人。潘世镛妻。

孙采芙，仪征人。绩溪胡培系继妻。

吴卯（1867—1894），歙县人。同邑汪定执妻。

何佩玉，歙县人。嫁扬州祝麟。

何佩芬，嫁范志全。

何佩珠，嫁张子元。

汪妟（1781—1842），歙县人。同邑程鼎调继妻。

汪韫玉（1743—1778），休宁人。

金若兰，休宁人。金翀女。

俞富仪，婺源人。祖馨女，郎传仁妻，年 27 自尽。

徐德音，钱塘人。歙县许迎年妻。

唐锦蕙，歙县人。

曹贞秀（1762—?），休宁人，寓吴门。王芑孙妻，道光九年尚在世。

程淑，休宁人。绩溪汪渊继妻。

四、按家族分（53 组 114 人）

（一）祖孙文学家（6 组 12 人）

1. 王友亮—王遥芬

王友亮（1742—1797），婺源人，乾隆四十六年进士，官至通政司副使。王遥芬，（1800—1883），友亮孙女。顺宁知府桐乡严廷钰妻。

2. 江之纪—江人镜

江之纪（？—约 1833），婺源人。道光九年进士，官无锡知县。江人镜（1822—1900），之纪孙，道光二十九年举人，官至两淮盐运使。

3. 许承家—许迎年

许承家，康熙二十四年进士，官翰林院编修。许迎年（1682—?），承家孙，康熙三十九年进士，官中书舍人。

4. 黄鼎—黄文珪

黄鼎（1778—1851），婺源人。黄文珪，黄鼎孙。

5. 程端德—程世绳

程端德，休宁人。候选知县，以亲老不仕。程世绳

（？—1731），端德孙，康熙五十六年举人，官京山知县。

6. 鲍善基—鲍桂星

鲍善基（1666—1727），歙县人，寄籍钱塘。诸生，十试省闱不售，曾佐徐昂视学江西。鲍桂星（1764—1826），善基孙，嘉庆四年进士，官终詹事府詹事。

（二）父子文学家（23组49人）

1. 马曰璐—马振仲

马曰璐（1697—1761），祁门人，国子监生，官候选知州。乾隆元年举博学鸿词，不赴。马振仲（1748—1772），曰璐三子，早卒。

2. 王友亮—王麟生、王凤生

王友亮（1742—1797），婺源人。麟生、凤生父，乾隆四十六年进士，官至通政司副使。王麟生，友亮次子，乾隆附贡生，年31卒。王凤生（1776—1834），友亮子，麟生弟，官至两淮盐运使。

3. 齐彦槐—齐学裘、齐康

齐彦槐（1774—1841），婺源人，嘉庆十四年进士，官至苏州知府。齐学裘（1802—1875在世），彦槐子，道光诸生。齐康，彦槐从子，嘉庆十九年进士，官淮安府学教授。

4. 江春—江振先

江春（1721—1789），歙县人，官奉宸苑卿，加布政使衔。江振先（1778—1789），江春子，年12卒。

5. 江昉—江振鹭

江昉（1726—1793），江春从弟，候选知府。江振鹭，江昉子，盐运同知衔。

6. 何青—何青

何青（1747—?），歙县人。乾隆附监生，嘉庆时官清远、澄海县令。何易，何青子。

7. 余凤书—余铨桂

余凤书，婺源人。铨桂父。道光二十八年岁贡生，官训导。余铨桂，凤书子。

8. 汪梧凤—汪灼

汪梧凤（1726—1772），歙县人。太学生，以朴学成名。汪灼，梧凤子。

9. 汪由敦—汪承霈

汪由敦（1693—1758），休宁人。雍正二年进士，官至吏部尚书、协办大学士，谥文端。汪承霈（？—1805），由敦子。乾隆十二年举人，入直军机处，署文部尚书，被劾致仕。

10. 张习孔—张潮

张习孔，歙县人，顺治六年进士，官至山东督学佥事。张潮（1650—?），习孔子，康熙岁贡生。

11. 金式玉—金让恩

金式玉（1775—1802），歙县人。嘉庆七年进士，遂死。金让恩，县学生，式玉长子。

12. 胡佩芳—胡廷璪、胡廷珏、胡廷琛

胡佩芳，祁门人。咸丰二年岁贡生。胡廷璪（1829—1904），佩芳仲子，同治七年进士，官至直隶州知州。胡廷珏，佩芳三子，候选光禄寺署正。年56卒。胡廷琛，佩芳四子，同治十二年举人，官江宁知县。

13. 胡嗣运—胡荣珂

胡嗣运，绩溪人。光绪八年副贡生，候选州判。胡荣珂（？—1895），嗣运三子，光绪诸生。

14. 许承家—许昌龄

许承家，康熙二十四年进士，官翰林院编修。许昌龄，承家子，官刑部主事。

15. 许昌龄—许迎年

许昌龄，官刑部主事。许迎年（1682—?），昌龄子，康熙三十九年进士，官中书舍人。

16. 黄鼎—黄铎

黄鼎（1778—1851），婺源人。黄铎（1823—1878），黄鼎子。

17. 黄铎—黄文珪

黄铎（1823—1878），咸丰年间居上海。黄文珪，黄铎子，咸丰年间居上海。

18. 曹文埴—曹振镛

曹文埴（1727—1789），歙县人。乾隆二十五年二甲一名进士，官至户部尚书，谥文敏。曹振镛（1755—1835），文埴次子。乾隆四十六年进士，官至武英殿大学士，谥文正。

19. 程昌期—程恩泽

程昌期（1735—1795），歙县人。乾隆四十五年探花，官至侍讲学士、山东学政。

程恩泽（1785—1837），昌期子。嘉庆十六年进士，官至户部侍郎。

20. 程端德—程瑞祊

程端德，休宁人。候选知县，以亲老不仕。程瑞祊（1666—1719），端德三子。康熙三十年岁贡生，官内阁中书。

21. 程瑞祊—程世绳

程瑞祊（1666—1719），康熙三十年岁贡生，官内阁中书。程世绳（？—1731），瑞祊子。康熙五十六年举人，官京山知县。

22. 鲍善基—鲍倚云

鲍善基（1666—1727），歙县人，寄籍钱塘。诸生，十试省闱不售，曾佐徐昂视学江西。鲍倚云（1709—1778），善基子，优贡生。

23. 鲍倚云—鲍桂星

鲍倚云（1709—1778），优贡生。鲍桂星（1764—1826），倚云子。嘉庆四年进士，官终詹事府詹事。

（三）父女文学家（5 组 12 人）

1. 王凤生—王遥芬

王凤生（1776—1834），婺源人。官至两淮盐运使。王遥芬，（1800—1883），一作瑶芬，王凤生女，顺宁知府桐乡严廷钰妻。

2. 何秉棠—何佩芬、何佩玉、何佩珠

何秉棠，歙县人。官两淮盐知事。何佩芬，秉棠次女，嫁范志全。何佩玉，秉棠三女，嫁扬州祝麟。何佩珠，秉棠四女，嫁张子元。

3. 金翀—金若兰

金翀，休宁人。乾隆诸生，官坂浦盐大使。金若兰，金翀女。

4. 俞祖馨—俞富仪

俞祖馨，婺源人。俞富仪，祖馨女，郎传仁妻，年 27 自尽。

5. 汪渊—程淑

汪渊，绩溪人。同光间贡生。程淑，一名文淑，休宁人。

绩溪汪渊继妻。

（四）兄弟文学家（13 组 28 人）

1. 马曰琯—马曰璐

马曰琯（1688—1755），祁门人，居江都。附贡生，乾隆元年举博学鸿词，不赴。官候补知州。马曰璐（1697—1761），曰琯弟，国子监生，官候选知州。乾隆元年举博学鸿词，不赴。

2. 王麟生—王凤生

王麟生，婺源人。乾隆附贡生，年 31 卒。王凤生（1776—1834），麟生弟，官至两淮盐运使。

3. 齐学裘—齐康

齐学裘（1802—1875 在世），婺源人，道光诸生。齐康，学裘弟，嘉庆十九年进士，官淮安府学教授。

4. 江春—江昉

江春（1721—1789），歙县人，官奉宸苑卿，加布政使衔。江昉（1726—1793），江春从弟，候选知府。

5. 江昱—江恂

江昱（1706—1775），歙县人。乾隆廪生。江恂，江昱弟，乾隆十八年拔贡，历官徽州知府，署芜湖、庐凤道，卒于任。

6. 许承宣—许承家

许承宣（？—1685），歙县人，康熙十五年进士，官工科给事中。康熙二十年典试陕西。许承家，承宣弟，康熙二十四年进士，官翰林院编修。

7. 汪定基—汪定执

汪定基，歙县人。汪定执，定基弟。

8. 汪洪度—汪洋度

汪洪度，歙县人。康熙诸生。汪洋度，洪度弟。

9. 赵端—赵吉士

赵端，休宁籍钱塘人。吉士兄，举人，官卢龙知县。赵吉士（1628—1706），顺治八年举人，官至户部给事中。

10. 胡廷瑔—胡廷珏—胡廷琛

胡廷瑔（1829—1904），祁门人。同治七年进士，官至直隶州知州。胡廷珏，廷瑔弟，候选光禄寺署正。年 56 卒。胡廷琛，廷珏弟，同治十二年举人，官江宁知县。

11. 洪朴—洪梧—洪榜

洪朴，歙县人，洪榜、洪梧兄，乾隆三十六年进士，四十二年任湖北学政。官顺德知府，年 40 卒于任。洪榜（1745—1779），洪朴弟。乾隆 33 年举人，戴震弟子。

洪梧（1750—1817），洪榜弟，乾隆五十五年进士，官至沂州知府。

12. 程廷祚—程嗣章

程廷祚（1691—1767），歙县人，居上元。康熙诸生，乾隆元年举博学弘辞，十四年举经明行修，皆罢归。程嗣章（1693—1771），廷祚弟。监生，曾入江苏巡抚宴斯盛幕。

13. 程御龙—程襄龙

程御龙（1685—1731），歙县人。康熙五十四年举人。程襄龙（1701—1755），御龙弟。康熙六十年拔贡生，候选教谕。

（五）姐妹文学家（1 组 3 人）

何佩芬—何佩玉—何佩珠，何佩芬，歙县人。秉棠次女，嫁范志全。何佩玉，秉棠三女，嫁扬州祝麟。何佩珠，秉棠四女，嫁张子元。

（六）姊弟文学家（1 组 2 人）

汪韫玉—汪作霖

汪韫玉（1743—1778），女，休宁人。汪作霖，韫玉弟，康熙岁贡生，官丹阳训导。

（七）夫妻文学家（4组8人）

1. 汪定执—吴卯

汪定执，歙县人。吴卯（1867—1894），歙县人。定执妻。

2. 胡培系—孙采芙

胡培系（1813—1888），绩溪人。廪贡生，官宁国府教谕。孙采芙，仪征人。培系继妻。

3. 许迎年—徐德音

许迎年（1682—?），歙县人，康熙三十九年进士，官中书舍人。徐德音，钱塘人。迎年妻。

4. 潘世镛—方掌珍

潘世镛（1774—?），歙县人。诸生。方掌珍，世镛妻。

从以上对《清人别集总目》中的徽州文学家的分类整理中可知：

从籍贯来看，共有徽州籍文学家463人，其中歙县236人，休宁88人，婺源60人，黟县33人，绩溪22人，祁门18人。这其中歙县一县占了总数的50.97%，这与它人口较多和府衙所在地有关。但据实说来，清代徽州籍文学家人数不只这些，原因是：一是有些还未收录进《总目》中去；二是不排除收录进去的人中，有把徽州籍的误作其他地方的；三是在称作“新安”人中的一些应该是属于徽州的。据保守估计，清代徽州籍文学家总数当在800人左右。

从姓氏来看，徽州籍文学家共出现54个姓氏，其中汪姓65人，程姓62人，吴姓38人，胡姓29人，江姓22人，黄姓19人，王姓14人，方姓13人。这一情况基本符合“徽州八大姓”（程、汪、吴、黄、胡、王、李、方）的地位和排序，反映了一定姓氏在徽州的特殊地位。

从性别来看，在徽州籍文学家中，有男性444人，女性19人。虽然女性只占总人数的4.1%，但在“女子无才便是德”的封建社会里，徽州妇女不被传统观念束缚，勇于以自己的聪明才智脱颖而出，体现出自己的文学创造才情，共同显示了徽州文风的昌盛。

从家族来看，共有家族文学家53组114人。其中有祖孙文学家6组12人，父子文学家23组49人，父女文学家5组12人，兄弟文学家13组28人，姐妹文学家1组3人，姐弟文学家1组2人，夫妻文学家4组8人，而又以父子文学家和兄弟文学家为多，占总数的一半以上。于此可以看出徽州家学和家族的传承影响十分显著。

《清人别集总目》中收录全国清代文学家20000人，徽州籍文学家463人（远不止这些），在一个仅占全国0.13%平方公里的地方（据道光《徽州府志》卷一《舆地志》记载，清代徽州府东西长390里，南北长220里，总面积12548平方公里），能占有全国2.3%（甚至更多）的文学家，这不能不说是奇迹。这说明了以下几点：

一、徽州人具有普遍的文学创造素养，他们在创造了徽州文学的同时，为中国文学的发展作出了贡献。

二、徽州通常所拥有的“东南邹鲁”“文风昌盛”“文人辈出”的誉称绝非虚言，是一种符合事实的概括和反映。一个清代如此，加上逆溯而上的明、元、宋等朝代，徽州文风之昌盛可以想见。

三、徽州文学家数量庞大，显示了徽州教育的异常发达和成功。

第四章　徽州文学的纵向概观

徽州文学始于南北朝齐梁时期，历经唐、宋、元、明、清、近代以及后来时代的发展，形成了历史悠久、特色显著、广泛多样、磅礴壮观的文学发展态势，展现了地域文学的独有魅力，丰富了中华文学的灿烂宝库。

一、南北朝（新安期）文学

南北朝文学是徽州文学的发轫期，是徽州文学在新安期的第一道曙光。

最早的徽州籍作家为南北朝齐时的程茂和梁时的程詧父子。

关于程茂，程敏政在《新安文献志》卷首《先贤事略》中说："程郢州茂，休宁篁墩人。齐永元中为郢州长史，会萧衍起兵襄阳，分兵围郢城，与守将张冲协力据守，移书责衍反正，诏以茂都督郢、司二州，辅国将军、郢州刺史，会援绝城降，义不受梁官。"并在卷八收有程茂所写的《责萧衍犯顺书》一文。这是目前见到的有史记载的徽州籍人士所写的第一篇议论性散文作品。关于程詧，《新安文献志》中说："程秘书詧，郢州茂之子。幼能文，以诸生选为司徒左长史，累迁散骑侍郎，大同中为秘书少监，与柳恽齐名。尝作《东天竺赋》以自况，为文士所传。忠壮公灵洗其孙也。”这里提到的柳恽（465—517）为南朝梁诗人，字文畅，河东解县人，以诗文琴棋出仕齐、梁两朝，历任秘书监、吴兴太守，有《江南曲》《赠吴均》等诗歌作品。其诗情词清切，韵调俊美。在与柳恽的对举中，可看出程督在当时文坛上的地位和影响。《东天竺赋》一文收在《新安文献志》卷四十八，铺写从容，文笔婉致，极具才情。这是目前见到的有史记载的徽州籍作家所写的第一篇抒情性散文作品。

梁时的徽州文学家有一支重要的文学创作队伍，那就是任职徽州的外籍文学家萧几、任昉、徐摛和吕文达等。

萧几，《梁书》卷四十一记载：“萧几，字德玄。齐曲江公遥欣子也。年十岁，能属文。……为新安太守，郡多山水，特其所好，适性游履，遂为之记。”他所写的新安山水记，是外籍文学家中所写有关徽州文学作品的最早篇章之一，可惜现在已经无法读到。

任昉（460—508），南朝梁文学家，字彦升，乐安博昌人。仕宋齐梁三代。当时他以表奏书启诸体散文擅名，而沈约以诗著称，时人号曰“任笔沈诗”。他于天监元年（502）春出任新安太守。“尝行春，爱富资山水之胜，遂家焉。”为徽州任姓始祖。有诗文别集《任中丞集》。《梁书》及《南史》本传并言“所著文章数十万言，盛行于世”。

徐摛（472—549），南朝梁文学家，字示秀，东海郯（山东郯城）人。官太子左卫率，当时太子宫中都学他浮靡浮艳的文风。为宫廷诗代表作家之一。他于中大通三年（532）出任新安太守。

以任昉和徐摛的著名文学家地位，对徽州文学的积极影响是无可怀疑的。只是他们在徽州任职期间写的有关徽州风情的作品，我们今天已无法读到。

吕文达，河南南阳人，出生于世袭贵族家庭，于齐永明年间（483—494）任新安内史，后定居徽州。他的《吕揭记》一文文笔精练，层次清晰，不仅具有史料价值，而且具有较高的文学价值，是现存外籍在徽州任职者中的第一篇记叙性散文作品，也是徽州历史上第一篇记叙性散文作品。

在这一时期还有游历徽州的文学家南朝宋诗人谢灵运和梁诗人沈约，他们为徽州文学的发展也谱写了光辉篇章。

谢灵运（385—433），陈郡阳夏人，移籍会稽，世称谢客。谢玄之孙。晋时袭封康乐公，故称谢康乐。入宋，曾任永嘉太守、侍中、临川内史等职。其诗善于刻画自然景物，开文学史山水诗一派。明人辑有《谢康乐集》。他曾游历新安江，并写有《新安桐庐江》诗。这是今存最早的有关新安山水的诗篇，也是徽州文学史上第一首吟咏徽州山水的诗歌作品。

沈约（441—513），字休文，吴兴武康人。历任宋齐二代，后官至尚书令。其诗浮靡，着意雕饰，因与谢朓、王融诸人作品，皆注重声律，时号永明体。他在游历徽州时写有《新安江水至清浅深见底贻京邑游好》一诗，为今存最早有关新安江山水的诗篇之一，以其特有的意境之美产生了深远影响。

徽州文学在南北朝齐、梁时显出端倪，并呈现出一定的多彩格局，预示了未来徽州文学的发展方向，也为后来的徽州文学的发展奠定了现实基础。

二、唐代（新安期）文学

唐代文学是徽州文学新安期第二阶段的文学，文学家队伍进一步壮大，文学作品质量进一步提高，文学影响日益增强。

特别是徽州籍文学家凭借自己的实力，第一次赢得了全国性的地位。

徽州籍文学家主要有吴少微、吴巩、张正甫和定居新安的张志和等。

吴少微（663—750），散文家。又名远，字仲材，号邃谷。歙县人。曾举进士，任晋阳县尉，与晋阳尉富嘉谟、太原主簿谷倚一起被称“北京三杰”。他为扭转文坛浮靡之风，以内容充实、气格高迈的创作实践倡导新风，所撰《崇福寺钟铭》和富嘉谟《双龙泉颂》等作品被时人称为“吴富体”。神龙年间，为左台监察御史。时卧病洛阳，闻富嘉谟卒，乃作《哭富嘉谟》诗，亦恸绝而卒。著有《吴少微集》5 卷，已佚。《全唐诗》存其诗 6 首，《全唐文》存其文 6 篇。他是有史记载以来的第一个享誉全国的新安籍文学家。

吴巩（685—772）。吴少微子，歙县人，迁居休宁石舌山。唐开元中为中书舍人。有《白云溪》诗收入《全唐诗》，其诗曰：“山径入修篁，深林蔽日光。夏云生嶂远，瀑水引溪长。秀迹逢皆胜，清芬坐转凉。回看玉樽夕，归路赏前忘。”全诗意趣盎然，令人喜爱。

张志和（714—775），词人。字子同，初名龟龄，号玄真子、烟波钓徒。祖籍浙江金华，晚年定居祁门张村。所作《渔歌子》五首，咏渔钓隐逸之乐，清丽远韵，为早期文人词之名作。颜真卿、陆羽、柳宗元等均有和作。日本嵯峨天皇于弘仁十四年（823）亦有《和张志和〈渔父词〉》五阕。清刘熙载《艺概》评曰：“张志和《渔歌子》‘西塞山前白鹭飞’一阕，风流千古。东坡尝以其成句用入《鹧鸪天》，又用于《浣溪沙》，然其所足成之句，犹未若原词之妙通造化也。”

查文徽（885—954），字光慎，休宁人。李煜时以取闽功，拜抚州观察使、建州留侯，后以工部尚书致仕。《全唐诗》存《寄麻姑仙坛道士》一诗，情景相生，人物形象鲜活可见。

张正甫，字友正，唐末歙县人。《唐文粹》有《衡州般若寺观音大师碑铭》文，《全唐诗》存《春草凝露》和《锦带佩吴钩》诗二首。其《春草凝露》一诗，单看诗题就极富诗情画意，而全诗也写得清逸秀美，情趣横生。

唐代在新安任职的文学家主要有伍乔、李敬方、张途、任宇、于德晦等。

伍乔，庐江人。中宗时状元及第，曾任歙州司马。《全唐诗》存其诗一卷。其《寄张学士洎》诗曰："不知何处好消忧，公退携壶即上楼。职事久参侯伯幕，梦魂长绕帝王州。黄山向晚盈轩翠，黟水含春绕槛流。遥想玉堂多暇日，花时谁伴出城游。"流溢出对新安山水的由衷喜爱之情。

李敬方（？—约 855），字中虔。并州文水人。长庆三年进士。官至户部员外郎等职。大中年间任歙州刺史。《全唐诗》存其诗八首，《全唐文》存文一篇。其《汴河直进船》和《题黄山汤院》诗传诵一时。其中后者细叙温泉之美和浴泉之适，是抒写黄山温泉之美的最早篇章之一。

张途，曾任歙州司马，于 862 年 8 月有感于祁门县令陈甘节募民改造阊门堰，改"险阻为安流，回急湍为澄碧"的造福于民的功德，撰写《祁门县新修阊门溪记》一文，叙事翔实有味，行文跌宕多姿，是唐代徽州文学中叙事性散文的佳作。

还有曾任歙州刺史的任宇和于德晦分别写有《登楼咏黄山》和《北瞰黄山》等诗，从不同角度赞颂黄山之美，引人入胜。

唐代游历新安的文学家主要有权德舆、杜荀鹤、释岛云、许坚和李白等。

权德舆（759—818），字载之，天水略阳人。官至礼部尚书，刑部尚书。工善诗文，时人尊为宗匠。有《权载之文集》传世。其《送歙州陆使君员外赴任序》一文有言："新安有佳山水。"曾游历新安，写有著名诗篇《新安江路》，言浅近而境深长，为吟咏新安江的著名诗篇之一，深受徽州人喜爱。

杜荀鹤（846—907），字彦之，池州石埭人。891 年以第八名登第，曾任翰林学士。曾因"闻黄山有汤泉之胜，独携瓶探寻"。所写《汤泉》一诗抒发了对黄山温泉的赞美之意，表达了企求离尘脱世的思想，反映了唐末黄山荒僻冷寂的情状。

僧人释岛云，慕东国僧掷钵神异来游黄山，为有记载以来最早登上天都峰的人，又是唐代诗人中写黄山诗最多的人。《唐诗纪事》称："岛云初为僧，诗尚奇险。"其《登天都峰》诗为刻画天都峰险峻高远奇景的绝妙之作。

许坚，字介石，庐江人。有异术。居游于庐山、九华山。《全唐诗》《全唐诗补编》共存其诗 10 首。《入黟吟》诗描绘了具有桃源性质的古黟民风醇厚、山川灵异、政事简淡的情状，流露出对桃源社会的向往之心。此一诗作深受徽州人喜爱。

伟大诗人李白也以其生花妙笔为徽州文学的发展点染出灿烂篇章。

李白（701—762），字太白，号青莲居士。四川江油人。晚年寓居当涂县令族叔李阳冰处，经常以游历皖南山川抚慰心灵。754 年漫游宣城、南陵、秋浦时，曾专门涉足新安。在黄山留下了《赠黄山胡公晖求白鹇》《夜泊黄山闻殷十四吴吟》

《送温处士归黄山白鹅峰旧居》等诗篇。李白还曾垂钓于黟县浔阳台，并赋有诗篇。

李白游历新安，传说与歙县人许宣平不无关系。许宣平隐居歙县城南城阳山，曾在居处石壁上题诗曰："隐居三十载，筑室南山巅。静夜玩明月，闲朝饮碧泉。樵夫歌垄上，谷鸟戏岩前。乐矣不知老，都忘甲子年。"有人把它题到了洛阳同华传舍墙上。李白读后连声赞叹："此仙人诗也！"遂欣然赴徽州寻访。李白来到歙县紫阳山下练江边，见江上有一艘破船，船头立着一位神姿飘洒、容态超逸的老翁，便上前问道："请问许宣平家在何处？"老翁听了，微笑而吟："门前一竿竹，便是许公家。"李白访仙心切，道了谢便急忙赶路。走了一会儿，忽然醒悟："门前一竿竹，不就是插在船头的竹篙么？"立刻回头，可老翁已不知去向。李白好不懊丧，怅然上山，寻得许公居处，在其茅庵壁上题写道："我吟传舍诗，来访真人居。烟岭迷高迹，云林隔太虚。窥庭但萧索，倚杖空踌躇。应化辽天鹤，归当千岁余。"李白尽管没见到许宣平，但秀丽宜人的新安景色使他陶醉，欣然饮酒作诗，在此留下了《青溪吟》等著名诗篇。后人为了纪念李白来歙访仙，将他畅饮的酒肆改称"太白楼"。新安从此弥漫着诗仙的气息和精神。

唐代文学家队伍虽然仍以任职和游历新安的文学家为主，但徽州文学毕竟开始产生了像吴少微这样在全国有影响的新安籍文学家，并产生了如吴巩《白云溪》、权德舆《新安江路》、许坚《入黟吟》和李白《青溪吟》等脍炙人口的文学作品，显示了唐代徽州文学的实绩。

三、宋代文学

徽州文学进入宋代以后，才真正变得名副其实起来。歙州于宋宣和三年（1121）改设徽州，从此进入了光辉灿烂的徽州时代，不但徽州文化从此勃兴，而且徽州文学也从此走向繁盛局面。单从《宋诗纪事》《宋诗纪事补遗》《宋诗纪事续补》《全宋诗》等统计，整个宋代徽州籍诗人多达120余人，其中歙县35人，休宁35人，婺源30人，黟县8人，绩溪7人，祁门3人，形成了一支蔚为壮观的文学创作队伍。

徽州籍文学家主要以朱松、胡仔、吴儆、朱熹、罗愿、汪莘、程珌、方岳等为代表。

朱松（1097—1143），字乔年，号韦斋。婺源人。朱熹之父。徽宗政和七年进士，官至吏部员外郎。著有《韦斋集》传世。傅自得《韦斋集序》称“其诗高远而幽洁，其文温婉而典裁”。《四库全书提要》亦称其“学识本殊于俗，故其发为文章，气格高远而自得”。诗如五古《晓过吴县》、七古《答林康民见和梅花诗》，瘦硬中见清新，幽淡中见情味，具宋诗本色。文如《上赵漕书》《清轩记》等抒发苦闷，感慨甚深。奏议《上皇帝疏》《论时事札子》洋洋万言，典正有力。

胡仔（1110—1170），字元任，号苕溪渔隐。绩溪县城东人。为著名抗金派将领胡舜陟之子。青年时以父荫授迪功郎，先后任潭州南岳庙监和常州晋陵知县等职。1143年，胡舜陟被投降派首领秦桧迫害而死，胡仔悲愤至极，寓居浙江湖州苕溪，以渔钓自娱，自号苕溪渔隐，不涉朝政。先后编著成《苕溪渔隐丛话》100卷，历代备受推崇，清代被收入《四库全书》。

吴儆（1125—1183），初名偁，字益恭，又字恭父。休宁人。高宗绍兴二十七年进士，后以朝散郎致仕。朱熹、张拭、吕祖谦等皆与之友善。其诗文以元结为法，近于陈师道。程秘《竹洲集序》称其诗文“峭直而纡徐，严洁而平澹，质而不俚，华而非雕，穆乎郁乎有正笏垂绅雍容廊庙之风，平生湖海之气”。代表作有《论恢复大计》《宰相论》《就轩记》等文，《和吕守环秀堂三首》等诗。著作今存《竹洲集》20卷。

朱熹（1130—1200），字元晦，号晦庵。祖籍婺源。绍兴十八年进士。北宋以来理学思想之集大成者，孔子之后中国封建社会最大的思想家。在文学上以“思无邪”说《诗经》，以“忠君爱国”论屈原，文论上主张“文道合一”及“雍容和缓”“自然浑成”“平淡自摄”的艺术标准，反对“巧为安排”“故作艰深”“无一字无来处”。论历代作家颇有见地，自为诗文亦很有特色。文以平易畅达、说理缜密见长。现存诗作1200余首，词19首，狭义散文200篇以上。其中诗如《春日》《观书有感二首》，文如《记孙觌事》等都是宋代文学中的代表性作品。

罗愿（1136—1184），字端良，号存斋。徽州区呈坎人。自幼聪颖过人，7岁时曾作《青草赋》替父祝寿，得到宾客嘉奖。孝宗乾道二年进士。曾任赣州通判，知南剑州、鄂州。其博学好古，辞章效法秦汉，高雅精练，朱熹特称重之。以学问文章卓然有以自立，其诗技巧纯熟，其文辞严理畅。著有《鄂州小集》六卷等。

汪莘（1155—1227），字叔耕，号柳塘。休宁人。卓荦负俊才，不屑习举于业，隐居黄山。筑室柳溪之上，圃以方渠，自号方壶居士。其为文“雄壮奇伟”（《方壶存稿》卷首附序），“排宕有奇气”（《四库全书总目》）。诗学太白，“造境生而造语险，不拘绳墨法度，自为方壶一家言”（《两宋名贤小集·方壶存稿序》）。有《方壶存稿》传世。

程珌（1164—1242），字怀古，以先世居洺水，因自号洺水遗民。休宁汊口人。程珌10岁时曾写有《咏冰》一诗，中有奇句“莫言此物浑无用，曾向滹沱渡汉兵”，一时广为传播。1193 年进士。历任刑部尚书、礼部尚书、吏部尚书等职，封新安郡侯。程珌知识渊博，文章以儒学理论为宗旨，风格雅健，蕴意精深。所作诗词大多平正调畅，娴雅消散。有《洺水集》60 卷，今存 3 卷。

方岳（1199—1262），字巨山，号秋崖。祁门县城人。7 岁即能作诗，号称“神童”。1232 年进士，为官不顺。才锋凌厉，洪焱祖谓其“诗文四六，不用古律，以意为之，语或天出”（《秋崖先生传》）。诗风接近杨万里和范成大，以清丽天然著称，与刘克庄相为伯仲。词风类似苏轼和辛弃疾，气韵清健，语言平易有味，《全宋词》收其词 74 首。有《秋崖小稿》83 卷传世。

在徽州任职的文学家主要有苏辙和崔鶠。

苏辙（1039—1112），字子由，号颖滨遗老。四川眉山人。1085 年任绩溪知县。撰有《绩溪谒城隍文》《祭灵惠汪公文》《将移绩溪令》《初到绩溪视事三日出城南谒二祠游石照偶成呈诸同官》以及《绩溪二咏》等诗文 30 余篇。南宋绍兴年间绩溪人将城东南隅的“秋风堂”改建为“景苏堂”，汇集苏辙在邑时所写诗文，由范成大手书后镌刻石上，并在县学内专设苏辙祠堂，建造“来苏桥”以纪念来绩溪探亲的苏轼。

崔鶠，字德符，雍丘人，进士及第，官至殿中侍御史。政和年间任绩溪知县，著有《婆娑集》。所写《新安十咏》组诗，描绘了新安郡从山水到人文诸多方面令人心动神摇的名物，字里行间洋溢着对新安的一片爱恋之心。

游历徽州的文学家主要有范成大和杨万里等。

范成大（1126—1193），字致能，号石湖居士。苏州人。绍兴年间进士。任徽州司户参军时写下了数十首感慨民生和记述游踪的诗篇。有《浮丘亭》《天都峰》《温泉》诸诗记咏徽州山水风光。其《浮丘亭》诗曰："黟山郁律神仙宅，三十六峰雷雨隔。碧城栏槛偃双旌，笑挹浮丘为坐客。"

杨万里（1127—1206），字廷秀，号诚斋。江西吉水县人。绍兴进士，任江东转运副使时驻节南京，曾游历徽州。面对清澈见底的新安江水，他描写道："金陵江水只咸腥，敢望新安江水清。皱底玻璃还解动，莹然酃渌却消醒。泉从山谷无泥气，玉漱花汀作珮声。水记茶经都未识，谪仙句里万年名。"（《新安江水自绩溪发源》）在经绩溪、歙县、休宁至祁门往江西浮梁时，经历了无数危壁险滩，叹为奇绝，作有《明发祁门悟法寺溪行险绝六首》《过阊门溪》《阊门外登溪船五首》等诗，表达了诗人游历徽州后的"平生快意"。

徽州籍文学家在宋代以前所未有的速度增长，形成了一支达百人以上的文学创作队伍。随之而来出现了一个前所未有的收获期，饱含创造才情的诗集、文集如雨后春笋般大量涌现。也因此而涌现出了更多的在全国有重要影响的文学家。宋代文学无疑是徽州文学发展历史上出现的第一座高峰。

四、元代文学

进入元代以后，汉族文人已完全失去像宋代那样的地位，整个中国的诗文发展与当时新兴的戏曲相比显得暗淡无光。徽州文学本应顺着宋代文学的快速发展而发展，但它也不得不折射出弱化的趋向。尽管如此，元代徽州文学也还有值得注目的地方。

徽州籍文学家主要以方回、吴龙翰、胡炳文、汪泽民、郑玉、汪克宽、赵汸、吴讷等为代表。

方回（1227—1305），字万里，号虚谷。歙县人。宋景定三年进士。元时官建德路总管，未几被罢黜，遂往来于杭州、歙县之间，以遗民自比。著有《桐江集》《桐江续集》《瀛奎律髓》等。其诗专主江西，为“江西诗派”之殿军。所著《瀛奎律髓》，选唐宋以来律诗加以评论，“于情景虚实之间，三致意焉。而尤以山谷、后山、简斋为标准”（《元诗选·方回小传》）。后世诗者多以其书有路可寻，故传刻甚多。

吴龙翰（1233—1293），字式贤，号古梅。歙县人。景定五年贡于乡，以荐授编校国史院实录文字。好道家炼丹术，集中有《内丹诗》《外丹诗》等篇什，又《拜李谪仙墓》云：“经营紫河车，破费十载功。金鼎驯乌兔，炎炎丹光红。”家有老梅，因以为号，尝为之赋，并以名集。今传《古梅吟稿》六卷，卷末附方秋崖和诗百韵，《四库全书总目》称其“犹及见前辈典型，故其诗清新有致，足耐咀吟，在宋末诸家，尚为近雅。程元凤序许其句老意新，亦不诬也”。

胡炳文（1250—1333），字仲虎，号云峰。婺源人。自幼潜心于朱熹之学，上溯伊、洛，以达孔、孟，靡不推究。曾任江宁教谕、信州路学录等。受聘掌婺源明经书院教事，成才者颇多。谥文通先生。著有《云峰集》20 卷等，现有 10 卷本传世。

汪泽民（1273—1355），字叔志，号堪老真逸。婺源人。延祐五年登进士第，授平江州同知，兖州知州。召入为国子司业，与修辽、宋、金三史，除集贤直学士，寻以嘉议大夫、礼部尚书致仕归。与张师愚合编《宛陵群英集》12 卷。谥文节。其诗稿散亡，《元诗选》三集辑有《宛陵遗稿》1 卷。

郑玉（1298—1358），字子美。歙县人。从小攻读《六经》，精通儒学经典，对《春秋》解悟尤其透彻。一生绝意于仕途，以讲学为生，门人鲍元康为他特建师山书院，被尊为

“师山先生”。1354 年，朝廷以翰林待制头衔征招入都，托病不就，来往于黄山一带，每日吟诗著述为乐，时人目为高士。有《师山文集》8 卷、《师山遗文》5 卷等传世。

汪克宽（1301—1369），字德辅，号环谷。祁门县城人。6 岁能作骈偶，11 岁能自断《四书》句读。1327 年进士考试，论点同主考官不合而落榜，遂弃科举，居家讲学。以所居山谷环绕，名曰“环谷”，四方学者皆称为“环谷先生”。明洪武二年召至京师，与修《元史》。汪克宽治学以严谨恭行著称，文学上《四库全书总目》谓“其文皆持论谨严，敷词明达，无支离迂怪之习”。又谓其诗有“濂洛风雅之派”，七言古诗则“造语新警，乃颇近温庭筠、李贺之格”。著有《环谷集》8 卷等。

赵汸（1319—1369），字子常，号东山。休宁人。通诸经，尤邃于《春秋》。归隐著述，学者尊之。尝辅元帅汪同起兵保乡井，授为江南行枢密院都事。至正十六年后，结茅星溪古阆山。明初，召至京师，与修《元史》。汪仲鲁序其集云：“因感发而形之咏歌，虽不专乎是，然长篇短哦，亦不一字苟为也。”（《东山存稿序》）著有《东山存稿》7 卷等。

吴讷（约 1331—1357），字克敏。休宁人。少学兵法，习骑射。至正间，荐授江浙行省建德路判官，兼义兵万户。至正十七年，明兵临郡，随元帅阿鲁辉退屯浙西札溪，巡逻至界首白际岭，战败不屈，题诗石壁云：“怪石有痕龙已去，落花无主鸟空啼。”（《元诗纪事》卷二六）遂自刎死。著有《吴万户诗集》5 卷。顾嗣立谓：“克敏诗豪迈，为铁崖所称。”（《元诗选》三集）

在元代，游历徽州的文学家不多，主要以著名散曲家张可久为代表。

张可久（约 1270—1348 后），字可久，号小山，浙江宁波人。以路吏转首领官。专力写散曲。曾亲历徽州，写下了《霜角・新安八景》《水仙子・黄山道中》《折桂令・徽州路谯楼落成》等一系列曲作品。其中《霜角・黄山雪霁》写道："云开洞府，按罢琼妃舞。三十六峰图画，张素锦、列冰柱。几缕，翠烟聚，晓妆媚更妩。一个山头不白，人知是炼丹处。"此一咏黄山雪景之作，用语通俗，形象生动，富有散曲风味。

元代主要靠徽州籍文学家自身的力量来从事文学创作，创作队伍上虽然显得有些单一，但可看出徽州籍文学家抵抗着时代的重压，表现出努力把徽州文学推向前行的刚毅精神，应该说还是取得了一定成绩的，像方回就是在全国有影响的文学家。

五、明代文学

明代徽州文学进入了一个全新的发展阶段。特别在戏曲方面得到了长足发展，涌现出了卓有成就的文学家、戏曲家和戏曲理论家。游历徽州的文学家空前活跃，所写作品显得丰富多彩。

徽州籍文学家主要以程敏政、郑之珍、汪道昆、潘之恒、程嘉燧、汪廷讷为代表。

程敏政（1446—1499），字克勤，号篁墩。休宁人。10 岁即以神童荐，诏读翰林院。成化二年进士，官至礼部右侍郎。以学问赅博，著述繁赡著称，颇有声望，但又一再受到倾轧。创作诗歌数千首，各种文体散文 1200 余篇。李东阳在《篁墩文集》序中说"赜探隐索，注释经传，旁引曲证，而才与力又足以达之，虽皆出于经史之余，而宏博伟力，成一家之言，质之今日殆绝无而仅有者也。”而在其所写的一百余篇“记”体散文，主要记写楼堂轩亭、山水游踪和人物事迹等，饱含情感，逸兴飞动，语言醇美，结构谨严，显示出杰出的艺术创造才能。何歆认为“其以才驱气，以气驾文，豪放奔逸，俱有余地……要亦韩、柳、欧、苏之俦，……世不可无者也。”著有《篁墩文集》93 卷等。

郑之珍（1518—1595），字汝席，号高石，别署高石山人。祁门人。诸生，屡试不中。后放弃读书入仕念头，专心从事戏曲创作。他所创作的戏曲作品以《目连救母劝善戏文》成就最高，影响最大。其中后者，徽剧、川剧、湘剧、昆曲等剧种都争先移植上演，曾风靡许多地区，使“目连戏”成了戏曲大家族中一个独特的品类。

汪道昆（1525—1593），字伯玉，又字玉卿，号南明、南溟、太函，晚号涵翁。歙县人。嘉靖二十六年进士，官至兵部左侍郎。以诗文名世，与王世贞并称“两司马”。著有《太函集》120 卷，其中文 106 卷，诗 14 卷。王世贞谓汪道昆文简而有法。对于诗，胡应麟在《诗薮》中说：“汪司马伯玉以文章名天下，中岁尤刻意于诗歌，五七言体，尽刷铅华，独在天骨，雄深浑朴，壁立嘉靖诸子间，自为一家。”著有杂剧《高唐记》《洛神记》《五湖记》《京兆记》《唐明皇七夕长生殿》，前四种今存，合称为《大雅堂乐府》。明吕天成《曲品》谓其戏曲有“清新俊逸之音，调笑诙谐之致”。

潘之恒（1536—1622），字景升，号鸾生。歙县人。早年为太学生，嘉靖间官至中书舍人。曾游于汪道昆、王世贞之门，与当时剧作家汤显祖、沈璟等交好，并为众多演员写下文辞艳丽的小传，成为不可多得的戏曲曲艺史料，有“姬之董狐”之称。曾编校《盛明杂剧》，收杂剧 60 种。撰写《叙曲》

《吴剧》《曲派》《剧品》等剧评文章，均收入《亘史》《鸾啸小品》两集中，今人辑有《潘之恒曲话》。潘之恒平生创作了大量诗文，风格清新简洁，有《鸾啸集》和诗集《涉江集》，多为纪游之作。

程嘉燧（1565—1644），字孟阳，号松圆、偈庵。休宁人，侨居嘉定，归老于歙县。精音律、工书画，尤长于诗，时人称为“松圆诗老”，又与娄坚、唐时升、李流芳并称“嘉定四先生”。论诗主张先立人格，然后有诗格，反对“前后七子”复古摹拟的立论。钱谦益尤推重之。其诗“清丽温婉，诵之令人意消”（《明诗纪事》）。著有《松园偈庵集》2 卷，《松园浪淘集》18 卷、《松寥集》3 卷等。

汪廷讷（1573—1619），字昌朝，一作昌期，号无如、无无居士、清痴叟，又号坐隐、坐隐先生。休宁汪村人。历嘉靖、万历、天启三朝。任盐运使，长汀县丞、鄞江左司马。著有诗文集《坐隐先生集》，编有《文坛列俎》《环翠堂华衮集》。著杂剧《中山救狼》《青梅佳句》《捐㚢嫁婢婷》9 种，又著有传奇《二阁记》《义烈记》《种玉记》等 18 种。其中《狮吼记》为代表作，为杰出的喜剧作品。

明代游历徽州的文学家主要有唐寅、王世贞、汤显祖、徐弘祖等。

唐寅（1470—1523），字伯虎，号六如居士。吴县人。1500 年秋，唐寅漫游庐山、武夷山、雁荡山后，沿新安江上行，入恩师程敏政故乡休宁县，登览了道教圣地齐云山。游山适值玉虚宫大殿落成不久，特撰骈体长铭《紫霄宫玄帝碑铭》。所作《齐云岩纵目》诗，表达了通达的心怀和对名山的欣悦之情。

王世贞（1526—1590），字元美，号凤洲。江苏太仓县人。著名文学家。嘉靖年间，应兵部同事、歙县人汪道昆邀请来游黄山。张潮在《〈歙问〉小引》中记述了这次颇具戏剧性的壮观之行：“王弇州先生来游黄山时，三吴两浙诸宾客从游者百余人，大都各擅一技，世鲜有能敌之者，欲以傲于吾歙邑中。汪南溟（道昆）先生闻其至，以黄山主人自任，僦名园数处，俾吴来者各各散处其中，每一客必有一二主人为馆伴。主悉邑人，不外求而足，大约各称其技，以书家敌书家，以画家敌画家……无一不备。与之谈则酬酢纷纭，如黄河之水，注而不竭；与之角技，宾时或屈于主。弇州先生大称赏而去。”王世贞徽州之行领略了此地文风昌盛景象，大为称赏。

汤显祖（1550—1616），字义仍，号若士。江西临川县人。1583 年进士。曾任南京太常寺博士、礼部主事，因厌恶别人劝他附庸富商，而愤然写出“欲识金银气，多从黄白游。一生痴绝处，无梦到徽州”的诗作，时人以为是对徽州的讽刺。其实，汤显祖对徽州山水甚为倾慕和向往，曾自述：“予尝闻海阳之地，松萝奇秀，不让匡庐、九嶷、巫峡，心窃慕之。”于 1608 年 9 月来到休宁县汪村拜访戏曲家汪廷讷，并在领略徽州山水风光。

徐弘祖（1586—1641），字振之，别号霞客。江苏江阴人。曾两次游历黄山和齐云山，撰有《游黄山日记（前）》《游白岳日记》和《游黄山日记（后）》等。清人闵麟嗣《黄山志定本》记载，有人问徐氏天下山何处最奇，他答道：“薄海内外无如徽之黄山，登黄山天下无山，观止矣！”民间流传根据徐弘祖以上话语改写的“五岳归来不看山，黄山归来不看岳”，对后代影响很大。

明代徽州文学创作队伍较为宏大，且在全国具有影响的文学家较多，文学作品也格外灿烂丰富，就是游历徽州的文学家也极其众多，并创作出了一系列重要作品，使徽州文学蔚为壮观，成为继宋代以后的又一文学发展高峰。

六、清代文学

清代徽州文学在明代文学基础上得到进一步发展，可以说是极一时之盛。据对《清人别集总目》的初步统计，整个清代徽州籍人士出版有诗集文集者共有 380 人。其中：歙县 246 人，休宁 61 人，婺源 46 人，黟县 14 人，绩溪 11 人，祁门 10 人。这是徽州文学发展到清代所出现的前所未有的繁盛气象。

清代徽州籍文学家的主要代表人物是李流芳、赵吉士、张潮、马曰琯、汪士慎、汪由敦、方成培、曹文埴和汪中等。

李流芳（1575—1629），字长蘅，号慎娱居士。歙县西溪南乡人。长期寓居嘉定，1606 年中举人。气质豪健，重气节。博学多艺，精书画、工诗文、善篆刻，名重一时，为晚明影响深远的画坛宗师。诗文多为题画和应景酬赠之作，但风格清新自然，读来别有意趣。有与程嘉燧等人的合集《嘉定四先生集》，另有《檀园集》。

赵吉士（1628—1706），字天羽，号恒夫。休宁旧市村人。顺治八年举人。康熙七年官交城知县，以平山寇有功，擢户部主事。二十五年，迁户科给事中等职。居京师宣武门外寄园，于汉翔曾贻诗四首，吉士依韵酬答，后凡遇他题，皆叠此韵，得诗凡 1500 余首，编为《林卧遥集》，为诗坛之创格。所著笔记《寄园寄所寄》12 卷，为世传诵。另著有《万青阁集》8 卷、《林卧遥集》3 卷等。

张潮（1650—1709），字山来，号心斋居士。歙县柔岭下村人。出身于缙绅之家，年 15 补诸生。侨居扬州，广交同好，以辑录和刊刻丛书知名于当时。对各种一般士大夫认为不入大雅之堂的文字如小说、戏曲、民歌、小品文及其他杂著，兴趣浓厚。曾化名为张竹坡《皋鹤堂批评第一奇书金瓶梅》作序。一生著述甚富。编有文言小说集《虞初新志》20卷、杂著丛书《昭代丛书》150卷、《檀几丛书》50卷等，著有《聊复集》《幽梦影》《青泪痕》《忆闻录》《奚囊寸锦》《心斋杂俎》《咏物诗》《笔歌》等。其《幽梦影》文笔清新可爱，思想自由活泼，对后代有积极影响。

汪士慎（1686—1759），字近人，号巢林，又号溪东外史。休宁人。寓居江苏扬州。精篆刻，善隶书，擅画花卉，墨梅尤气韵高洁，为“扬州八怪”之一。其诗歌清雅脱俗，有《巢林集》七卷，收诗近五百首。

马曰琯（1688—1755），字秋玉，号嶰谷。祁门人。徙居江苏江都。著名徽商。官候选知州。一生喜爱写诗、藏书和结交文人雅士。雍正年间，在扬州建造小玲珑山馆，广交天下名流，“四方人士闻名造庐，授餐经年，无倦色”。全祖望、厉鹗、符曾、金农皆馆其家结邗江吟社。“诗缠绵清婉，沈德潜以为峭刻得山之峻，明净得水之澄。”（《清史列传》）著有《沙河逸老小稿》《嶰谷词》《焦山纪游录》，编有《林屋唱酬录》《韩江雅集》等。

汪由敦（1692—1758），字师茗，号谨堂，又号松泉居士。休宁人。少年时代以读书过目不忘享誉东南，1724年进士，官至太子太傅、军机大臣、吏部尚书。乾隆皇帝评为：“老诚端悃，敏练安详，学问渊醇”，每出京巡视，均命由敦随行。治学上以渊博著称，曾参与纂修《大清一统志》和《盛京通志》。在文学方面承韩欧文风、乐府诗风，有《松泉文集》26卷传世。

方成培（1713—1808），字仰松，号岫云。歙县横山村人。早年体弱多病，因此放弃科举入仕之念，自修医理、乐理、儒道经典及百家文章，乐律方面造诣很深。成年后，汇集诸家词曲，编成《词棨》26卷，著《香研居词尘》5卷。经多年潜心揣摩，在前人旧本基础上完成《雷峰塔传奇》古典名剧的改编，洗去旧本妖气，使白娘子成为古代文学长河里的经典形象，思想性大大增强，被列为中国古典十大悲剧之一。另有《听奕轩小稿》3卷、《金华金石文字记》1卷、《香研居谈咫》1卷等。

曹文埴（1736—1798），字近薇，号竹虚。歙县雄村人。出生于盐商之家。25岁时，以优异成绩入仕，官至户部尚书等职。1773年命为《四库全书》总裁之一，并在家乡主持重建紫阳书院。著述有《石鼓砚斋文钞》20卷、《石鼓砚斋诗钞》32卷、《石鼓砚斋试帖》2卷、《直庐集》8卷。

汪中（1745—1794），字容甫。歙县古塘村人。寓居扬州。绝意仕进。在骈文方面造诣很高，所撰《哀盐船文》一文，一时名士叹赏不已，文名盛传于海内。所撰《琴台铭》和《黄鹤楼记》影响很大。汪中治学最有成就的是对先秦诸子学的创意解说。晚年应邀前往杭州文澜阁参与校订《四库全书》。主要著述有《容甫先生遗诗》5卷、《汪容甫文笺》3卷等。

另有著名徽州籍文学家汪辑、方士庶、程晋芳、闵麟嗣、汪绂、凌廷堪、曹振镛和齐彦槐等。

在清代任职徽州的有文学家靳治荆、刘大櫆和谭献等。

靳治荆，清代诗人。字燕堂、熊封，辽东镶平汉军镶黄旗人。曾任吉安、徽州知府。有《思旧录》，曾主持修《歙县志》。写有《游黄山记》等。

刘大櫆（1698—1779），字才甫，号海峰，桐城人，副贡，官黟县教谕。是桐城派重要作家之一。有《海峰文集诗集》等。在黟县任上写有语言隽永、意境清丽的《黄山记》等文。

谭献（1830—1901），字仲修，号复堂，浙江仁和人。同治举人，官歙县等地知县。词人，能诗及骈文。有《复堂类稿》。

清代游历徽州的文学家主要有袁枚、沈德潜、黄景仁、龚自珍等。

袁枚（1716—1798），字子才，号简斋，又号随园老人。浙江杭州人。乾隆进士，曾任江宁等地知县。于1783年4月至5月游徽州，写有《宿黄山狮子林晨起登清凉台看云铺海》等诗和《游黄山记》。

黄景仁（1749—1783），字仲则，号鹿菲子。江苏武进县人。一生五入徽州，写有《春雨望新安江》《重游齐云山》《重游新安杂感》《黄山松歌》等诗，并对徽州作出了“地气磅礴，人风古淳”的总评价。

龚自珍（1792—1841），字璱人，号定庵，浙江杭州人。1812年随父赴任徽州知府。到任不久，奉父命为纂修府志甄选人物、搜辑掌故。在徽凡三年，写下了《黄山铭》等一批记游诗文，赞美徽州河山。

清代文学家可谓群星灿烂，既有本土文学家，又有客居他乡的文学家，还有任职和游历徽州的文学家，不仅类型多样，而且数量众多，是前所未有的。在文学作品的创作上也是百花盛开，多姿多彩。可以说，这是继明代以后的一种极盛发展而终于到达光辉的顶点。

七、近代文学

近代时期徽州本籍文学家主要有黄宾虹、汪定执、许承尧、程善之、胡适、陶行知、苏雪林、汪静之、章衣萍、罗长铭和程朱溪等。

黄宾虹（1865—1955），歙县潭渡人。初名懋质，后改名质，字朴存，号宾虹，别署予向、虹叟、黄山山中人。著名画家、学者。擅画山水，为中国近现代美术史上的开派巨匠，有“千古以来第一的用墨大师”之誉。画风苍浑华滋，意境深邃。1953 年被国家授予“中国人民优秀的画家”荣誉称号。著有《黄山画家源流考》《虹庐画谈》《画法要旨》等。黄宾虹堪称诗画双绝，其山水画意境高远，无人能出其右；其诗清隽疏朗、选词妍雅，为世人推重。刘海粟《黄宾虹诗集·序》中指出：“将它当画论来读，那发人深思的创见和经验，俯拾皆是；若作史料来看，则是他行踪与艺术思想最形象化的实录；如以艺术品来欣赏，则使人大有将壮丽之山河联成宽银幕影片，状难画之景而富有弦外妙音，抒难言之情而耐人咀嚼，味若橄榄。”

汪定执（1870—1955），字允中，号慕云，别署旷公。歙县人。幼习儒，博雅能文，尤工吟咏，兼善画梅。早年受业于宿儒李嘉会先生，光绪庚子入庠。旋即旅居苏州课徒为生，间为“留园管理处”“茶商公所”司笔墨。诗文皆有法度，曾纳交先儒俞樾，皈依高僧印光，故诗境禅理均有造诣。著有《慕云诗存》《慕云文存》等。末代翰林许承尧曾为其题诗集：“旷公久居吴门，昔曾交纳俞曲园先生，晚乃遍识海内耆硕，学有根底，故诗渊然可诵，而尤工于言情。前后两德配皆吟侣，悼亡之作为世传颂。”可谓悉其人而言之切。

许承尧（1874—1946），曾名芚，字际唐、芚公，号疑庵、婆娑翰林，室名眠琴别圃、晋魏隋唐四十卷写经楼等。歙县唐模人。方志学家、诗人、书法家、文物鉴赏家。21 岁中光绪甲午科举人，光绪三十年（1904）中进士，入翰林，成为中国“末代翰林”之一。辛亥革命后，应皖督柏文蔚聘，任全省铁路督办等职，后随甘肃督军张广建入陇，任甘肃省府秘书长、甘凉道尹、兰州道尹、省政务厅长等职。1924 年辞官返歙，在家乡以著述终老，著有《歙县志》《歙故》《疑庵诗》等。其诗思渊虑微，悲愤深广，表现了知识分子在民族灾难特别深重之时的爱国情怀。艺术上其诗托意渊微，别开生面，以科学知识入诗，以俗语、译词入诗，体现了“诗界革命”精神和近代启蒙气象。《光宣诗坛点将录》评曰：“疑庵诗，风骨高秀，意境老澹，皖中高手。”（《汪辟疆文集》）。

程善之（1880—1942），名庆余，歙县人。幼年随父居江苏扬州。16 岁补博士弟子员，旋邀约同人，结社讲学，研究历代政治沿革，后加入同盟会。辛亥革命时，执笔于《中华民报》。著作有《沤和室诗存》《沤和室文存》等。他创作的小说《残水浒》具有重要影响。《残水浒》小说内容结构完善，与《水浒传》前 70 回遥相呼应，其结局又应对正史中宋江等 36 人为张叔夜所擒的记载，在结构、人物塑造和情节表现方面均有突出特点与价值。

胡适（1891—1962），原名嗣穈，学名洪骍，字希疆，后改名胡适，字适之，笔名天风、藏晖等。绩溪人。著名学者、诗人、历史学家、文学家、哲学家。胡适因提倡文学改良而成为新文化运动的领袖之一。胡适是第一位提倡白话文、新诗的学者，对中国近代文学史产生了较为深远的影响。著有《中国古代哲学史》《白话文学史》《胡适文存》《尝试集》《中国哲学史大纲》等。在文学、哲学、史学、考据学、教育学、伦理学、红学等诸多领域都有深入研究。胡适在古典小说研究上卓然有成，结集为《中国章回小说考证》出版。《尝试集》

是新文学运动的第一部新诗集。刘元树在《〈尝试集〉的思想倾向和历史地位》一文中指出："总观全体，反对封建主义、向往民主自由、提倡个性解放乃是基本内容。"杨义在《中国新文学图志》中指出："《尝试集》最重要的价值在于诗外，在于他为新文学运动率先试作白话诗的胆略，在于他拓展人们创造新诗的视野和勇气。"

陶行知（1891—1946），原名文濬，歙县人。毕业于金陵大学文学系，人民教育家、思想家，伟大的民主主义战士，爱国者，中国人民救国会和中国民主同盟的主要领导人之一。著有《中国教育改造》《斋夫自由谈》《行知诗歌集》《行知诗歌前集》《行知诗歌三集》《古庙敲钟录》《创造宣言》《手脑相长歌》等。对于陶行知的诗歌创作，郭沫若说："他不仅是开创时代的哲人，而且是一位伟大的人民诗人。陶先生的诗，不仅量多，而且质好。""他的诗体的解放是在解放区作家之前，他真可以说是独开风气之先。"（《行知诗歌集》494 页《校后记》）

苏雪林（1897—1999），原名苏小梅，字雪林，笔名瑞奴、瑞庐、小妹、绿漪、灵芬、老梅等。太平县（现黄山市黄山区）岭下村人。一生跨越两个世纪，杏坛执教 50 载，创作生涯 70 年，出版著作 40 部。先后在沪江大学、安徽大学、武汉大学任教，后到台湾师范大学、成功大学任教，被喻为文坛常青树，作品涵盖小说、散文、戏剧、文艺批评。散文集《绿天》和自传体小说《棘心》，均为苏雪林的成名作。

汪静之（1902—1996），绩溪上庄人。早年求学于屯溪茶务学校，1921 年考入浙江省第一师范学校，受五四运动新思潮影响，与潘漠华发起成立"晨光文学社"。1922 年 3 月，与潘漠华、应修人、冯雪峰等组织湖畔诗社。其中诗集《蕙的风》1922年出版在全国掀起巨大反响。《蕙的风》收诗作33首，内容有表现诗人对人生价值、友谊和大自然的探索与追求，有对劳动人民悲惨遭遇的同情，也有对新思潮的赞颂，而更多的则是抒写对爱情的渴望，以表现爱的力量。诗句清新自然，感情真挚。鲁迅对其作品给予较高评价。

章衣萍（1902—1947），又名洪熙，绩溪人。幼年入蒙堂馆，1908年入安徽省立第二师范学校，1921年入北京大学预科。北大毕业后，在陶行知创办的教育改进社主编教育杂志，上海大东书局任总编辑，与鲁迅筹办《语丝》月刊。1928年任暨南大学校长秘书兼文学系教授，抗战后任成都大学教授，南社和左翼作家联盟成员。1925年发表成名作《桃色的衣裳》。章衣萍短篇小说集《情书一束》成为当时主要畅销书之一，被译成俄文。有诗集《深誓》《种树集》《樱花集》，散文集《枕上随笔》《青年集》《随笔三种》《秋风集》《衣萍文存》，传记《黄仲则评传》《孙中山先生》，短篇小说集《情书一束》《古庙集》《衣萍小说选》《小娇娘》等。

罗长铭（1904—1971），原名会钴，又名更，字长铭，号亡羊，歙县呈坎人。工诗词，精文史。曾任省立第二师范学校国文教师、上海神州国光社编辑、安徽省通志馆编纂，参与修纂民国《歙县志》。中华人民共和国成立后，任省文史馆员，在省博物馆从事古籍善本的编目提选、书画鉴定和文物考证工作。为学谨严而沉思，文章考证精当，议论入理，卓有创见。著有《屈原赋二十五篇考》《寿县出土的鄂君启金节》《长铭诗词钞》《罗长铭集》。罗长铭的诗词创作于解放前抚时感事，寄托深远，诗风沉郁；解放后承平气象，建设之功，去故取新，包孕愈深，才华益复横溢，诗风清新。

程朱溪（1906—1952），名家丁，以字行。绩溪北村人。

少年随父就读于安徽省二师、天津南开中学。1925 年考入北京大学文学院，开始诗歌、小说创作。毕业后居北京，加入中国国民党。1936 年随国民政府由武汉转重庆。1944 年调任安徽省党部委员。抗战胜利后任安徽省第九行政公署专员、南京社会部总务司司长。出版有散文诗《天鹅集》、中篇小说《父与子》，翻译出版高尔基短篇小说集《草原上》。《父与子》描写中国军队在长城喜峰口与日军作战的儿子与其在北京学生公寓当差役的父亲的悲剧故事，后被选入中学国文课本。

游历徽州的文学家主要有黄炎培、林语堂、郁达夫等。

黄炎培（1878—1965），字任之，号楚南。上海市人。清末举人。1900 年 3 月与蔡元培等人在上海发起成立中国教育会。1905 年加入中国同盟会。1915 年参与发起成立全国教育会联合会，任江苏省教育会会长。1919 年在上海创办中华职业教育社，任理事长。1924 年 5 月与陶行知等发起组织平民教育促进会。1945 年 12 月领导创建中国民主建国会，任常务理事。中华人民共和国成立后，任政务院副总理兼轻工业部部长。1954 年 12 月至 1965 年任政协全国委员会副主席。民国三年（1914）到徽州考察教育时曾游览黄山，创作有《莲花峰绝顶》诗，是有重要影响的黄山诗作之一。

林语堂（1895—1976），原名和乐，后改玉堂，又改语堂。漳州人。著名作家、学者、翻译家、语言学家。早年留学美国、德国，获哈佛大学文学硕士，莱比锡大学语言学博士。回国后在清华大学、北京大学、厦门大学任教。作品包括小说《京华烟云》《啼笑皆非》，散文和杂文文集《人生的盛宴》《生活的艺术》以及译著《东坡诗文选》《浮生六记》等。1934 年初春，林语堂与郁达夫、潘光旦、叶秋原等八位作家与诗人一同游历徽州，下了《皖南行》一文。

郁达夫（1896—1945），原名郁文，幼名荫生、阿凤，字达夫，浙江富阳人，现代著名小说家、散文家、诗人。1921年6月，郁达夫和郭沫若、成仿吾等人组织成立创造社，同年10月出版我国现代文学史上第一部白话短篇小说集《沉沦》。1934年的一个初春，郁达夫、林语堂、潘光旦、叶秋原等一同游历徽州。这次旅行，郁达夫写下了《屯溪夜泊记》《齐云山游记》《出昱岭关记》和《齐云岩》等诗。

近代徽州文学的发展在作家队伍方面虽然在数量上不是很大，但仍然体现出这个时期的以下特点：

一是对全国文学发展具有重要影响。作为著名学者、诗人、文学家的胡适，因提倡文学改良而成为新文化运动的领袖之一。人民教育家、思想家、伟大的民主主义战士陶行知的诗歌曾被人们亲昵地称为“行知体”，有其独特的风格，对新诗运动产生过积极深远的影响。汪静之的诗集《蕙的风》曾在当时的文学界掀起巨大反响，鲁迅认为“《蕙的风》的内容对于当时封建礼教具有更大的冲击力，它的出版，无疑是向旧社会道德投下了一颗猛烈无比的炸弹，在我国文艺界引起了一场‘文艺与道德’的论战”。

二是一些文学作品在徽州本土产生了重要影响。如陶行知的《徽州人的新使命》一文，对徽州人民具有深远影响，其中的“我们徽州，山水灵秀，气候温和，人民向来安居乐业，真可谓之世外桃源。察看他的背景，世界上只有一个地方和他相类，这个地方就是瑞士”，是徽州人耳熟能详的经典语句，激发了徽州人的自豪感。游历徽州的文学家郁达夫创作的作品产生一定影响，如他的七绝《屯溪夜泊》：“新安江水碧悠悠，两岸人家散若舟。几夜屯溪桥下梦，断肠春色似扬州。”可谓是徽州人最广为传诵的诗歌作品之一。

三是拥有了在海峡两岸具有重要影响的被喻为文坛的常青树的文学家苏雪林，其作品涵盖小说、散文、戏剧、文艺批评，成为徽州最著名的女性文学家。

徽州文学历经南北朝、唐、宋、元、明、清、近代的蓬勃发展，形成了波澜壮阔的历史画卷，展现了独特的风貌格调，丰富了中国文学宝库，为地域文学的研究提供了生动的范本。

第五章　徽州文学的历史地位

在“徽学”热潮一浪高过一浪的早期阶段，“徽州文学”却很冷，冷到几乎听不到它的声音，以至到了“徽州无文学”谬见大行其道的地步。笔者有鉴于徽州文学被冷遇的情况，撰写了《徽州文学创作主体的类型特点》《有关“徽州文学”的几个问题》《徽文化中的徽州文学》《徽州文学概观》《一代文星程敏政》《从民间歌谣看徽州人的观念世界》等文，企图在一定方面扭转人们对徽州文学的偏颇认识，还徽州文学的本来面目。虽然这些文章的发表产生了一定影响，但要真正使人们彻底改变对徽州文学的看法尚需时日，也有待于更多同仁加入到徽州文学的研究队伍中来，为尽早恢复徽州文学在人们心目中应有的地位而努力。本章以《徽州文学的历史地位》为题，来进一步认识和研究徽州文学问题，以期引起人们对徽州文学的更多关注。

一、徽州文学在徽州文化中的地位

可以说，徽州文学对徽州文化的创造和发展起着良好的润化、孵化和催化作用。这可从以下方面看出：

（一）徽州文化创造者有着良好的文学修养，为创造灿烂无比的徽州文化创造了条件

要创造光辉灿烂的徽州文化，没有一定的综合素质不行，

而一定的文学修养就是这综合素质中的重要一环。只要有了文学修养就能培养人的想象力和创造力，就能涵养人的胸怀，锻造人的意志和品格。此言非虚。诺贝尔得主李政道在一次“科学与艺术”研讨会上，在回答20世纪50年代美国和苏联进行空间技术竞赛而前苏联率先把人类第一颗人造卫星送上天的原因时，引用美国教育家的观点说，美国在科学教育上是先进的，但艺术教育落后。也即美国科技人员缺少艺术素养从而导致了美国空间技术的落后[①]。文学艺术对科学的影响尚且如此，对文化的影响当更为直接。同样，徽州文化创造者所具有的文学素养为创造灿烂的徽州文化提供了基础条件，这从徽州文化的创造者中有大量徽州文学家的事实就可得到说明。

（二）徽州文化创造者在文化创造的同时也创造了徽州文学

徽州文化的创造者在徽州文化的许多领域都作出了重要贡献。由于他们具有良好的文学修养，在文化创造的同时也自觉不自觉地创造了引人注目的徽州文学。这个群体有下面几种类型构成，即有作为政治家的创作主体，如许国、曹振镛等；有作为教育家的创作主体，如郑玉、陶行知等；有作为理学家的创作主体，如朱熹、汪克宽等；有作为朴学家的创作主体，如汪绂、凌廷堪等；有作为医学家的创作主体，如江瓘等；有作为科学家的创作主体，如余煌、齐彦槐等；有作为徽商的创作主体，如马曰琯、方西畴等；有作为书画家的创作主体，如李流芳、程嘉燧等；有作为武术家的创作主体，如程鸣凤等；有作为制墨家的创作主体，如方于鲁等。正是他们在从事文化创

① 李政道：《科学与艺术——一个硬币的两面》，载《中国青年报》1999年6月10日第5版。

造的同时，创造了无比丰富和灿烂的徽州文学，人们不得不为他们的文学创造才情所折服，不得不承认他们不但是徽州文化的杰出创造者，同时又是著名的徽州文学家。

（三）徽州文学体现了自身的文学价值，也体现了徽州文化的价值

中国在魏晋之前的文学历史就是一种广义的文学的历史，即文化的历史，这主要是当时的文学还不能与政治、哲学、历史等著作严格地分离开来。而就文学本身来看，文学也确实不只是文学价值，它还包含了多方面的文化价值，如政治学价值、社会学价值、历史学价值、民俗学价值等。徽州文学自然也不例外，它不但体现了自身的文学价值，同时还体现了丰富的徽州文化的价值。一般说来，政治家所写的一些作品就具有比较多的政治学价值，理学家所写的一些作品就比较多地具有理学价值，教育家所写的一些作品就比较多地具有教育学价值，等等。这是一方面。另一方面，具体到一些作品来说，它们会体现出各自的价值。如南朝梁代吕文达的《吕堨记》，记写了家族的处境以及自己率众疏浚渠道，灌溉良田，从而使当地村民过上丰衣足食的生活等，就具有一定的历史价值；清代盐商方西畴所写的《新安竹枝词》36 首，从各方面展示了徽州民众的生活和社会风俗，就具有民俗学价值。只要我们去悉心探讨，徽州文学所具有的丰富的文化价值就一定能够得到鲜活领会和揭示。

二、徽州文学在安徽文学中的地位

从现有的系统论述安徽文学的著作中是很难看出徽州文学在安徽文学中的地位的，这可以从《安徽省志 · 文化艺术志》和《安徽文化志》这两部代表性著作中得到见证。由于这两

部著作的影响，也使徽州无文学的观点似乎得到了直接间接的认同。特别是早在1998年就已经由安徽省人民政府决定并编纂的共有20分卷组成的《徽州文化全书》巨著中，就只有《徽州戏剧》而没有《徽州文学》，仿佛更是在直接告诉人们徽州无文学。但所有这些都是不符合徽州文学事实的，也是不能令人接受的。为了令人信服地说明徽州文学在安徽文学中的地位这一问题，本章所依据的材料主要来自于上海辞书出版社出版的《中国文学大词典》[①] 这一具有相对权威性的著作。徽州文学在安徽文学中的地位主要从以下三方面见出：

（一）从时间上说，徽州文学相对于整个安徽文学来看虽然起步较晚，但是后来居上，对安徽文学的发展起着强有力的推动作用

衡量一个地区的文学的发生阶段，首先无疑是要有作家和作品。以此观之，据《中国文学大词典》记载，安徽文学开始于东汉，因为此时安徽有了自己的第一个作家，那就是桓谭（《安徽省志·文化艺术志》则认为起源于春秋战国时期的老子和庄子）。桓谭（前23—后50），东汉哲学家，文学家，字君山，沛国相（今濉溪县西北）人，著有《新论》《桓谭集》，均散佚，清严可均有辑本。三国时安徽文学形成了异峰突起的局面，主要以创造了“建安风骨”的曹操、曹丕和曹植为代表，共有作家15人。西晋时以“竹林七贤”之一的刘伶为代表，共有作家9人。东晋以桓温为代表，共有作家7人。南朝共有作家10人。唐代共有作家16人，其中徽州2人，即吴少微和张志和〔《中国文学大词典》称吴少微为新安（今河南）人，应为新安歙县人；称张为金华人，但另有一说

① 《中国文学大辞典》，上海辞书出版社，2000年9月版。

为新安祁门人〕。也就是说徽州作家在安徽文学中从东汉到南朝是空白，直到唐代徽州才有了作家，与前相比迟了几百年，自然进入不了早期安徽作家的行列。但徽州作家一经出现，就以后来居上的气魄，一下就映红了安徽文学的半边天空，这就是在唐代有了吴少微和张志和之后，在宋代又有了以朱熹、方岳为代表的23人的作家队伍，在元代有了以方回为代表的7人的作家队伍，在明代有了以程敏政、郑之珍和汪道昆为代表的28人的作家队伍，在清代有了以张潮、汪士慎为代表的32人的作家队伍。这不能不说是后来居上，气势强劲，徽州作家不但不断开创了徽州文学的新局面，也给安徽文学的发展吹进了强劲东风，显示了徽州作家队伍的实力。

（二）从作家数量上说，徽州作家在整个安徽作家队伍中具有鼎足之势，为安徽文学的发展起了先锋队作用

在《中国文学大词典》中共载有安徽作家322人，其中徽州作家103人，占安徽作家总数的近三分之一，成了安徽作家队伍中的一个最强大的群体。徽州作家在安徽作家中不同时代所占比例的总体情况是：东汉1人，徽州无；三国15人，徽州无；晋16人，徽州无；南朝10人，徽州无；唐代16人，其中徽州2人，占13%；宋代42人，其中徽州23人，占55%；元代18人，其中徽州7人，占39%；明代51人，其中徽州28人，占55%；清代86人，其中徽州32人，占37%；近代34人，其中徽州4人，占12%；现代28人，其中徽州7人，占25%。于此看出徽州作家从唐代开始出现，即在全省赢得了自己的地位，在宋、明两代作家人数更是占了安徽的半壁江山，形成了极一时之盛的局面。就是在元代、清代和现代也从不同程度上体现了徽州作家的实力和影响，为安徽文学的发展作出了不可磨灭的贡献。一定作家数量的出现会

带来一定创作质量的飞升，质量总是建立在一定数量的基础上的。那么徽州作家的创作质量如何呢？这是下面所要回答的问题。

（三）从创作质量来说，徽州文学为提升和扩大安徽文学的品位和影响起到了特殊作用

徽州作家的文学创作以自己的独有成就在省内外产生了广泛影响。

在唐代，有“北京三绝”之一的吴少微，与富嘉谟一起创造了“吴富体”，开创了一代文风；有“烟波钓徒”之称的张志和，祁门人，创作的词作品《渔歌子》5首，风华独步，影响海内外。在宋代，有集理学之大成的朱熹，婺源人，创作诗词1200余首，狭义散文200余篇，诗如《春日》《观书有感二首》，文如《记孙觌事》等都是宋代文学中广为传诵的作品；著名词人方岳，祁门人，其词气韵清健，平易有味，《全宋词》收其词74首，有《秋崖小稿》83卷传世。在元代，有著名诗人方回，歙县人，著有《桐江集》《桐江续集》，所编《瀛奎律髓》，标榜“江西诗派”，体现了他的独到见解，对后世具有积极影响。在明代，有与著名文学家李东阳齐名的程敏政，休宁人，创作诗歌数千首，各种文体散文1200多篇，其《篁墩文集》有“宏博伟力”“豪放奔逸”之称；作为“两司马”（其一为著名文学家王士贞）和“后五子”之一的汪道昆，歙县人，著有《太函集》120卷，其中文106卷，诗14卷，著有杂剧数种，有“清新俊逸之音，调笑诙谐之致”之称。在清代，以辑录和刊刻知名于世的张潮，歙县人，一生著述甚富，编有文言小说集《虞初新志》20卷，杂著丛书《昭代丛书》150卷，《檀几丛书》50卷，所著《幽梦影》影响深远；“扬州八怪”之一的汪士慎，歙县人，其诗歌清雅脱俗，

有《巢林集》7卷等传世。在现代，有新文化运动的领袖人物之一的胡适，绩溪人，1917年在《新青年》杂志上发表《文学改良刍议》一文，揭开了中国现代文学革命运动的第一页，并撰写了现代第一部白话诗集《尝试集》。“开新标点本古典小说先河”的汪原放，绩溪人，他采用新式标点和分段形式整理出版了《水浒传》《三国演义》《西游记》《红楼梦》《儒林外史》等名著，对整理出版中国古典小说作出很大贡献；还翻译了《伊索寓言》《一千零一夜》《鲁滨逊飘流记》等外国文学名著，产生了重要影响。有“湖畔诗人”之称的汪静之，绩溪县人，与潘漠华、应修人、冯雪峰等共结“湖畔诗社”，《蕙的风》以清丽的文辞、热烈的情感讴歌纯真的爱情，在“五四”后的青年中影响很大。

在以上极其简括的介绍中，可以看出徽州作家所创作的大量作品在文学史上的重要地位和影响，它们无疑为打造安徽文学作出了重要贡献，理应在安徽文学中拥有无可替代的地位。

三、徽州文学在中国文学中的地位

（一）徽州文学创作队伍的地区广泛性罕有其匹

在徽州人中，把文学创作当作一种修养者有之，当作一种爱好者有之，当作一种交友之道者有之，当作一种自身才情显示者亦有之。文学创作在徽州人这里是一种基本修养和基本技能。

据对《中国文学大辞典》的统计，该书收录徽州籍文学家达103人，可谓不少了。但经初步测定，出版有诗集文集的徽州文学家总数在1000人左右，其中清代最多，达500人以上。单是一部《清人别集总目》收录出版有诗集文集的徽州籍文学家就达380人之多。其中不乏夫妻文学家、父子文学家、兄弟文学家、姐妹文学家和祖孙文学家。如清末汪渊和程淑即是夫妻文学家。汪渊寄籍休宁商山村，曾为贡生，后淡泊功名，在家乡以设馆教学为生。一生对诗词创作情有独钟，撰有《瑶天笙鹤词》2卷和《藕丝词》《味菜堂诗集》《麝尘莲寸集》各4卷。特别是后者，集宋元人佳句重组为词，自创一格，且声律谨严，清新自然，共集词284篇，156调，显示出文学创造的特异才能，在词史上开出了一个新境界。其妻程淑不仅对汪渊《麝尘莲寸集》中各集词句详加校注，使各词全为集他人词句所成的特点得到了确证，而且还自著有《绣桥诗词存》传世。

在徽州，有的乡村甚至几成“文学之村”。据史料记载，歙县江村仅有100多户人家，到乾隆四十年，全村共有78位作者，编著之书多达155种，其中不少即是自撰的诗集、文集。就连村中妇女也成了诗中高手，即如村女吴炅，一时闺秀，酬唱成帙，著有《香台集》；村民江昱之妻陈佩，著有《闺秀集》。一村如此，整个徽州文风之盛，于此可以想见。

在一个只有4万平方公里的区域范围，有这样极其广泛的文学家队伍，在全国是极少见的。这不能不说是徽州特有的文学现象。

（二）徽州文学家艺术上的独创之功粲然可见

徽州文学家在其创作中是经常地透逸出艺术的独创性的，有众多的文学家形成了自己独特的艺术风格，在中国文学史上留下灿然一笔。如宋代著名诗人方岳诗歌的清丽天然和词作的平易清健的风格，明代文学家程敏政的宏博伟力和豪放奔逸的风格，汪士慎诗歌的清雅脱俗的风格。与此同时，徽州文学家表现出的艺术独创性又是多方面的，诸如唐代文学家吴少微与富嘉谟一起所创立的“吴富体”，在当时起到了对整个文坛的浮靡之风的扭转作用，使得强调内容充实、追求气格高迈蔚成风尚；明代著名戏曲家郑之珍创作的《目连救母劝善戏文》，是一种可供连续多天演出的连续剧形式，可分可合，灵活自由，加上它的劝人从善的主题以及演出时融入民间的情趣和习俗，穿插筋斗、跳索、跳火圈、蹬坛等杂技手段，唱、念、做、打融为一体，在民间影响很大，曾被徽剧、川剧、湘剧、昆曲等剧种争先移植上演，风靡清代许多地区，使“目连戏”成了戏曲大家族中一个独特的品类，对中国戏曲的发展产生了重要影响；清代著名戏曲家方成培，经多年精心揣摩在前人旧本基础上创作出新本《雷峰塔传奇》，不但洗去了旧本的妖气，而且加强了思想内涵，使白娘子成为古代文学长河里的经典形象，被列为中国古典十大悲剧之一；清代文学家赵吉士根据于汉翔所贻诗四首依韵酬答，后凡遇他题皆叠此韵，得诗凡1500余首，编为《林卧遥集》，成为一韵写千篇的佼佼者，为诗坛之创格。而清末文学家汪渊在词作创作上也勇于创新，以集前人佳句重组为词的形式来熔铸新词，所集各词不同调，不取断句，不录己句，同时声律谨严、清新自然，在词史上开出了一个新境界。如此等等，无不体现了徽州文学家的创新精神，所有这些无不是对中国文学的独特贡献。

（三）徽州山水文学品格独具，艺术精湛，影响深远

自从梁武帝面对徐摛发出“新安大好山水”的赞语后，徽州文学就以自己的敏锐对新安山水的独特之美开始了强烈关注，并加以斑斓多彩地表现，形成了徽州文学的一个独特领域，令人拍案击赏。从南北朝谢灵运的《新安桐庐江》和沈约的《新安江水至清浅深见底贻京邑游好》诗以来，一个以新安江为主线、以黄山和白岳为中心的徽州山水文学的特定领域就突现了出来，并从此绵绵不绝，形成了一条徽州山水文学

之河。

徽州山水诗歌作品代表性作品主要有南北朝谢灵运的《新安桐庐江》和沈约的《新安江水至清浅深见底贻京邑游好》，唐代权德舆《新安江路》、释岛《登天都峰》、许坚《入黟吟》、李白《青溪吟》等，宋代范成大《天都峰》《温泉》，杨万里《新安江水自绩溪发源》《过闻门溪》等，元代郑玉《游黄山》、张可久《霜角·新安八景》《水仙子·黄山道中》等，明代汪道昆《望天都》、许国《黄山杂咏》、唐寅《齐云岩纵目》等，清代袁枚《宿黄山狮子林晨起登清凉台看云铺海》、黄景仁《春雨望新安江》《重游齐云山》《重游新安杂感》等。

徽州山水散文主要有宋代吴龙翰《黄山记游》等，元代汪泽民《游黄山记》等，明代程敏政《游齐云山记》、徐弘祖《游黄山日记（前）》和《游白岳日记》《游黄山日记（后）》，江瓘《游黄山记》、潘之恒《莲花峰记》、袁中道《游黄山记》、许楚《黄山游记》《新安江赋》等，清代钱谦益《游黄山记》、袁枚《游黄山记》、刘大櫆《黄山记》、龚自珍《黄山铭》、施润章《黄山游记》、靳治荆《游黄山记》等。

徽州山水诗歌作品与山水散文作品的交相合唱，体现出徽州山水文学的独特风貌与艺术魅力，这是徽州文学中最可宝贵的文学创造，也是中国山水文学的一个耀眼宝库，在中国文学中拥有无可替代的地位。

（四）徽州歌谣内涵丰富，特色卓著，令人陶醉

徽州民间文学家创作了大量民间文学作品，其中以徽州歌谣成就最高，影响也最大。它不仅类型多样，而且数量众多，不仅内涵丰富，而且品格超越，具有特殊的魅力。这其中又以徽商歌谣尤为独特和杰出，充满了浓郁的地方色彩。这里不仅

有反映徽州经商习俗的广为传诵的《前世不修》等，还有体现徽商艰苦创业的《徽馆学生意》《写封信啊上徽州》等，不仅有表现徽商奋斗理想的《火焰虫》等，还有表现徽商学徒生活的《学徒苦》等，不仅有表现徽商婚姻生活的《十送郎》等，还有反映徽商妇的丰富复杂的思想情感的《宁愿嫁给种田郎》等。从这些歌谣中我们完全可以把握徽商走向成功的心路历程，完全可以领会徽商之所以能够走向鼎盛的奥秘，于此还能深切地感受到徽商妇为徽商的成功付出了沉重的代价，于此由衷感到她们的辛酸和伟大。徽商歌谣是徽商历史的形象而生动的写照，与其他歌谣一起全面地展示了徽州人的精神世界，具有重要的认识价值和艺术价值。这些歌谣是徽州文学的瑰宝和绝唱，是中国民间文学的极其宝贵的财富。

总之，丰富灿烂的徽州文学是对源远流长的徽州文化、安徽文学和中国文学的一个创造性的丰富与补充，显示了特殊地位和价值。徽州文学之河最终汇入徽州文化、安徽文学和中国文学之海，这符合百川归海的总规律，徽州文学也因此而永不干涸；徽州文化、安徽文学和中国文学之海也由于徽州文学之河的汇入，更显出其胸襟的博大，也愈加显出其澎湃之势。徽州文学，一个在徽州文化、安徽文学和中国文学中体现了自己的历史地位的特有标本。

下　编

徽州文学专论

第六章　吴少微与“吴富体”的创造

一、吴少微及其文学成就

吴少微（663—750），散文家。又名远，字仲材，号邃谷。歙县人。曾举进士，任晋阳县尉，与晋阳尉富嘉谟、太原主簿谷倚同以文辞鸣世，人称“北京三杰”。他为扭转文坛浮靡之风，以内容充实、气格高迈的创作实践倡导新风，所撰《崇福寺钟铭》和富嘉谟《双龙泉颂》等作品被时人称为“吴富体”。神龙年间，为左台监察御史。时卧病洛阳，闻富嘉谟卒，乃作《哭富嘉谟》诗，亦恸绝而卒。著有《吴少微集》五卷，已佚。《全唐诗》存其诗六首，《全唐文》存其文六篇。是有史记载以来的第一个享誉全国的徽州籍文学家。《旧唐书》和《新唐书》把吴少微分别列入《文苑传》和《文艺传》来评定他的历史地位。

《旧唐书》中说：“先是，文士撰碑颂皆以徐、庾为宗，气调渐劣，嘉谟与少微属词皆以经典为本，时人钦慕之，文体一变，称为‘富吴体’。嘉谟作《双龙泉颂》《千蠋谷颂》，少微撰《崇福寺钟铭》，词最高雅，作者推重。……嘉谟与少微在晋阳，魏郡谷倚为太原主簿，皆以文词著名，时人谓之

‘北京三杰’。”①

《新唐书》中说：“富嘉谟、吴少微皆知名。……有魏谷倚者，为太原主簿，并负文辞，时称‘北京三杰’。天下文章尚徐、庾，浮俚不竞，独嘉谟、少微本经术，雅厚雄迈，人争慕之，号‘吴富体’。”②

从《旧唐书》《新唐书》中，我们可以看到一种情况，那就是把吴少微与富嘉谟、谷倚三人摆在一起来评定他们的地位。为什么呢？从内容来看，主要是基于他们作为“北京三杰”的固定称谓和定评来安排的。

在这里所言明的事实是：一是富、吴两人的创作，形成了“富吴体”。它是相对于“徐庾体”说的。“徐庾体”虽为天下尚，但“气调渐劣”“浮俚不竞”，而富、吴具有创新精神，独以经典（或“经术”）为本，词调高雅，“雅厚雄迈”，文体为之一变，被人倾慕和推重。其代表作是富嘉谟的《双龙泉颂》《千蠋谷颂》，吴少微的《崇福寺钟铭》。富、吴所创作的文体是碑、颂体散文。二是富、吴、谷在太原均以文词著名，时人谓之“北京三杰”。

前者说的是富、吴两人的文体创新，后者说的是富、吴、谷三者的文学地位。所不同的是，《新唐书》在概括“富吴体”“徐庾体”的特点时显得更具体，并且将“富吴体”改称为“吴富体”，表面上看是两人前后顺序的调整问题，但这种顺序的调整，是否可以看出在《新唐书》著者的眼中，吴少微在新文体形成中的作用或许是更其主要的，影响或许是更大

---

① 见《旧唐书》卷一百九十中，刘昫撰，列传第一百四十文苑中，富嘉谟、吴少微、谷倚条目。

② 新唐书卷二百二，宋祁撰。

的呢？否则，他完全可以因袭成说，没有如此调整的必要。在笔者看来，这种调整肯定是有作者用意的。正如有人所说："今观所传嘉谟之文，殊未称意；丽辞逯逯，时涉淫靡，不脱南朝窠臼。少微名亚嘉谟，而诗文胜之。《为任虚白陈情表》，意激而辞婉，得《小雅》怨诽不怒之旨；而《唐北京崇福寺铜钟铭》，创语新特，错综震荡，最为时诵。诗则五言古《长门怨》、七言古《古意》等篇，情缘绮靡，徐庾之遗，不脱南朝窠臼；而文格则蕲于遒变以自名家，然不如子昂之吐辞天拔，浩落有致也。"[①] 这里的嘉谟与少微之文相较，嘉谟与少微与南朝徐庾之文相比，少微与子昂相论，都令人信服，多有启发。特别是嘉谟与少微之文相较之论，颇有识见。《新唐书》把"富吴体"改为"吴富体"，说不定就包含了以上思想。

我们说，《旧唐书》和《新唐书》对于吴少微的评述，影响是重大和广泛的，此后所有关于吴少微的经历和地位问题，都几乎是以此为参照的。如宋代罗愿《新安志》《山西通志》（卷八十七）、宋李昉等撰《太平御览》（卷五百九十九），宋王钦若等撰《册府元龟》（卷八百四十），还有大量吴氏族谱等都是以此为基准，甚至是照搬照抄的。

后来对吴少微的评述中，在徽州影响最大的是罗愿的《新安志》。而《新安志》中对吴少微的评述即以《旧唐书》和《新唐书》为本："吴御史少微，新安人，第进士，长安中累至晋阳尉，与武功富嘉谟同官友善。先是，天下文章以徐、庾为宗，气调益弱，独少微、嘉谟属词本经学，雄迈高雅，时

① 蓝田玉 PDF 小说网（lantianyu. net）载：《中国文学史》（上）第四编"近古文学"（上），第二章"唐"中第五节"陈子昂"中所附富嘉谟、吴少微。

人慕之，文体一变，称为‘吴富体’。少微撰《崇福寺钟铭》，嘉谟作《双龙泉》及《千蠋谷颂》，尤为作者推重，并州长史张仁亶待以殊礼，坐必同榻。时魏郡谷倚为太原主簿，亦以文词著名，时号‘北京三杰’。中兴初，吏部侍郎韦嗣力荐少微、嘉谟，同时为左右台监察御史。少微卧病，闻嘉谟死，恸哭赋诗，寻亦卒，有文集各五卷。谷倚后客死，文章遗失。少微子巩，开元中为中书舍人。”（新旧唐书皆称少微新安人，惟唐御史台记称少微渤海人，按《祥符图经》亦载少微于歙县人物中，今从之。又旧书《文苑传》称吴、富文集各五卷，经籍志三人集各十卷）

其中对吴少微文学地位的评定，基本材料是充分的，观点是明确的，为我们正确认识他的文学成就和地位提供了基础。

二、“吴富体”的杰出创造者

（一）“吴富体”的提出

“吴富体”的最早记载，见于《旧唐书》和《新唐书》。《旧唐书》：“先是，文士撰碑颂皆以徐庾为宗，气调渐劣，嘉谟与少微属词皆以经典为本，时人钦慕之文体一变，称为‘富吴体’。”《新唐书》：“又有富嘉谟、吴少微，皆知名。……天下文章尚徐庾，浮俚不竞，独嘉谟、少微本经术，雅厚雄迈，人争慕之，号‘吴富体’。”

从以上所记看，《旧唐书》中称“富吴体”，而《新唐书》中为“吴富体”。我们在这里遵从“吴富体”的称谓。应该说，“吴富体”或“富吴体”的称谓绝不是起源于《旧唐书》和《新唐书》，而是来自于此前文坛的公认。因为史书只是对史实的如实记载而已。应该说，“吴富体”的最早提出，自是在它的一系列代表作产生影响、得到公认之后。

什么是“吴富体”?《中国文学大词典》的解释是:“‘富吴体’,又称‘吴富体’。指初唐作家富嘉谟与吴少微为代表的文赋风格。《旧唐书·富嘉谟传》:‘嘉谟与少微属词皆以经典为本,时人钦慕之,文体一变,称为富吴体’。二人文风古朴高雅,雄迈厚重,对转变初唐浮艳轻靡文风不无贡献。”①

我们的综合理解是:所谓“吴富体”,就是初唐时期文学家吴少微、富嘉谟在山西太原任职期间,题材上以写作晋阳风物为主、方法上以经典为本的具有雅厚雄迈特点的碑颂体散文。其主要代表作是吴少微的《崇福寺钟铭》和富嘉谟的《双龙泉》及《千蠋谷颂》。“吴富体”的出现,对扭转当时文坛浮靡文风起了重要作用。

(二)“吴富体”的特点

“吴富体”的特点可以从三个方面来看:

一是从“吴富体”的代表作来看。

据《旧唐书·文苑传》记载,“富吴体”的代表作是富嘉谟的《双龙泉颂》《千蠋谷颂》和吴少微的《崇福寺钟铭》。三篇文章,“词最高雅,作者推重”。遗憾的是富嘉谟所写的已散佚,现只有吴少微的《崇福寺钟铭》能够见到。宋李昉等所编的《文苑英华》在收录该文时认为“此铭序多不可解,疑有脱误”。因而今天我们对该文文意在理解上已有不可逾越的困难,这是非常遗憾的。我们现在只能从其代表作的有关直接、间接联系上去感受些许气象,捕捉一些接近本真的认识,从而获得解读“吴富体”的钥匙。

富嘉谟《双龙泉颂》《千蠋谷颂》中所写的双龙泉、千蠋谷均为山西晋阳附近名胜。

---

① 上海辞书出版社,1995年版,第341页。

双龙泉即今太原市阳曲县西北的南、北龙泉。两泉相距仅五百米，周围山峦起伏，林木荫翳。泉旁有大安寺，建于唐初。寺内有佛塔一座，俗称“唐僧宝塔”，为贞观年间高僧玄奘法师传经之所。干蠋谷是太原西北的一条峡谷，为古代晋阳通往西北诸州的孔道，其东口为著名的天门关。隋炀帝曾在此开辟交通，修设栈道，故名杨广道。此地山崖如削，谷径幽深，“天门积雪”为古代晋阳八景之一。

根据以上描写对象所具有的特点以及颂体散文的一般特点，可以看出富嘉谟的两篇散文都属山水游记类散文。富的散文曾受到盛唐文坛的推崇和赞许，开元文坛领袖张说赞其文“如孤峰绝岸，壁立千仞，浓云郁兴，震雷俱发，诚可畏也。若施于廊庙，骇矣”。这样的风格，正和“纤靡淫丽，嫣然如妇人小儿嘻笑之声”的骈文形成鲜明对照。①

吴少微《崇福寺钟铭》（《全唐文》作《唐北京崇福寺铜钟铭并序》）是现仅存的“富吴体”代表作。

唐北京崇福寺铜钟铭并序

夫钟者，梵场之信鼓也。聚万法者，莫大乎信鼓。是故，佛置信鼓，所以穷远究微，一切贤圣恒河沙类者也；所以开教设敬，使天下之人善劝而淫惧也；所以制鬼神之端而魔魅不得闪其人奸义，刹不得载其毒也。故以听则不惑，以念则受福者，信鼓之谓矣。洞夫树之而不朽，功之而不匮，扬言曰：“皇后之旧业也。”

飞龙在天，载华厥号，殿葩翼庭，煌煌井甃，不改耽耽万

① 康玉庆：《唐代“富吴体”与北都晋阳》，山西地域文化第一站：太原道。http：//www. tydao. com.

构，有钟在堂，窕而不漏。越相公御史大夫巨鹿魏元忠，仗旌钺，振金鼓，发秦兵河，率利伐猃狁，钩车逐而北之。于是休兵十月，入自禅关，闻钟声，薄而观之，曰："斯一鼓，铁也。曷以昭苏群聋，光响皇梵。愿税金紫之秩，贯梁岷之铜，张而镛之。"俾兵哮吼埏。周俶，字会东郊不开公，于是再有卢龙之役，天子申命："执金吾。"南阳张公仁亶，以魏公之事端尹北京，保厘府，戎左右，梁叶纂，铸洪器，庀工虑，钧涂坯，堪厕壤，象晞炭，坠宣火房□飞廉扇回禄，金光轹铅，液注煎准，沸渭烂娗，烘赫爇重。云：烌宝界都，攸而不可。向者句有日矣，乃撒，乃相制作可观。尝试而铿之，声闻于天，得未尝有。大而不榔，敏也；长而不掉，正也；周而无瑕，忠也；扣之则应，信也；大扣则粗厉而猛奋，勇也；小扣则清逾而温韵，仁也；刚而为圜，天也；含章而贞，地也。非夫虚妙纯粹幽赞而不测者，孰能致于此？故良冶歔欷，群真愥跃，自相与建高台于西厢，殚土木之瑰峻，赫如也；则俯绋以累之，攒栾以扛之，千人引，万人唱，大力斯拔，乃登。夫悬焉，猛虎赑负以奋罬，长絙制曳以縻□，四緇用壮，是拒是考。始作也，锽锽乎，双城井陌震来，虩虩少纵也，惊远而惧迩山，讹而河泄蹶狂，故颜，啜尔其乱也。天地殷，雷霆鬬，鱼脱渊，羽嵴雒，戲驳栗，栗而汗涸，况貔虎与百兽夫其终也！戢怒游威，春容将尽，欠而不绝。雄雄乎，无间北方之强能与？罔不谛听而求时夜。于是旭旦之音达而人，用悛惕伐虞泉而人，悲衰老鼓昏定而人，误烦爱，霄中哉？人释其病昧爽哉，人窒其意欲总九围而利万有者勉。是夫，初大夫之祷施也，人咸曰：休哉夫！美而不称，君子以为诬矣。若二公美，莫不可歌也。则其畴离之。

颂曰：佛说撞钟本三声，昭会百众持六情。厥有咤王爱轮割，故我长击以护脱。因而作偈，演之曰：一救冥狱汤剑时；二救饿厉释缧饥；三救六畜报愚痴；四救修罗勇且疑。凡铄坚刚十耗一，我金再炼溢百镒。巍巍神力谁其尸，大道至感曰诸佛。①

吴少微在《崇福寺钟铭》中所写的崇福寺在晋阳南五里，为唐代晋阳名刹。据康玉庆《唐代“富吴体”与北都晋阳》一文介绍：崇福寺坐落在现朔城区东大街，自山门由南向北有金刚殿、钟楼、鼓楼、千佛阁、文殊殿、地藏殿、大雄段、弥陀殿和观音殿，占地23400平方米，前后5重院落，布列适当、主次分明，是一座规模完整、宏伟壮丽的古代建筑。崇福寺乃晋阳古刹，藏经阁始建于唐高宗麟德二年（665），明代重修后更名为千佛阁。契丹时，其地为林太师府署。辽统和年间（983-1011）复为僧舍，这可能是隋、唐“舍宅为寺”的遗风，因名林衙寺。金天德年间（1149—1153）赐额崇福禅寺。现寺内弥陀殿、观音殿为金建，山门为清建，其余为明建。

从“吴富体”的代表作来看，富的文体主要是颂体散文，吴的是铭文。对于颂体散文的特点，陆机在《文赋》中说：“颂优游以彬蔚。”（闲适而又华美）富的作品从所写题材特点和他人的评论来说，是符合这种界定的。对于铭体散文的特点，陆机在《文赋》中认为：“铭博约而温润”（铭语言简洁而又淳厚），曹丕在《典论·论文》中认为：“铭诔尚实。”吴少微的作品也是基本符合这种界定的。

但在“吴富体”的碑颂体与铭体散文中，已经与此前同

---

① 宋李昉等编：《文苑英华》，卷七百八十九“器用”。

体散文有所不同。正如康玉庆在《唐代“富吴体”与北都晋阳》一文中所说：“《崇福寺钟铭》是吴少微为崇福寺铜钟撰写的铭文。文章继承了先秦、西汉散文的写作特色，文字上简淡清新、朴质幽雅，毫无雕琢和浮华；句式上一反当时的四六文固定格式，用灵活多变的两字句、三字句、五字句，读起来节奏明快，起伏跌宕，语气上浑厚雄迈，气势不凡，显示了吴少微出众的才华和‘富吴体’独特的风格。”[①] 笔者认为，他的观点基本上反映了吴少微为崇福寺铜钟撰写的铭文的情况，可以说明“富吴体”的一些特点。

至于马茂军说的“吴少微《唐北京崇福寺铜钟铭并序》的语言确有张狂、狂怪的倾向”[②] 的问题，还可以讨论。笔者认为，从目前所见的该文更多的现实问题，倒是由于缺漏而难以理解的问题，语言的“张狂、狂怪的倾向”并不充分。但这个问题与创作者无关，与原作品无关，完全是后人没有保存好他的著作的问题，以至于使得今天的读者难以正常阅读与鉴赏。但又说回来，如与富的两文完全消失殆尽相比，吴少微之文毕竟只是有所“缺漏”，又是不幸中的万幸了，因为我们今天毕竟还可以按图索骥和窥斑见豹一番。

二是从历史著作的评价来看。

在新、旧唐书中，对“吴富体”的特点有所揭示，概括出来主要在以下三点：

第一是以经典为本。对此，马茂军说：“我们可以从二方

① 康玉庆：《唐代“富吴体”与北都晋阳》，山西地域文化第一站：太原道。http：//www. tydao. com.

② 《宋代散文史论》“附录：富吴体考论”，中华书局，2008 年 4 月版，第 529 页。

面理解：（1）是‘本经术’。南方文学的传统是徐庾体……。而太原有北京之称，偏居北方一隅，仍保留了北方文化传统。……吴少微是作为南方文人而受到了北方文化影响的例子。……北方文士历来有复古重质的倾向。……‘富吴体’的以经典为本是北方文学复古派的共同特点。（2）‘属词皆以经典为本’，既有以儒家为本的含义，又有本于《尚书》等经典文本的古奥文风，直承汉魏《秦始皇泰山刻文》《琅琊台刻文》《东观刻文》《碣石刻文》《会稽刻文》《封燕然山铭》等古典碑颂名作雄迈古雅文风，嘉谟作《双龙泉颂》《千蠋谷颂》，少微撰《崇福寺钟铭》，或志名胜，或志寺钟，题材与汉魏铭文相同，‘词最高雅’，风格也接近，等于是碑颂体的复古，故为当时‘作者推重’。从今天仅存的吴少微撰《崇福寺钟铭》来看，他们的碑颂并没有追求散体的明显迹象，主体是骈文。……确切地说，富吴体是骈文体内的复古派。他们还没有明确的散体意识。”①

马茂军的观点大体上说明了“经典为本”的特点内涵，但认为吴少微撰《崇福寺钟铭》“没有追求散体的明显迹象，主体是骈文”的看法，笔者不太赞同。在《崇福寺钟铭》中，笔者认为前面所引康玉庆在《唐代“富吴体”与北都晋阳》一文中说得较为切合实际。在笔者看来，他们在以经典为本的同时，使得所写作品“雅厚雄迈”，也就是典雅厚重，克服了“徐庾体”的某些不足，把颂体散文和铭体散文推向了前进，这是一个基本事实。不然的话，唐书中所言及的基本事实与观点就难以确立。

第二是“并负文辞”。这在新旧唐书中讲得很清楚。这里

① 《宋代散文史论》“附录：富吴体考论”，中华书局，2008 年 4 月版，第 527–528 页。

所说的“文辞”（或“文词”）就是指的文采。所谓“并负文辞”，也就是“吴富体”的创造者是富于文采的，文体是优美的。“从社会影响看，他们主要是以文辞擅胜的才子。……才子的提法主要指作者擅长修辞，在骈俪的文体的文体中爱用古拙、古雅之辞，有夸张、张狂的气势。”①

第三是“雅厚雄迈”。这一点最重要，但往往被忽视。在马茂军的《富吴体考论》中即是如此。其实，如果“吴富体”只是以“经典为本”和“并负文辞”的话，依笔者看是不足以成气候的，因为它们仅仅是形式上的要素和特点。而“雅厚雄迈”则是内容上的特点，是风格上的特点，是更其本质的特点。只有牢牢抓住这个特点，“吴富体”才能真正站立起来，才会被当时的“作者推重”，特别是在文坛充满浮靡气息的情况下。难道“徐庾体”就没有以“经典为本”和“并负文辞”的情况吗？只不过它们在以“经典为本”的时候，过分拘泥于典故，影响了文章的流畅。在注重“文辞”时太过，才显得浮靡了。而“徐庾体”是绝对没有半点“雅厚雄迈”的，因为“雅厚雄迈”压根是与浮靡相对和相抗的。只注意以“经典为本”和“并负文辞”来看“吴富体”，充其量只是看到了它的现象，没有看到它的本质。以“经典为本”和“并负文辞”，是创造“雅厚雄迈”的形式与方法，而不是“吴富体”之所以是“吴富体”的本质。“雅厚雄迈”如何创造出来？只能从识见中来，只能从创新中来，只能从综合素养的提升中来，只能从题材与体裁的完美结合中来。这就是“吴富体”的贡献所在，价值所在。“雅厚雄迈”的特点，从

① 《宋代散文史论》“附录：富吴体考论”，中华书局，2008年4月版，第528页。

作品的题材上、行文上、结构上和思想感情的抒发上体现出来，也自然从现所仅存的吴少微的《崇福寺钟铭》中体现出来。

唐书对于“吴富体”特点的概括，为我们树立起对“吴富体”的总体认识和科学认识，不过对这种概括要建立在全面、深入的认识的基础上，否则就会以偏概全。

三是从学术研究的评价来看。

此方面以开元文坛领袖张说和近代学者岑仲勉为代表。

开元文坛领袖张说赞富嘉谟的文章是“如孤峰绝岸，壁立千仞，浓云郁兴，震雷俱发，诚可畏也。若施于廊庙，则骇矣”①。有的认为：“这也是一种批评，主要批评他的张狂、狂怪的倾向。”② 笔者认为，张说对富嘉谟的文章的意见，总体上是肯定与赞美的，“诚可畏”，说的是确实令人敬畏。至于认为“若施于廊庙，则骇矣”的话是对富文批评，笔者倒不一定这样看，因为张说在这里说的是假设之词，而富嘉谟所写的并不是廊庙之文，而是对自然山水的颂赞之文，所以也就不存在如假设所存在的问题那样，而依然是对题材处理恰到好处的肯定与赞美。因而建立在假设之词基础上的种种推论，就不一定靠得住了，即如马茂军所说：“富吴体更有爱用古拙、古雅之辞，兼有夸张、张狂的气势，如震雷俱发，令人惊骇。张说表扬的阳刚风骨与力量，但又认为它不合于庙堂之文，不合于风雅、雅正的要求，批评它的狂怪和不合时用。……一般而言，早期复古家们为了引起注意，故逞张狂，矫枉过正，是可

---

① 《全唐诗》卷九十四“富嘉谟”。

② 马茂军：《宋代散文史论》“附录：富吴体考论”，中华书局，2008 年 4 月版，第 529 页。

以理解的，经过纠正，终会走向平易。”[1]，其中的“但又认为它不合于庙堂之文，不合于风雅、雅正的要求，批评它的狂怪和不合时用”的观点就是值得商榷的了，因为它是基于把张说的假设之词当作实评之词来看以及所作的推论。

近人岑仲勉认为吴、富二人之文，“诚继陈拾遗而起之一派，韩、柳不得专美于后也”（《金石论丛》），提出“吴富体”是唐代古文运动中的重要一环，后人多承袭之。这一观点值得思考，起码一点，就是没有把唐代古文运动简单化，而把它看作是一个历史的过程。这无疑是正确的。至于“吴富体”在唐代古文运动中起了什么作用、处于什么地位的问题，完全可以继续研究和讨论。只要是实事求是的结论，都是成立的，都是具有认识价值的，完全没有必要去人为地设定什么框子，在具体研究之前就来个先入为主。

（三）“吴富体”的历史地位

一是“吴富体”作为古文运动创作实践上最早出现的新文体，开古文运动之端绪。

唐代的古文运动是我国文学史上一次以提倡散文、反对骈文为主要内容的文学革新运动。初唐富嘉谟、吴少微创立的“吴富体”，是这场运动中最早出现的新式散文文体。它一反六朝以来内容空洞、华而不实的浮靡之风，以崭新的面貌，首开“以经典为本”的先河，受到了当时文坛的重视和推崇，对推动古文运动的发展做出了突出的贡献。[2]

初唐时期，“天下文章尚徐、庾，俘俚不竞”，“气调渐

---

① 《宋代散文史论》“附录：富吴体考论”，中华书局，2008 年 4 月版，第 529 页。

② 杨铁汉：《唐代“富吴体”及其对古文运动的贡献》，《晋阳学刊》，2002 年 03 期。

劣”。武则天时，陈子昂挺身而出，旗帜鲜明地提出了文学复古的主张。但陈子昂的文学复古主张有其局限性：一是体裁上仅限于诗歌，二是复古口号仅停留在理论方面，在创作实践上并未摆脱六朝文风的羁绊。而和陈子昂几乎同时的富嘉谟、吴少微，一反六朝骈文“纤靡淫丽”的陈腐习气，独树一帜，创立了“雅厚雄迈”的新式散文文体，其文章“人争慕之”，天下传颂，给人以耳目一新之感。如果说陈子昂是唐代文学复古的最早提倡者，那么富嘉谟、吴少微则是唐代文学复古的最早实践者。富、吴用新式散文取代骈文的大胆尝试，走出了唐代古文运动最为重要的一步，是对古文运动的突出贡献。①

唐高宗后期和武后时期“龙朔变体”从产生到蔓延，其文风始终笼罩整个文坛。而“吴富体”却以之独特的个性，迥异于“时文”之风格，奏出时代的变调之音。“吴富体”在当时崇尚浮靡文风的环境中独树一帜，提倡散体形式，推崇儒教，重视经典，这些无论对当时文风还是以后的古文运动都具有重要的意义和价值。②

“吴富体”产生于浮靡文风弥漫、骈体文盛行的武后时代，它以其独特的个性在当时及后来都产生了较大的影响。尤其从古文运动的源流中去研究更能看出其在散文发展史上的重要意义。③

---

① 康玉庆：《唐代“富吴体”与北都晋阳》，山西地域文化第一站：太原道。http：//www. tydao. com.

② 苏海燕，郭海燕：《“龙朔变体”之变体——“富吴体”风格浅探》，甘肃兰州大学文学院中国古代文学与古典文献学研究所；河南省偃师市庞村镇第一中学；《沧桑》2007年第1期。

③ 苏海燕，卓瑞娟：《富吴体形成探源》，辽宁行政学院学报，2006年第11期。

二是“吴富体”以经典为本的创作特色，对其后的古文运动影响至深。

盛唐的散文作家萧颖士、李华、元德秀、元结，中唐的独孤及梁肃、韩云卿、韩会等，无不受富嘉谟、吴少微影响，以至最后在中唐时出现了韩愈、柳宗元，最终把古文运动推上了高潮。因此，我们可以把唐代古文运动分为三个阶段：即初唐开始阶段、盛唐发展阶段、中唐高潮阶段。正如宋代欧阳修所述：“唐有天下三百年，文章无虑三变，高祖、太宗大难始夷，沿江左晋阳余风，绵句绘章，揣合低昂”“玄宗好经术，群臣稍厌雕琢，索理致，崇雅黜浮，气益雄浑”，“大历、贞元间，美才辈出，擩哜道真，涵泳圣涯，于是韩愈、柳宗元、李翔、皇甫湜等和之，排逐百家，法度深平，抵轹晋、魏，上轧汉、周，唐之文完然为一王法，此其极也。”“吴富体”的出现标志着唐代古文运动正式兴起，并对其后运动的进一步发展产生了积极深远的影响。①

我们在这里强调“吴富体”，史书上强调“吴富体”，但千万不要以为吴、富的文学创作成就只是在碑颂体散文，他们还创作了其他文体的散文，或者说“吴富体”里还包含了其他散文文体的创作，只不过以颂体散文为代表罢了。代表作以外还有非代表作，非代表作不一定就写得不好，有可能是另外文体，况且他们留存的散文作品不多，吴少微留下的散文只有7篇，每一篇应该说都是弥足珍贵的。所以，我们在注意了他们的代表作的同时，还要关注他们其他散文文体的创作，以尽可能全面认识作家的创作。除此以外，我们还应该关注他们所

① 康玉庆：《唐代“富吴体”与北都晋阳》，山西地域文化第一站：太原道。http：//www. tydao. com.

创作的诗歌作品。他们的诗歌创作或许正可以作为散文创作的重要补充。我们对他们的研究是完整的文学研究。

三、徽州第一个在全国具有影响的文学家

(一) 以“吴富体”和“北京三杰”奠定了在中国文学史上的地位

虽然徽州在南北朝就有了自己的文学家，但在作品的数量和质量上都还不够充分，还没有在全国范围内赢得影响。唐代吴少微以他的“吴富体”和“北京三杰”的美誉赢得了广泛影响。具体说来，吴少微是徽州籍文学家列入史书《文苑传》《文艺传》的第一人，是徽州历史上凭借自己的创作实力，以“吴富体”和“北京三杰”的美誉，在全国产生影响的第一个文学家。

(二) 开启了徽州文学发展的新时代

唐代文学是徽州文学新安期第二阶段的文学，文学家队伍进一步壮大，文学作品质量进一步提高，文学影响日益增强。特别是徽州籍文学家凭借自己的实力，第一次赢得了全国性的地位。

吴少微是唐代徽州第一个文学家，也是代表了唐代徽州籍文学家中最高成就的文学家。由于他的引领，不仅唐代徽州文学有了发展，并从此以后，徽州文学走向了自由自觉的发展时代，到宋代形成了徽州文学发展的第一个高峰。

(三) 昭示着徽州文学的发展道路

吴少微以自身的文学发展成就，给徽州文学的发展以很大的昭示，主要表现在：

一是要富有创新精神。“吴富体”的创造就是一种文学创新的成果，这一成果包含着吴少微的创新精神。徽州文学要发

展，首先就需要一种创新精神。只要勇于创新，善于创新，就一定能够开出徽州文学发展的新天地，就一定能够在文学发展道路上谱写新的篇章。

二是要形成自己的风格。“吴富体”的成功，关键在于形成了自己的风格，一扫当时文坛浮靡习气，创造了刚健清新之风，以“雅厚雄迈”的风格特点独领风骚，“作者推重”，从而奠定了自己在文坛上的地位。徽州文学家要形成自己的气候，就一定要在锻造自己的风格上下功夫，以风格立足，以风格创造展现自己的创造实力和实绩，从而形成具有徽州地域风格的作家群和作品群，通过形成自己徽州文学创造的小气候，逐渐形成全国文学创造的大气候。

三是要努力赢得全国地位。一般有了前面两点，也就容易赢得全国的地位。徽州文学的发展在全国地位的取得，除了以上两点以外，要把赢得全国地位作为自觉的意识与追求。要把赢得全国地位作为发展平台与空间来看。如果没有“北京三杰”的地位的奠定，“吴富体”就有可能成为过眼烟云，甚至不被文坛所承认。所以，要发展徽州文学，还要有走出去的思想，一方面是作家要走出去，要走向全国；另一方面是作品要走出去，走向全国。只有作家与作品都走出去了，走向全国了，才能够赢得徽州文学的全国地位，为发展中国文学作出更多更大的贡献。

正是在吴少微的昭示下，唐代以后的徽州文学出现了蓬勃发展的气象与格局。一是徽州文学家代不乏人，每个时代都涌现出自己的作家；二是徽州文学家类型多样，呈现出全面发展的态势；三是徽州文学家风格独具，多有创造。因此，徽州文学成为徽州文化的重要组成部分，成为中国文学的有力补充。

附　录

吴少微佚文的发现与价值

吴少微作为“吴富体”的创造者，是“北京三杰”之一，在唐初文学家中具有重要地位。笔者对《中国文学大辞典》中的“《全唐诗》存其诗六首，《全唐文》存其文六篇”① 的说法，进行了查证。经查，《全唐诗》所存吴少微六诗分别是《古意》《过汉故城》《长门怨》《怨歌行》《和崔侍御日用游开化寺阁》《哭富嘉谟（并序）》②；《全唐文》所存吴少微六文分别是《冬日洛下登楼宴序》《为并州长史张仁亶进九鼎铭表》《代张仁亶贺中宗登极表》《为桓彦范谢男授官表》《为任虚白陈情表》《唐北京崇福寺铜钟铭并序》③。吴少微文学作品存世存情况确如《中国文学家大辞典》所说，可见其存世作品之少，为识者所憾，如有其佚文被发现，自是弥足珍贵。

一、吴少微佚文的发现

笔者由于翻检徽州吴氏族谱，发现在《左台吴氏大宗

---

① 《中国文学大辞典》，上海辞书出版社，2000 年 9 月版：第 251–252

② 《全唐诗》（上），上海古籍出版社，1986 年 10 月版，第 237–238 页。

③ 《全唐文》（三），中华书局，1983 年 11 月版，第 2377–2380 页。

谱》[1] 中，在其所收序文部分有落款为吴少微的“唐谱序”一文。原文如下：

古者大宗，百世不迁，别子之道，群弟宗之。衮衮相承，宗子之殁，必制服焉。后世无大宗，士大夫得祭四室，有四小宗。五世必迁，故属及五世祖外则无服。溯其源，一人之身未至，化为路人，盖由宗法不立，莫知所本始也。吾实惧焉。原吴氏本长沙王吴芮，自黄帝之后，姬姓、姬周之隆于后稷，始至于公刘，传绪于古公亶父，追尊为太王。长子泰伯，让德居吴，仲雍曾孙周章受封，因著姓，世笃忠贞，夙烈服劳王家，锡爵胙土在延陵之地。积厚流光，蔓延天下，枝繁派衍，殆不可纪。家藏谱系，肇自长沙王三子浅得新安山水之胜，贻后来苗裔迁居焉。衍至我考，传二十九世，距千百余年，委蛇节次，班班（斑斑）著见。予博采稽评，证以经传，其巍庙古篆，烈烈丰珉，拔萃英奇，积代茔域，罔不具备，敬编家乘，庶古之宗法仿佛，其余顾非幸欤。

序文内容完整，所叙思想清晰，文笔流畅，具有重要的认识价值。这里问题的关键是：这一序文为吴少微所写是否可信？如果真实可信，那其中价值自是不可低估。为了查证其真实性，笔者又查找了相关吴氏宗谱，如清光绪《昌溪太湖吴氏宗谱》[2]、民国《北岸吴慎德堂族谱》[3]、民国《延陵吴氏族谱》[4] 等，发现均收录了该文。其中依次所标题目为《左台公

① 《左台吴氏大宗谱》（中华民国二十三年），黄山学院徽州文化资料中心收藏。

② 《昌溪太湖吴氏宗谱》，黄山学院徽州文化资料中心收藏。

③ 《北岸吴慎德堂族谱》，黄山学院徽州文化资料中心收藏。

④ 《延陵吴氏族谱》（民国），黄山学院徽州文化资料中心收藏。

序》《少微公谱序》和《文惠公亲制谱序》，而民国《左台吴氏大宗谱》所标题目为"《唐谱序一》（少微）"。因为这一序文最早是吴少微为自己所编撰的《吴氏正宗谱》写的序，我们在这里把它统称为《吴氏正宗谱序》。

笔者认为该序文为唐代吴少微所撰是真实可信的。其理由主要是：

一是这一序文，徽州各种吴氏族谱基本上都做了收录。历史上名人著作在地方志和族谱中保存下来的情况甚多，况且吴少微对于新安（徽州）人来说，他不仅是文学家，而且是新安（徽州）吴氏的近祖，是吴氏后人祭祀追怀的对象，因而在新安（徽州）吴氏族谱中保存先祖序文实属正常。

二是吴少微曾亲自主持撰修《吴氏正宗谱》。既然编谱，就其中有关方面加以交代，或述本族发展历史，或述修谱缘起经过，或论族谱之重要意义，为其写序是非常自然的，新发现的吴少微序文正是因此而写。对吴少微撰修族谱一事在后来的徽州吴氏族谱中经常提到，如清同治十三年周长森所撰《新安昌溪吴氏太湖支谱》序中说："吴氏自太伯以下六十世始居新安。文惠公起于唐之盛时，文章勋业，彪炳当世。手辑谱系，原原本本，令嗣中书舍人定国继之。历九世迁于歙之丰溪，又九世迁于昌溪丰溪，始祖自唐咸通至今理卿大令历三十三世昌溪始祖自宋绍兴至今理卿大令历二十五世，而谱之支分派别阅世屡修，皆如文惠公之制。呜呼！懿哉！"①

三是其子吴巩所写序文可以佐证其撰修族谱与撰写序文的可信性。不妨把同时收在《左台吴氏大宗谱》中的吴巩序文照录如下：

① 《吴氏族谱》（叙伦堂），光绪年版。

谱何为而作也，吾家君虑经岁月，残缺失次而作也。盖古圣人制礼，首重乎宗法，宗法之重又莫大乎谱书。谱书之作，宗族以之而合，昭穆以之而明，亲疏厚薄之别以之而著。是故，家有谱则宗法立，宗法立则有百世不迁之宗，有五世则迁之祖而礼制定矣。情义维矣。今人不知此义，高曾祖考之外，则不识一人之来何自也。虽宗族不知也，昭穆不知也，亲疏厚薄之别不知也。吾家君居官之暇，则索诸谱书，考诸事实，参诸经史，溯自受封得姓祖始，一昭一穆，编辑了然。衍自家君，凡六十一世，遂成谱帙三本，一伯父太微公收，一家君收，一叔父保微公收。去是为贵溪派，而家君由歙徙休石舌山者，承祖庄之书舍也。解官修德于此，遂世居焉。不佞述。家君余意，聊叙一言于谱首，若后吾谱书之作与不作，乃见子孙贤与不贤也，有志者尚相勉诸。①

从该序文所写的内容看，直接陈述了吴少微主持撰修家谱的事实，“谱何为而作也，吾家君虑经岁月，残缺失次而作也”。“吾家君居官之暇，则索诸谱书，考诸事实，参诸经史，溯自受封得姓祖始，一昭一穆，编辑了然。衍自家君，凡六十一世，遂成谱帙三本，一伯父太微公收，一家君收，一叔父保微公收。”这些都直接证明了吴少微主持修谱的真实性，也由此间接证明了吴少微写序的可能性与可信性。

二、吴少微佚文的价值

新发现吴少微佚文《吴氏正宗谱序》的价值在于：

一从这一谱序可以直接了解到吴少微当初撰修《吴氏正

① 《左台吴氏大宗谱》（中华民国二十三年），黄山学院徽州文化资料中心收藏。

宗谱》的目的、内容与时间，从而起到对已经失传的《吴氏正宗谱》的认识作用，从而帮助判定《吴氏正宗谱》的历史价值。对此，吴少微子吴巩序文自可参证：“谱何为而作也，吾家君虑经岁月，残缺失次而作也。盖古圣人制礼，首重乎宗法，宗法之重又莫大乎谱书。谱书之作宗族，以之而合昭穆，以之而明亲疏厚薄之别，以之而著。是故，家有谱则宗法立，宗法立则有百世不迁之宗，有五世则迁之祖而礼制定矣。情义维矣。今人不知此义，高曾祖考之外，则不识一人之来何自也。虽宗族不知也，昭穆不知也，亲疏厚薄之别不知也。”这正是吴少微撰修《吴氏正宗谱》的目的所在。

二吴少微《吴氏正宗谱序》是现存最早的徽州吴姓谱序，甚至是全国范围内最早的吴姓谱序。这一谱序被新安（徽州）吴姓宗谱广泛收录，这本身就说明吴少微有关宗族的思想被他的后裔广泛认同与接受，客观上激励了后来新安（徽州）吴氏族谱的续修，使得撰修吴氏族谱成为传统。这正如吴巩序文中所规劝的“若后吾谱书之作与不作，乃见子孙贤与不贤也，有志者尚相勉诸”；也激励了后来新安（徽州）吴姓的发展，使吴姓成为“新安八大姓”之一；吴少微作为徽州吴氏近祖被长久地祭祀与供奉，在宗族中具有崇高地位。如《歙南昌溪吴氏谱》序：“新安巨族，莫予吴姓若矣。然皆始自少微公。公至予凡三十有五世，子孙敷衍，散居六邑。”①；《昌溪吴氏太湖支谱》序：“吾族吴氏自唐左台公，始显新安。”②；《新安昌溪吴氏太湖支谱》序：“吴氏自太伯以下六十世始居新安。文惠公起于

① 吴之麟：《歙南昌溪吴氏谱序》，《吴氏族谱》（叙伦堂），光绪年版。

② 吴绶：《昌溪吴氏太湖支谱序》，《吴氏族谱》（叙伦堂），光绪年版。

唐之盛时，文章勋业，彪炳当世。”① 等等，无不推重有加。

三是这一谱序可以从一个特定侧面认识吴少微的特定心理世界，序文本身就是一篇散文佳作，为我们进一步认识“吴富体”“北京三杰”的创作情况提供了重要认识资料。基于此，我们可以修正《中国文学大辞典》中有关吴少微的“《全唐文》存其文六篇”一说，应该是除“《全唐文》存其文六篇”外，在徽州吴氏族谱中新发现序文一篇，吴少微现存文七篇。

四是从这一谱序内容本身和被新安（徽州）吴氏宗谱广泛收录的事实，可以看出吴少微对新安（徽州）的强烈认同和新安（徽州）吴氏对他的强烈认同，可以直接证明吴少微是新安（徽州）人，可以借此纠正有关史书和词典对他籍贯的错误记载，如《中国文学大辞典》对其籍贯的“新安（今属河南）人”的错误记载。

总之，《吴氏正宗谱序》的被发现，对于唐初文学家吴少微的宗族思想与文学创作具有一定的认识价值。

① 周长森：《新安昌溪吴氏太湖支谱序》，《吴氏族谱》（叙伦堂），光绪年版。

第七章　多个身份结合体的许宣平及其文化意义

一、作为多个身份结合体的许宣平

作为徽州历史上最重要的传说人物之一的许宣平，由于在南唐沈汾《续仙传》中的被仙化，以至于后人难以相信他是现实中的人物。那么许宣平究竟是不是现实中存在的人物？许宣平及其故事在徽州具有怎样的文化意义？

许宣平的现存资料主要见于沈汾《续仙传》中的《许宣平》[①]。或者说，首先是《续仙传》让我们知道了徽州历史上有个许宣平，因为是从《续仙传》后，徽州的地方史志才有许宣平的记录。既如此，能否把《续仙传》中的《许宣平》当作历史人物资料来看？通过分析，我们还是能从中找到一些作为历史人物的许宣平的蛛丝马迹。这可以从以下方面说明：

首先，从沈汾《续仙传》中的《许宣平》所写内容看，许宣平具有人所存在的自然和社会条件：

一是有人物生活的地域环境：歙县城阳山南坞。

二是有人物生活的时代和年龄：生活的时代为唐代景云、

① 沈汾：《续仙传·许宣平》，《历代志怪大观》，生活·读书·新知上海三联书店，1996年12月版，第500页。

咸通时期；年龄为景云六十岁，咸通百余岁。虽然年龄上的时间跨度有些不真实，但这是为了体现其仙化特点所作的夸大处理。

三是有人物的生活方式和条件：卖柴为生、食山中桃和结庵以居等。

四是人物有名有姓有家族：许宣平和他的家族介绍“许明努祖上”等。

五是有人物身份：隐者、诗人和仙人。

六是有人物完整的事件：许宣平过着独立自足的山中生活；历史上的真实人物李白读其诗并寻访。

从以上多方面条件看，我们有理由认为许宣平是徽州历史上真实存在的人物，而不完全是传说中的人物。

其次，从文本的性质特点看，《续仙传》中的《许宣平》基本上是一种“传”的性质，并且题目就是人的姓名，可以说写实性很强，有一定的现实生活基础。即使是小说创作，也有一个生活真实问题，但我们读后的感觉是小说的特点不充分，而“传”的特点却很充分。当然，这其中也有作为《续仙传》中“仙”的附会成分。如果我们剔除其附会的成分，充分注意它的现实性，就可以看到一个基本可信的许宣平，一个与事实真相接近的许宣平。

再次，从《续仙传》以后的一系列书籍记载看，也基本上是一种类似于实有其人的记载。如宋代乐史所撰的《太平寰宇记》中记载：“城阳山，即许宣平得道之所，亦为李白寻之不遇，今山上有遗迹存。”元代方回所撰《桐江续集》卷十七：“行七里曰南山，许宣平老仙故居在山上。”明代李贤等所撰《明一统志》卷十六：“紫阳观，在城阳山，唐许宣平得道之所，元毁，洪武初重建。”《江南通志》卷四十七《舆地志》："许仙宫，在府南山，许宣平修真处，即南山道院，宋建炎中改今名。"

从以上三方面，我们判定许宣平是徽州历史上一个真实存在的人物。

也许有人会说，既是真实人物为何正史中无记载？正如南怀瑾《论语别裁·微子第十八》（上）中所说："因为正史是儒家的人编的，他们觉得这些人太神奇了，这些资料都不写在正史中。"[①] 儒家的人不把道家的人列入正史，道家的人就只好进入《列仙传》一类的书中了。但有一点是毫无疑问的，那就是道家作为群体是现实中存在的，不然的话哪来什么道家呢？

在许宣平是真实的历史人物的认识基础上，我们应怎样来全面认识和评价许宣平？从对《许宣平》进一步的分析研究中，我们发现许宣平是多个身份的结合体。正是这多个身份的结合，铸就了许宣平的特有魅力，形成了历史上的"许宣平现象"。具体说来，许宣平具有诗人、隐士和仙人三种身份。要真正认识和评价许宣平，就必须从这三种身份的结合中来进行。而这种认识和评价也反转来有助于形成和说明许宣平是一个真实存在的人物的判断。只有这样，才能真正认识和评价许宣平，才能认识和评价许宣平在徽州历史和文化上的意义。

（一）诗人许宣平

可以说，在李白寻访之前，许宣平在当地就已经是一个有影响的诗人。否则，"好事者"就不可能把他的诗题写到洛阳

① 南怀瑾：《论语别裁·微子第十八》，复旦大学出版社，1996 年 6 月版，第 835 页。

传舍壁上。当然，从历史上看，许宣平的声名最终主要是通过李白寻访而得以扩大的。李白之所以要寻访许宣平，是由于他在洛阳传舍读到了许宣平的《庵壁题诗》，并由此而仰慕许宣平，寻访许宣平。要了解诗人许宣平，首先就要来看看被诗仙李白叹为“仙诗”的诗作：

隐居三十载，筑室南山巅。
静夜玩明月，闲朝饮碧泉。
樵人歌垄上，谷鸟戏岩前。
乐矣不知老，都忘甲子年。

此诗篇高度形象地传达了许宣平自身的隐居之乐。它既写了视觉体验的快乐，又写了味觉体验的快乐，还写了听觉体验的快乐以及与大自然亲近之乐。正是这些，使他乐得忘记了岁月，乐得忘记了步入老境，乐得似天仙一般。作品充满一种不食人间烟火般的仙界生活的气息，具有一种飘逸之美。这样的诗美，也是李白自身所追求的，与他是有共同性的。再加上此时的李白，正是对自己只被作为陪侍皇帝游戏诗文的“翰林待诏”而满怀失望地离开翰林院的时候，在不期然而然地读到了许宣平的“仙诗”后自是怦然为之心动。因为“仙诗”中所写的，正是他时下所需要的，所向往的。他渴望有许宣平这样一种生活来使自己从现实的烦恼中解脱出来，甚至走一条像许宣平这样的归隐乃至求仙之路。再加上李白狂傲不羁的性格和飘逸洒脱的气质中所固有的仙风道骨，正与许宣平相契合。正因如此，他不得不对许宣平的诗叹为“仙诗”，并情不自禁地做出寻访许宣平的“诗意”选择。

要进一步了解许宣平的诗人情怀，还可以看他的《负薪行》。此作品同样是许宣平豁达生活的真实写照。

负薪朝出卖，沽酒日西归。
借问家何处？穿云入翠微。

诗中既表现了诗人的日常生活，又刻画了自己家居的环境特点，同样显出飘逸和洒脱，具有超凡脱俗的格调，在高度的艺术概括中蕴藏着特殊的张力，体现了作者的审美力和创造力。倘若李白读到这一诗篇，同样会给予认同和赞美。

而李白在寻访许宣平不遇后，在其庵壁上所题写的《题许宣平庵壁》诗，也从一个侧面写出了许宣平的真实生活环境特点，为我们理解许宣平提供了一种独有条件，因为李白虽然寻访许宣平不遇，但毕竟亲眼见到了他的居所。

我吟传舍诗，来访真人居。
烟岭迷高迹，云林隔太虚。
窥庭但萧瑟，倚柱空踌躇。
应化辽天鹤，归当千岁馀。

诗中既有对“真人”的向往和对“真人居”实感的真切描绘，又有对自己寻访不遇的情感流露，还有对“真人”归来的悬想，包含了丰富的思想意味。

李白寻访许宣平不遇是这样，那么许宣平在见了李诗后又如何呢？这可从《见李白诗又吟》[①] 中看出他的真实心迹：

一池荷叶衣无尽，两亩黄精食有余。
又被人来寻讨着，移庵不免更深居。

从这一诗篇中，可以看出许宣平对自己的自然生活的进

① 许宣平：《见李白诗又吟》不见于沈汾《续仙传·许宣平》，见《全唐诗》卷八百六十。

一步写照。他已经完全摆脱了世俗生活的纠缠，进入了一个亦人亦仙的境界，不再与世俗中人相往来，自然是“移庵不免更深居”，表明了对李白寻访的态度。李白寻访不遇自是一种遗憾，一种不完满，但从许宣平的诗篇中，我们却可以完整地看出许宣平的心态轨迹和人生追求。李白寻访许宣平不遇如说他们之间缺少一种机缘，不如说是作为诗仙的李白与许宣平之间还客观地存在着一种距离。正是这种距离阻隔了他们的相见。

从所传的以上许宣平的诗篇看，他无疑是一位优秀的诗人，是有案可查的生活在徽州本土的最早的优秀诗人，并且是新安诗人中受到“诗仙”李白特别关注的唯一优秀诗人。

（二）隐士许宣平

许宣平的隐士身份，一方面可以从《续仙传》中的“唐睿宗景云中，隐于城阳山南坞，结庵以居”的话语中看出，另一方面还可以从许宣平在自题庵壁诗“隐居三十载，筑室南山巅”的诗句中看出，它们清楚地告诉我们：许宣平是一个地地道道的隐者。

至于许宣平为什么隐居，虽然没有交代，但无疑与他的人格个性和价值取向密切相关。历史上大凡作为隐士的，并不是不关心天下大事，只是所采取的方法与一般人不同，他们希望国家安宁，百姓幸福，但他们不愿自己站出来去从事相关活动。有时他们明知道时代不能挽救时，他们选择了逃避，但这种逃避是为了保留文化的精神，寄希望于后人。[①] 但尽管如此，许宣平还是做了他力所能及的事，正如《续仙传》中所

① 南怀瑾：《论语别裁·微子第十八》，复旦大学出版社，1996 年 6 月版，第 835 页。

说："迩来三十余年，或拯人悬危，或救人疾苦，城市人多访之"，于此可见他的处世之道。从他的"一池荷叶衣无尽"的诗句中，也可以约略见出他的人格情操。

作为隐士的许宣平，他既在"城市人多访之"时"不见"，又在当知道了进山打柴的是许明奴家人后，只告诉"我明奴之祖宣平"和"汝归，为我语明奴，言我在此山中"，却不愿回家探访；还有不与远道寻访而来的李白相见；所有这一切都充分说明作为隐士的许宣平，已经无意于与世俗生活中的人往来，按照歙县本土现在还流行的话说就是"仙人不搭凡人"了。

试想，如果李白寻访许宣平而许宣平又与他相见的话，那反而没有什么特别的体味不尽的文化意义了，就连李白《题许宣平庵壁》的那首诗也不会有了。那样的话，只能说明许宣平还不是真正的隐者。而我们现在所面对的李白寻访许宣平不遇的结局却正有一种深刻的文化意义在其中，值得我们好好寻味。

（三）仙人许宣平

许宣平的仙人身份，《续仙传》中是通过以下几个方面来体现的：

一是写他所食非同寻常："不知其服饵，但见不食"，"闲朝饮碧泉"，"方食桃，甚大"。

二是写他行动轻飘如仙："颜色若四十许人，行如奔马。"而其中写妪的成仙也是在间接写许宣平的成仙，因为只偶尔食了许宣平所给桃吃的妪且"日渐童颜，轻健愈常"和"今人采樵，或有见其妪，身衣藤叶，行疾如飞。逐之，升林木而去"，那么终日在山中生活的许宣平的轻飘如仙自可想见。

三是写他寿命之长：百余年后，郡人许明奴家有妪，常逐伴入山采樵，独于南山中见一人坐石上。按照《续仙传》中所写，他在景云年间（710—712）就已经是六十岁了（诗云“都忘甲子年”），再到咸通年间（860—875）就是二百多岁了。这正是按照成仙的需要来写的。

得道成仙是当时时代和社会的普遍追求。许宣平的得道成仙，寄予了当时人们对长生不死的美好愿望。这也多少体现了对人生的热爱，对生命的留恋和珍惜。而在当时的歙州，人们的这一愿望是通过许宣平这一人物来实现的。这仿佛在告诉人们：只要像许宣平这样生活与做人，就可以得道成仙。当然，成仙以后又怎样呢？是为活着而活着吗？是像许宣平这样不食人间烟火、过着独往独来的生活吗？这是不用去考虑的，因为在人们的意念中只要成仙就是实现了最大的理想，至于成仙以后怎样那是成仙以后的事情。

二、许宣平现象的文化意义

通过以上探讨，我们发现了许宣平具有诗人、隐者和仙人三种身份。这就告诉我们，如果我们只是从一个方面来看许宣平，那是不完全的。特别是我们习惯上只把他当作仙人来看，那看到的有可能只是荒诞，甚至看到的是连许宣平这个人物都不存在。我们只有从三种身份的结合来看许宣平，才能看得全面和彻底，才能还许宣平以历史的本来面目。

那么，历史上作为多个身份统一体的许宣平对于我们具有怎样的意义呢？我们认为它的意义是一种文化意义，是一种文化的象征意义。

作为李白寻访许宣平故事的意义在于：只有自身有了创造的实力，才能赢得他人的关注；只有自身进入了一种境界，才能获得他人的仰慕。作为诗人许宣平的意义在于：只有提高了对于以文学为代表的文化的修养水平，才有可能从事杰出的创造，才能抒写诗意的人生。作为隐士许宣平的意义在于：在现实人生中要有所为有所不为，只有有所不为才能真正有所为；要以超然出世的精神来把持积极入世的事业。作为仙人许宣平的意义在于：人可以通过热爱人生来提高生命的质量，来进行人生的充值。所有这些文化意义又让我们看到了它与后来徽州文化之间的特殊渊源。

这就是我们今天要研究许宣平的意义所在。

第八章　李白寻访许宣平传说的传播过程与特点

李白寻访许宣平的传说是徽州最著名的传说之一，在南唐以后的众多著作中有较广泛的反映。对其传播过程与特点进行梳理分析，具有重要的传播学认识价值。在这里需要着重指出的是，这一传说最早出现在南唐沈玢所著《续仙传》中是以《许宣平》为题和以许宣平为主体的，但从其意义内涵和后来的传播走向看，或许由于李白声名显著的原因，主要形成了“李白寻访许宣平”的流传格局。基此，这里以“李白寻访许宣平传说”作为主题叙述语。

一、李白寻访许宣平传说的传播过程

（一）南唐：李白寻访许宣平传说的最早发生

从现在所能见到的资料看，李白寻访许宣平的传说最早源于南唐沈玢《续仙传》。《续仙传》是继汉代刘向《列仙传》、晋代葛洪《神仙传》之后所著的仙传著作，距今已有千余年历史。

沈玢，五代人，居于南唐（937—975），生平不可详考，据《续仙传》自序等记述可知，他生而慕道，周游环宇，仕南唐为溧水县令，兼监察侍御史。从沈玢《〈续仙传〉序》中，可了解其撰《续仙传》的大致意图：

古今神仙，举世知之。然飞腾隐化，俗稀可睹。先贤有言曰：

“人间得仙之人，且十不闻其一。”况史书不载神仙之事，故多不传于世。详其史意，以君臣父子理乱忠孝之道激励终古也。若敦尚虚无自然之迹，则人无所拘制矣。《史记》言三神山在海中，仙人居金银宫阙，不死之药生其上。人有欲近山者，则风引船而去，终莫能到。斯亦激励拘制之意也。大哉神仙之事，灵异罕测。述云，初之修也，守一炼气，拘谨法度。孜孜辛勤，恐失于纤微。及其成也，千变万化，混迹人间。或藏山林，或游城市。其飞升者，多往海上诸山。积功已高，便为仙官，卑者犹为仙民。何者？十洲间动有仙家数十万，耕植芝田，课计顷亩，如种稻焉。

是有仙官分理仙民及人间仙凡也。其隐化者如蝉蜕，留皮换骨，保气固形于岩洞，然后飞升，成于真仙，信非虚矣。玢生而慕道，常愧积习。自幼及长，游历宦途，周游寰宇。凡接高尚所说，或览传记，兼复闻见，皆铭于心，而书于牍。又以国史不书，事散于野。矧当中和兵火之后，坟籍犹阙。讵有秉笔纪而述作者，处世斯久，人渐稀传。惜哉！他时寂无遗声，今故编录其事，分为三卷，冀资好事君子学道之人谈柄，用显真仙者哉。朝请郎前行溧水县令兼监察御史赐绯鱼袋沈玢撰。①

由此可见，其撰《续仙传》目的是多方面的：一是有感于“史书不载神仙之事，故多不传于世”，为“国史不书，事散于野”“处世斯久，人渐稀传”感到惋惜，故编录其书以

① ［南唐］沈玢：《〈续仙传〉序》。

传；二是沈玢“生而慕道”，对隐化者飞升成仙“信非虚”，编录此书“冀资好事君子学道之人谈柄，用显真仙”；三是“敦尚虚无自然之迹”，劝勉人生“孜孜辛勤”，不“失于纤微”和“拯人悬危”“救人疾苦”。对此，乔象锺、陈铁民认为“沈玢的小说每在仙界与世间、仙人与凡人的鲜明比衬中表露自己的去取好恶，作品中称颂仙道所用的‘拯人悬危’、‘救人疾苦’和‘性高尚’等，无不表明作者着眼于现实的创作动机和思想品格。”①

李白寻访许宣平的传说见于《续仙传》（中）“隐化一十二人”之二《许宣平》：

许宣平，新安歙人也。唐睿宗景云中，隐于城阳山南坞，结庵以居。不知其服饵，但见不食。颜色若四十许人，行如奔马。时或负薪以卖，担常挂一花瓠及曲竹杖，每醉腾腾拄之以归。独吟曰：“负薪朝出卖，沽酒日西归。路人莫问归何处，穿入白云行翠微。”尔来三十余年，或拯人悬危，或救人疾苦。城市人多访之，不见，但览庵壁题诗云：“隐居三十载，石室南山巅。静夜玩明月，明朝饮碧泉。樵人歌垅上，谷鸟戏岩前。乐矣不知老，都忘甲子年。”好事者多咏其诗。有时行长安，于驿路洛阳同华间传舍是处题之。天宝中，李白自翰林出，东游经传舍，览诗吟之，嗟叹曰：“此仙诗也。”及诘之于人，得宣平之实。白于是游及新安，涉溪登山，累访之不得。乃题其庵壁曰：“我吟传舍诗，来访真人居。烟岭迷高迹，云林隔太虚。窥庭但萧索，倚柱空踌躇。应化辽天鹤，归当千岁余。”是冬野火燎其庵，莫知宣平踪迹。百余年后，咸

① 乔象锺，陈铁民：《唐代文学史》（下）第三十一章《五代十国文学》（上）。http：//www. du8. com.

通七年，郡人许明奴家有妪，常逐伴入山采樵，独于南山中见一人坐石上，方食桃，甚大。问妪曰："汝许明奴家人也？我明奴之祖宣平。"妪言："常闻已得仙矣！"曰："汝归，为我语明奴，言我在此山中。与汝一桃食之，不可将出。山虎狼甚多，山神惜此桃。"妪乃食桃，甚美，顷之而尽。宣平遣妪随樵人归家言之，明奴之族甚异之，传闻于郡人。其后妪却食，日渐童颜，轻健愈常。中和年已后，兵荒相继，居人不安，明奴徙家避难，妪入山不归。今人采樵，或有见其妪，身衣藤叶，行疾如飞。逐之，升林木而去。①

这一文本，成为此后这一传说传播的最早文本。那么这一文本最早是由哪个写成的呢？

从发生学角度说，一般要写此类人物传记或传说，首先是熟知此类人物或传说的人。从常理说，熟知许宣平者无疑是歙州本土的人。是本土的什么人向沈玢提供了这一素材，还是熟知这一素材的人直接写了这个传说而被沈玢所阅览？

从传说本身提供的信息看，有关许宣平的最早传播是许宣平的族人，因《许宣平》中有"宣平遣妪随樵人归家言之，明奴之族甚异之，传闻于郡人"的记载，而这也符合常理。从此可知，是许宣平族人首先传闻于郡人，郡人才将许宣平的故事一传十、十传百，以至于"好事者多咏其诗。有时行长安，于驿路洛阳同华间传舍是处题之"，才有人来写后来的整个许宣平的传说故事，才被沈玢改编收入《续仙传》。

从沈玢本人在《〈续仙传〉序》中提供的信息看，他自己所说的"凡接高尚所说，或览传记，兼复闻见，皆铭于心，

① ［南唐］沈玢：《续仙传》（中）。

而书于牍”，加上“今故编录其事”中的“编录”之意，据此判定这一传说极有可能是在他人所写文本基础上由沈玢改编而成。

无论怎么说，沈玢对许宣平传说的传播具有至关重要的作用，因其在《续仙传》中最先保存了这一传说，为后世的广泛传播提供了可能性。从这一文本形式看，许宣平传说的最早传播形式就是“传说”这一形式本身。

（二）宋代：李白寻访许宣平传说的传播与特点

在宋代，进行李白寻访许宣平传说传播的主要是李昉、乐史、张君房、李弥逊、阮阅、范成大、罗愿、计有功、何汶、陈允平等。

1. 李昉等《太平广记》的记载和传播

李昉（925—996）等于太平兴国三年（978）编成《太平广记》。在其《神仙二十四》中收录了《许宣平》，它注明是选自沈玢的《续仙传》，经比较，内容上与沈玢《续仙传》所载无甚差异①，故此处不作转述。

由于《太平广记》为宋之前小说总集，《许宣平》传说的被收录客观上使这一传说在宋之前小说中占了一席之地，奠定了地位，使其影响有了进一步扩大的可能。

2. 乐史《太平寰宇记》的记载和传播

乐史（930—1007）在其所撰北宋初期的地理总志《太平寰宇记》卷一百四记载：

城阳山在县南，回环孔高，为城郭之襟带，居郡之南，故号城阳山，即许宣平得道之所，亦为李白寻之不遇。今山上有

① ［宋］李昉等：《太平广记》神仙二十四。

遗迹存。"①

这里着重指明了李白寻访许宣平不遇的具体地址，并指出在宋代有许宣平得道之所的"遗迹"。这是在传播中第一次对传说发生地进行具体确证。由其推介，让人感到《许宣平》这一传说实地可考，真实可信，进一步加强了在其传播上的推动力。

3. 张君房《云笈七籤》的记载和传播

张君房（990 年前后在世）在其所编《云笈七籤》卷一百十三记载了许宣平的传说：

许宣平，新安歙人也。睿宗景云年中隐于城阳山南坞，结庵以居，不知其服饵，但见不食，颜若四十许人，轻健行疾奔马，时或负薪以卖，薪担常挂一花瓢及曲竹杖，每醉行腾腾以归，吟曰："负薪朝出卖，沽酒日西归。时人莫问我，穿云入翠微"。迩来三十余年，或施人危急，或救人疾苦，城市之人多访之，不见，但览庵壁题诗云："隐居三十载，筑室南山颠（巅）。静夜玩明月，闲朝饮碧泉。樵人歌垄上，谷鸟戏岩前。乐矣不知老，都忘甲子年。"好事者多诵其诗，有抵长安者，于驿路洛阳同华间传舍是处题之。天宝中李白自翰林出，东游经传舍，览诗吟之叹曰："此仙人诗也。"诘之于人，得宣平之实。白于是游及新安，涉溪登山，累访之不得，乃题诗于庵壁曰："我吟传舍诗，来访仙人居。烟岭迷高迹，云林隔太虚。窥庭但萧索，倚杖空踌躇。应化辽天鹤，归当千载余。"宣平归庵，见壁诗又吟曰："一池荷叶衣无尽，两亩黄精食有余。又被人来寻讨着，移庵不免更深居。"其庵后为野火烧

① ［宋］乐史：《太平寰宇记》卷一百四。

之，莫知宣平踪迹。后百余载至咸通十二年，郡人许明恕家有婢，当逐伴入山采樵，一日独于南山中，见一人坐石上，方食桃，甚大，问婢曰："汝许明恕家人也?"婢曰是。其人曰："我即明恕之祖宣平也。"婢言曰："常闻家内说祖翁得仙多年，无由寻访。"宣平谓婢曰："汝归为我向明恕道我在此山中，与汝一桃食之，不得将出，山内虎狼甚多，山神惜此桃。"婢乃食之，甚美，顷之而尽。遣婢随樵人归家言之，婢归觉担樵轻健，到家具言入山逢祖翁宣平云。明恕嗔婢将上祖之名牵呼，取杖打之，其婢随杖身起，不知所之。后有人入山内逢见婢，童颜轻健，身衣树皮，行疾如风，遂入升林木而去。①

可以看出，张君房所收录的《许宣平》源于沈玢的《续仙传》，但作了部分修改，主要表现在"换""增""删"方面。一是"换"：(1) 词语更换，如将"花瓠"更换为"花瓢"、将"石室南山颠（巅）""闲朝饮碧泉"中的"石"和"明"分别更换为"筑"和"闲"、将"来访真人居""倚柱空踌躇""归当千岁余"中的"真人""倚柱"和"千岁"更换为"仙人""倚杖"和"千载"、将"许明奴"更换为"许明恕"、"妪"更换为"婢"等；(2) 语句修改，如将"路人莫问归何处，穿入白云行翠微"改为"时人莫问我，穿云入翠微"、将原"宣平遣妪随樵人归家言之，明奴之族甚异之"改为"遣婢随樵人归家言之，婢归觉担樵轻健，到家具言入山逢祖翁宣平云。明恕嗔婢将上祖之名牵呼，取杖打之，其婢随杖身起，不知所之"等；二是"增"

① ［宋］张君房：《云笈七籤》卷一百十三。

的方面：(1) 增加诗句：如新增宣平《见壁诗又吟》“一池荷叶衣无尽，两亩黄精食有余。又被人来寻讨着，移庵不免更深居”，这首诗在所见的传说中是第一次出现；(2) 增加细节，如增加了“婢归觉担樵轻健”“明恕嗔婢将上祖之名牵呼，取杖打之，其婢随杖身起，不知所之”；三是“删”的方面：(1) 删语气词，如“我明恕之祖宣平也”去“也”等；(2) 删词语，如“每醉行腾腾拄之以归”删“行”和“拄之”等；(3) 删语句，如删“宣平谓婢曰”等；(4) 删段落，如删“传闻于郡人。其后妪却食，日渐童颜，轻健愈常。中和年已后，兵荒相继，居人不安，明奴徙家避难，妪入山不归。今人采樵”。

为什么张君房要对《许宣平》加以修改？一是“更换”的部分有的是为了更好地理解这一传说内容，有的是为了语言表现的简练需要。当然其中也有的是不需要改或改得不妥的，如把“许明奴”改为“许明恕”，缺少依据；二是“增”的部分丰富了原传说内容，如增加的《见壁诗又吟》在进一步展现许宣平诗歌创造才情的同时，对原李白庵壁题诗有了回应，并对许宣平后来的行踪有了交代，使整个传说显得更加完整；三是“删”去有些内容使传说显得更其凝练生动，增强了语言表现效果，但对原具有细节性的内容加以删除，影响了原有的生动性和丰富性，不很恰当。总体说来，张君房对原传说中的一些部分加以修改是成功的，对后来罗愿《新安志》对该传说的传播产生了直接影响并通过罗愿的影响而对后世传播产生了较大影响。在民间文学中，在其口头或文字的传播过程中，往往出现对原传播对象进行或多或少的修改的情况，体现出集体创作的特性。当然这种修改的价值如何，要通过传播的作用与效果来判定。

4. 李弥逊《筠溪集》的记载和传播

李弥逊（1089—1153）在其所撰的《筠溪集》卷十三中对有关许宣平的内容作了记载：

山行遇雨

黄山在歙郡之北，雄丽杰出，可与嵩少争衡，世传黄帝与浮丘容成公炼丹其下，功成仙去。南有紫阳，蓊郁相望，唐景云中仙人许宣平，旧隐也。伯氏来倅之始，锄荒聚砾为台数仞，揽二山之秀既成，予自宣来，乘高四顾，飘然有凌云意，思电旌风，驭朝夕往来其间，作歌以招之云。

髯龙飞空去云急，雨翁蹋云挽龙入。
猩啼鹤怨凝春愁，三十六峰黛鬟湿。
紫阳照空天夜明，栖烟采玉唐宣平。
碧桃自熟人自远，千秋月露含凄清。
璜台十成架兰芷，花风吹楼蔓香起。
青霓叩阍帝下游，挹斗扳箕荐琼醴。
南山北山朝莫青，关岫幌开鳞鳞众。
真胡为驾凌，冥寄言流星。
盍归只宰官，自是骑鲸李。①

虽然这一作品主要不是抒写许宣平的，但在序和诗里都出现了许宣平。这是许宣平这一人物第一次出现在他人所创作的诗歌作品中，预示着对许宣平传说传播新形式——诗歌形式的出现。

5. 计有功《唐诗纪事》的记载和传播

计有功（1104—1159 年前后在世）在其《唐诗纪事》卷

① ［宋］李弥逊：《筠溪集》卷十三。

七十五对许宣平作了记载：

许宣平，新安人也。常挂一花瓠及曲竹枝，醉则歌曰："负薪朝出卖，沽酒日西归。路人莫问归何地，穿白云行入翠微"。好事者题于壁，李白自翰林出，东游览诗叹曰："仙人也"。①

从内容看，出自对《续仙传》中许宣平传说的转述，十分概略。但在作为以诗系事的唐代诗人及作品评论汇集的《唐诗纪事》中出现，强化了伟大诗人李白对许宣平诗作评价的宣传作用，其影响不可低估。

6. 阮阅《诗话总龟》的记载和传播

阮阅（1127年前后在世），他在《诗话总龟》卷四十五记载：

许宣平，新安人。常挂一花瓢及曲竹枝，每醉即独吟曰："负薪朝去卖，沽酒日西归。路人莫问归何处，穿白云行入翠微。"好事者于洛阳同华间是处题之，李太白见曰："此神仙也"。②

此一记载，属于摘抄概记，从所引诗句看，来自于对《续仙传》中《许宣平》的转述，只是在这里李白所说的话语与此前所记有所不同，虽只一字之差，却由原来的对许宣平诗作的评价变成了对人的评价，这是在传播中发生的细微变化，这种变化加强了李白寻访许宣平的动因认识：不只是诗的吸引，重要的是人的吸引。

① ［宋］计有功：《唐诗纪事》卷七十五。

② ［宋］阮阅：《诗话总龟》卷四十五。

7. 范成大《石湖诗集》的记载和传播

范成大（1126—1193）在《石湖诗集》卷二有《题画卷五首（其二）》：

> 欹倾栈路绕山明，隔陇人家犬吠声。
> 无限白云堆去路，不知谁识许宣平。①

此一诗作虽为《题画卷》，但其主旨是在许宣平，诗中明显融会了许宣平诗作的意蕴，显得自然亲切，流露出对“不知谁识许宣平”的几许遗憾。这是他人诗作中第一次以许宣平为主旨的诗歌传播。

8. 罗愿《新安志》和《罗鄂州小集》的记载和传播

罗愿（1136—1184）作为徽州人，对于许宣平的传播起了重要作用，不但在自己的文集中作了记载，更重要的是在所编撰的徽州第一部地方志《新安志》中进行了记载和传播。此后，许宣平传说的传播进入了一个新阶段。

罗愿在《罗鄂州小集》卷五和卷六载有有关许宣平的内容，其中在卷五收录了《新安志》中的《仙释》叙：

> ……自《唐书》始列神秀于传，至国朝景德中，诏纂其源流为《景德传灯录》，此其人皆著见于世，不可揜矣。若吾州许宣平之操，真古所谓隐君子者，人特以其后裔为尝有见之者而著之仙，自余二家，学者并及医卜，皆以次列之，览者择焉而已矣。②

在卷六中有《城阳山人许宣平传》，内容与《新安志》所载完全相同，详见后《新安志》。

① ［宋］范成大：《石湖诗集》卷二。
② ［宋］罗愿：《罗鄂州小集》卷五。

罗愿除了在以上著作中予以记载传播外，还在其所撰写的《新安志》卷三、卷八和卷十中作了记载传播。其中《新安志》卷三中记载：

城阳山在县南二里，高百九十仞，周四十里，有观。唐世许宣平隐山之南坞，坞今别号南山，近每夕有神光。①

这里对当世情况作了反映，第一次出现了“有观”和“近每夕有神光”的记载。这就告诉我们，许宣平不只是传说，还有实体性建筑，这里的“观”就是见证。不但如此，还有“神光”，增加了传播的神奇性。

在《新安志》卷十的《叙杂说》“记闻”中记载：

州南数里，有岸特高，号浣沙阜，隔溪对龙井山，望城阳不远。相传李太白访许宣平，徘徊岸山上甚久。以白诗考之，尝称“金华五百滩”之胜，而思为新安之游。又尝自“洄溪十六渡”至黄山汤泉之下，则吾土山川胜概，颇已寄于逸想。其赠许宣平诗，沈汾（玢）述以为传，当不虚也。又白集有《答山中人》，所谓“桃花流水杳然去，别有天地非人间”者，复相传以为入黟所作，而俗又有《石墨岭》与水西《兴唐寺》，诗语不类太白。东坡尝疑富阳国清彭泽《兴唐》诗及《姑熟十咏》非太白所作，而王平甫疑《十咏》出于李赤，按南唐自有一翰林学士李白，曾子固以为《十咏》是此人所为。然则此间墨岭兴唐诗岂亦此类耶？览者详之。②

在此部分，作者考证了李白寻访许宣平的真实性，认为“不虚”；这是许宣平传说传播过程中出现的第一次考证性传

① ［宋］罗愿：《新安志》卷三。
② ［宋］罗愿：《新安志》卷十。

播，解决了在传播过程中产生的部分疑问，为后来的传播增加了信度。这一内容，也为后来明代程敏政所特别关注。但这里又通过对李白有关诗作加以考证，认为不一定是李白所写，又从另一方面怀疑了李白寻访新安的真实性。

在《新安志》卷八载有《许宣平》：

许宣平

许宣平，歙县人，唐景云中隐于城阳山南坞，绝粒不食，颜如四十许人。行及奔马。时负薪入城卖之，担上挂花瓢及曲竹杖，醉归独吟曰："负薪朝出卖，沽酒日西归。借问家何处，穿云入翠微。"每拯人艰危，救其疾苦，访之多不见。唯壁有诗云："隐居三十载，筑室南山巅。静夜玩明月，闲朝饮碧泉。樵人歌垄上，谷鸟戏岩前。乐矣不知老，都忘甲子年。"好事者题之于洛阳同华传舍间。天宝中，李白自翰林出。览之，曰："此仙人诗也。"乃游新安，涉溪登山，累访不获。题其庵云："我吟传舍诗，来访真人居。烟岭迷高迹，云林隔太虚。窥庭但萧索，倚杖空踌躇。应化辽天鹤，归当千载余。"是冬野火燎其庵，不复知所在。后百余岁，至咸通七年，郡人许明奴家有妪入樵南山，有人坐石上食桃，甚大。谓妪曰："我明奴祖也。"妪言："尝闻仙翁已得仙多年。"宣平言："尔归为我语明奴，我常在此山中。"乃与妪一桃，食之而美。妪自是增食，颜童体轻。中和后，兵荒相继，明奴徙家避难。妪入山不归。后人时有见之者，身衣藤叶，行疾如飞，逐之升林木而去。①

① ［宋］罗愿：《新安志》卷八。

可以看出，罗愿在《新安志》中对许宣平的传播，既以《续仙传》为本，又吸收采纳了张君房的合理修改，同时又有自己的取舍。具体表现在：一是对《南山》诗在尊崇原诗基础上，吸收了张对原诗的修改“时人莫问我，穿云入翠微”，但对其中的“时人莫问我”一句改为“借问家何处”，更接近原诗含义。二是完全接受了张对《题壁诗》“石室”和“明朝”的修改，使语义体现更准确。三是没有接受张对李白题诗将“真人居”改为“仙人居”，而是保持了《续仙传》原有的，包含了自己的理解，但又采纳了张对“倚柱”“千岁余”改为“倚杖”“千载余”的修改，使其语言更符合情态和更典雅。四是未采纳张所新增的所谓许宣平的《见壁诗又吟》，可能是认为它是张君房一时兴之所之加以添加的产物，因而不予采信。五是对于张的改“明奴”为“明恕”未采纳，等等。除此以外，罗愿自己对传说本身作了部分修改。

可见罗愿对这一传说的传播是颇费斟酌的。为什么？一是罗愿是传说发生地的人，对这一传说具有亲近性；二是出于传说完美性要求，使其更其精练完美；三是撰修地方志本身的需要，刚好涉及这方面内容，于是加以特别看待。由于《新安志》是徽州本土第一部地方史志，使它对许宣平的传播不但在本土的影响力度加大，也使影响范围更广。罗愿对许宣平传说的传播无疑作出了重要贡献。

9. 何汶《竹庄诗话》的记载和传播

何汶（1205 年前后在世），在其《竹庄诗话》卷二十一载：

许宣平，新安歙人，自唐景云中隐于城阳山南坞，结庵以居，不知其饵，但见不食，颜若四十许人，行如奔马，时或负薪以卖。薪檐尝挂一枝花瓠及曲竹枝，每醉腾腾以归，独吟云云。尔来三十余年，或施人财物，或救人疾苦，城市多访之，不见。但觉其庵殿题诗云云。好事者多咏其诗，有抵长安者，于驿路洛阳同华间传舍是处题之。天宝中李白自翰林出，东游传舍，览诗吟之，嗟叹曰："此仙中诗人也。"

"负薪朝出卖，沽酒日西归。若问家何处，穿云入翠微。"《题庵殿》："隐居三十载，筑室南山巅。静夜玩明月，闲朝饮碧泉。樵人歌垄上，谷鸟戏岩前。乐矣不知老，都忘甲子年。"①

此则所记，叙述部分节选自《续仙传》中的《许宣平》，但将其中两诗取出附录于后，且其诗为前张君房改过的诗作。这里只是作了记载性传播。

10. 陈允平《西麓诗稿》的记载和传播

陈允平（1275 年前后在世），在其《西麓诗稿》中有《许宣平祠》一诗：

许宣平祠

开元遗逸士，终老紫阳樵。
市上人犹说，山中隐可招。
乾坤双草履，日月一花瓢。
堪笑骑鲸者，相逢弱水遥。②

这里所写与前面罗愿所记的"观"的出现不过百年，该诗第一次出现了"祠"。"观"与"祠"都是建筑，但功能有所不同。"观"只是道教的庙宇，而"祠"具有祭祀的功

① ［宋］何汶：《竹庄诗话》卷二十一。
② ［宋］陈允平：《西麓诗稿》。

能。这里让我们知道了在当时有“祠”的存在，说明当时徽州存在着同族的人或社会公众以及某个阶层共同祭祀许宣平的情况。这一诗歌作品强化了许宣平的现实存在，反映了徽州人对许宣平的追慕与纪念，也体现了作者对许宣平的追念。

从以上整个宋代对许宣平传说的传播可以看出有以下特点：一是在传播队伍上，以外籍为主，本土的只有一人，虽如此，本土人士的传播作用不可低估；在传播者的身份构成上，有官员，也有文人。二是在传播层面上，有国家层面的，如《太平广记》对许宣平的传播；有地方层面的，如《新安志》对许宣平的传播。三是在传播中对原传说有修改、提高与丰富，如张君房、罗愿对原传说的修改加工。四是在传播形式上，有直叙，如《太平广记》直接承袭《续仙传》中的《许宣平》；有转述，如阮阅《诗话总龟》；有诗歌创作，如李弥逊的《山行遇雨》、范成大的《题画卷五首（其二）》和陈允平的《许宣平祠》；有诗话，如阮阅的《诗话总龟》、何汶的《竹庄诗话》；有考证，如罗愿对李白寻访许宣平的考证。多样化的传播形式，说明了传播活动的活跃。由于宋代距离许宣平传说的产生时间较近，所以传播显得更直接一些，也更频繁一些。正是宋代对这一传说的广泛传播，使得后来时代的接续传播成了可能。宋代对许宣平的广泛传播，折射出了宋代文风昌盛，而徽州文化正是在这一时期兴盛起来的。由此看出，许宣平传说的传播与徽州文化的产生与发展有着千丝万缕的联系。

（三）元代：李白寻访许宣平传说的传播与特点

在元代进行李白寻访许宣平传说传播的主要是方回、袁桷、柳贯等。

1. 方回《瀛奎律髓》的记载和传播

方回（1227—1305）在其《瀛奎律髓》卷四十八收录有许宣平《南山》诗并附后记：

南 山

隐居三十载，筑室南山巅。
静夜玩明月，闲朝饮碧泉。
樵人歌陇上，谷鸟戏岩前。
乐矣不知老，都忘甲子年。

予里旧歙州，唐人许翁名宣平，隐居歙之城阳山，曰：南山。去城数里，赋此诗，有题之长安传舍者，李太白见之，以为仙也。至歙访之不值。宣平又有诗曰："负薪朝出卖，沽酒日西归。借问酒何在？穿云入翠微"。以其辞味之，盖得道者。或云山中犹尝见之。①

这里的"借问酒何在?"中的"酒"恐是"家"之误，可能由刊刻造成。通过对许宣平传说的简述和诗作的体味，认为许是"以其辞味之，盖得道者"。

《桐江续集》卷十七在其《上南行十二首并序》的序中说：

平明出城，即渡溪，曰：古航渡。为诗一行五里曰分流岭，为诗二行七里曰南山，许宣平老仙故居在山上。予癸丑从郡守魏公静斋来游，今三十八年复过其下，魏公所筑翠微亭近亦不存……②

《桐江续集》卷二十二：《七十翁吟七言》十首（其四）：

① ［元］方回：《瀛奎律髓》卷四十八。
② ［元］方回：《桐江续集》卷十七。

紫阳山下住，问字足儒生。
鲜果枝头熟，新醅瓮面清。
学师朱仲晦，诗友许宣平。
焉得孟能静，沧浪共濯缨。①

此一诗篇叙写了自己的所住、所见、所思和所求，其中的“诗友许宣平”明确传达了对许的诗风的追慕和向往。“诗言志”，从内在上说，体现了作者对许宣平生活态度和精神世界的认同。

明代程敏政《新安文献志》卷五十七收录了方回《题许宣平南山故居》：

题许宣平南山故居

自注云：李白来访许宣平于紫阳山下，过渡得破船，有老翁在，问宣平家，老翁指船篙赋诗曰：“面前一竿竹，便是许公家。”即宣平也。二仙相遇甚奇。

一庵依旧翠微中，身在蓬莱第几宫。
羽卫夜归人不识，满山松桧响清风。②

前有宋代罗愿的“观”、陈允平的“祠”的存在，这里有“故居”的存在，可以看出在宋元时期确有与许宣平相联系的实体性建筑的存在。这里的“故居”更是直指许宣平本身。此诗序中第一次出现了李白与许宣平对话并失之交臂的细节内容，客观上丰富了传说内容，使之更加有声有色。诗作本身描绘了许宣平遗迹以及诗人探访的感受，其情其景，感人至深。

① ［元］方回：《桐江续集》卷二十二。
② ［明］程敏政：《新安文献志》卷五十七。

方回对许宣平的多方面传播，无疑包含了本土化的情结在其中，从而显得较为丰富。

2. 袁桷《延佑四明志》的记载和传播

袁桷（1266—1327）在《延佑四明志》卷八记载：

予闻仙人左元放、许宣平，每往来九仙城阳山中。蔡经去亦十二年，一至其家，得道者或未能忘其乡瑞，安知季真不时来还此间耶？绍兴十四年八月日记。①

此中记写了许宣平往来于城阳山九仙之间的传闻，丰富了传说内容，增加了传说的真实性。

3. 柳贯《待制集》的记载和传播

柳贯（1270—1342）在《待制集》卷二的《贞一鍊师遗舟舆招游玉隆留诗山中》诗中有记载许宣平的诗句：

麻姑后千载，时犹过蔡经。
弭节城阳宅，亦有许宣平。②

这里把许宣平与八仙相提并论，说明许宣平在道家的地位和对诗人以及本土的影响。

4. 唐桂芳《白云集》的记载和传播

唐桂芳（1308—1380）在其《白云集》卷六《溪山一览亭记》的散文中有：

公凭栏而休之，隐几而思之。北望黄山，则轩辕氏之炼丹也，云郎，则越国公之陵寝也；东望问政，则聂师道之封剑也；南望城阳，则许宣平之故宅也；紫阳，则我文公先生之

① ［元］袁桷：《延佑四明志》卷八。
② ［元］柳贯：《待制集》卷二。

庐也。[①]

在此散文中，许宣平虽然并非是主体，但也是其中的追慕对象，具有缅怀的性质，并且是第一次在徽州人创作的散文中出现，体现了本土人对其的难忘之情，也预示着许宣平传播的散文新形式的出现。

5. 陶宗仪《说郛》的记载和传播

陶宗仪（1329—约1412）在《说郛》卷五十八记写“隐化二十人”中，特地提到“许宣平新安歙人也”[②]。虽然在其中是一笔带过，但也留下了一丝踪迹。

与前一时代相比，元代对许宣平传说的传播在量上有明显减少，从一侧面反映了被外族统治的时代社会特点。虽然如此，却依然保持了对许宣平传说传播的几多热情。特别是本土的方回不但在《桐江续集》中予以记载，而且以诗的形式加以吟诵传扬，还在《瀛奎律髓》中转载许宣平诗作，附录传说梗概，还丰富了李白寻访许宣平失之交臂的细节内容，为许宣平传说的传播作出了重要贡献。另外在传播形式上有了新的发展，那就是新增了散文这一形式，如唐桂芳的《溪山一览亭记》。元代对许宣平的传播在力量上虽不够强劲，但毕竟没有间断，起到了那个时代所能起到的承续作用。

（四）明代：李白寻访许宣平传说的传播与特点

在明代，进行李白寻访许宣平传说传播的主要有朱同、李贤、程敏政、汪道昆、凌迪知、胡应麟、曹学佺、彭大翼、黄宗羲、程诰等。

---

① ［元］唐桂芳：《白云集》卷六。

② ［元］陶宗仪：《說郛》卷五十八。

1. 朱同《覆瓿集》的记载和传播

朱同（1336—1385）《覆瓿集》卷五《练溪闲居记》一文中，多处写到与许宣平有关的内容：

“公之居，在城之西偏南面水阴之山，曰：城阳。唐方外许宣平隐所也。远望乔松数本，在山巅之凹，遗址存焉。重冈叠嶂，枝联秀拔，踊跃后先，以列乎前。古寺楼观，林阴塔影，岚光翠霭，入户侵檐，不知有城郭之隔，市尘之嚣也。”

“每风日佳好，则幅巾野服，杖履逍遥，与二三友士，俯练溪之清流，登水西之梵刹，探城阳故址，以求方外之遗踪，陟紫阳高巅以访考亭之余蕴，或据怪石，或坐长林，唱和吟啸，日暮忘返，人远而望之，但见其形超兴逸，若写神仙于图画，而其中所存之洒然者，固不得而知之也。”①

在此文中，虽不以许宣平为中心，但许宣平的一切不能让主人忘怀，亲眼所见“在山巅之凹，遗址存焉”，并“探城阳故址”，可见世人心中许宣平的魅力之无穷。

2. 李贤《明一统志》的记载和传播

李贤（1408—1466）《明一统志》卷十六的《仙释》中记载了许宣平：

许宣平，歙县人，唐景阳中隐于城阳山南坞，绝粒不食，颜如四十许人，行及奔马，时负薪买于市，尝独吟曰：“负薪朝出卖，沽酒日西归。借问家何处，穿云入翠微。”李白入山寻之不见，乃题其庵以归。是冬庵为火所焚，遂不见。复百余年至咸通七年，有采樵者见之南山石上。②

① ［明］朱同：《覆瓿集》卷六十五。
② ［明］李贤：《明一统志》卷十六。

此虽按罗愿《新安志》所叙作了概略记载，但这是第一次进入国家志书，使这一传说在国家这一层面得到传播，提高了传播地位，扩大了在全国的影响。

3. 程敏政《篁墩文集》和《新安文献志》的记载和传播

程敏政（1445—1500）对于许宣平传说的传播，既有通过自己的创作来传播，如《篁墩文集》卷七十中《游紫阳山寻许宣平金野仙二真遗迹次旧韵二首（其一）》；又有汇编文献的传播，如《新安文献志》卷三十三转罗愿《新安志》叙仙释、卷五十三收录《郡志》有关记载和罗愿有关考证、卷五十六收录许宣平《无题》“负薪朝出卖，酤酒日西归。借问家何处？穿云入翠微”诗、卷五十七收录方回《题许宣平南山故居》、卷一百（上）转罗鄂州《城阳山人许宣平传》。其中《篁墩文集》卷七十以和宣平韵的形式写的《游紫阳山寻许宣平金野仙二真遗迹次旧韵二首（其一）》如下：

屋踞苍崖下，人行老树颠。
寻诗敲翠竹，消醉饮清泉。
歌出黄牛背，帆飞白鸟前。
尘缨犹未洗，结社在何年。①

这里第一次出现以和宣平诗原韵的形式来传播，非常亲切，诗中既流露出对许宣平的倾慕，又有对自己愿望实现的期盼。

《新安文献志》卷五十三：

《题壁》（许山人）“隐居三十载，筑室南山巅。静夜玩明月，闲朝饮碧泉。樵人歌垄上，谷鸟戏岩前。乐矣不知老，都

① ［明］程敏政：《篁墩文集》卷七十。

忘甲子年。”

《郡志》云：“宣平歙人，景云中隐于城阳山，时负薪入城，担上挂花瓢及曲竹杖，醉归独吟，访之多不见，惟壁有诗云云。好事者题之于洛阳同华传舍间。李白见之曰：“此仙人诗也。”乃自宣州游新安，累访不遇，题其庵云：“我吟传舍诗，来访真人居。烟岭迷高迹，云林隔太虚。窥庭但萧索，倚杖空踌躇。应化辽天鹤，归当千载余。”然此作不见《太白集》中，殆逸诗邪?”罗鄂州曰：“州南数里，有岸特高，号浣沙阜。隔溪对龙井山，望城阳不远。相传李太白访许宣平，徘徊岸上甚久。以白诗考之，尝称“金华五百滩”之胜，而思为新安之游。又尝自“洄溪十六渡”至黄山汤池下，则吾土山川胜概，颇已寄于逸想，其赠许宣平之诗，沈汾（玢）述以为传，当不虚也。①

从这里可以看出，选录的诗出自张君房所改，传说来源除部分取自罗愿《新安志》外，新增了李白来新安的路线为“自宣州游新安”，这是过去传说中所没有的。可见程敏政为了确定李白游新安的事实，作了考证或想象。又从罗愿对李白诗的考证，赞同李白寻访许宣平“当不虚”的结论。从对许宣平传播方面来说，程敏政是很用心的，为传播作出了重要贡献。

4. 汪道昆《太函集》的记载和传播

汪道昆（1525—1593）《太函集》卷之七十二有《游城阳山记》一文，多处写到许宣平：

“余童年谒仙翁祠，其像黄衣黄冠，仙仙如也。今祠视昔

① ［明］程敏政：《新安文献志》卷五十三。

湫隘，尸祝乃摄世衣冠。土人谓旧祠灾，则皆更置。余从诸君子拜祠下，酌水献之。”

“循崖西行，得仙翁故址。址方百步，四面坟起如堵墙。”“仲鱼问曰：夫子雅不言神仙，胡为此游也?”

“嗟乎！吾郡中拥阏久矣，先民无得而称。仙翁崛起南山，遂用称诗，倾太白，负薪沽酒，乐以忘年，皭然隐君子也。黄帝圣矣，北面空同；尧师箕山，舜友石户，此皆以至德而下岩穴，况其它乎？即吾党不得与仙翁同时，幸而同产，吾因是以虚往，吾因是以实归，奚不可也？仲鱼唯唯。”①

这里记写了“童年谒仙翁祠”，并见其像以及当时所见祠的情况，印证了宋代陈允平在《许宣平祠》中所写当为不虚，并以“即吾党不得与仙翁同时，幸而同产，吾因是以虚往，吾因是以实归，奚不可也”的话语表达自己寻访许宣平的思想感情，非常真切。

《太函集》卷之一百八有《登南山过李太白访许宣平故址》诗作：

有何薪者翁，云是箕山裔。
家在南山巅，居然避尘世。
清酤近市来，白日蓬门闭。
矫矫谪仙人，言从秋浦澨。
振衣问大隗，握手探右契。
颍水薄函关，祖风良以厉。
仙才岂雉樊，吾道信蝉蜕。
所贵在同心，无言竟分袂。

① ［明］汪道昆：《太函集》卷之七十二。

骑鲸出九渊，化鹤归千岁。
故址山之阿，至今留薜荔。
二三小有池，深藻神鱼丽。
吾党采真游，踟躇复流睇。
刀圭倘可求，羽翼从此逝。[①]

此诗以传说内容为依据，完整叙写了许宣平的生活环境以及为人、李白寻访不遇以及自己所见故址所发的感慨，表现了乡土文人对许宣平的特有情怀。这是明代第二个对许宣平进行重点传播的人，可以感到汪道昆对许宣平的眷念情怀。

5. 凌迪知《万姓统谱》的记载和传播

凌迪知（1529—1600）《万姓统谱》卷七十六记载：

许宣平，歙县人，景阳中隐于城阳山南坞，绝粒不食，颜如四十许人，行及奔马，时负薪卖于市，尝独吟曰："负薪朝出卖，沽酒日西归。借问归何处？穿云入翠微。"李白入山寻之不见，乃题其庵以归。是冬，庵为火所焚，遂不见。后百余年至咸通七年，有采樵者见之南山石上。[②]

这里除"借问归何处"一句与罗愿的"借问家何处"不同外，其他均以罗愿《新安志》为蓝本进行转述。

6. 胡应麟《少室山房集》的记载和传播

胡应麟（1551—1602）在《少室山房集》卷八十一所收的《吴生德符诗序》一文中有：

新都诗派肇自许宣平，李供奉读其"静夜明月""穿云翠微"二咏，至以为神仙。历千余载，而汪伯玉以闳深杰异之

① ［明］汪道昆：《太函集》卷之一百八。
② ［明］凌迪知：《万姓统谱》卷七十六。

才，壁立嘉隆诸子之际，风骨稜然，典刑大雅，重以兼收广纳，流壤靡遗一时彬彬家隋珠而人和璞，盖司马之勋，于是为烈。而词场接踵有指不胜屈者矣，乃余独以吴生德符为难能……[1]

这里第一次把许宣平提到“新都诗派”之肇始的高度来评价许宣平诗歌创作的历史地位，这是颇有见地的，也符合历史实际。这在许宣平传说传播上，开出了一个新境界。

7. 曹学佺《石仓历代诗选》的记载和传播

曹学佺（1574—1647）在《石仓历代诗选》卷四十三收录了许宣平《醉歌》：“负薪朝出卖，沽酒日西归。借问家何在？穿云入翠微。”可见出于罗愿《新安志》[2]。又在《石仓历代诗选》卷一百七十四收录范成大所写许宣平的《题画卷》诗（详见宋代范成大部分）。[3]

虽然这里只是收录有关许宣平以及他人诗作，但无疑也是一种传播。

8. 彭大翼《山堂肆考》的记载和传播

彭大翼（1595 年前后在世）在《山堂肆考》卷一百五十中以《负薪出卖》为题，对许宣平传说作了转述：

许宣平，歙县人，唐景阳中，隐于城阳山南坞，绝粒不食，时负薪卖于市，尝独吟曰：“负薪朝出卖，沽酒日西归。借问家何处？穿云入翠微。”李白入山寻之不见，乃题其庵以归。至咸通七年，有采樵者见之南山石上。[4]

① ［明］胡应麟：《少室山房集》卷八十一。
② ［明］曹学佺：《石仓历代诗选》卷四十三。
③ ［明］曹学佺：《石仓历代诗选》卷一百七十四。
④ ［明］彭大翼：《山堂肆考》卷一百五十。

这是侧重对李白寻访许宣平故实的传播，来源于罗愿《新安志》。

9. 黄宗羲《明文海》的记载和传播

黄宗羲（1610—1695）所编《明文海》卷三百二十八中收录了明代朱同写有许宣平内容的《练溪闲居记》一文（详见朱同部分）①。这是对许宣平传说的一种间接传播。

10. 程诰《霞城集》的记载和传播

程诰（弘治、嘉靖间在世），字自邑，号泭溪山人，歙县人。晚年结社天都峰下，在其《霞城集》中有《南山寻许宣平故居》：

心期掇瑶草，扶杖陟崔嵬。
径狭缘云密，禽喧讶客来。
犹疑沽酒去，未即卖薪回。
何处寻仙迹，碧桃云外开。②

这又是一篇寻访许宣平故居之作，虽没有对故居本身加以描绘，但后四句写得活灵活现，情感真切，令人怀想。

从以上明代对许宣平传说的传播情况看有以下特点：

一是在传播队伍上，徽州本土占了几乎一半，这是与过去两个时代不同的，说明徽州本土人员成了传播许宣平的重要力量，体现了深厚的本土情结和地缘性质，体现了强烈的地域文化的自我认同。

二是在传播方式上，除诗歌形式传播外，出现了散文形式的传播，如朱同的《练溪闲居记》等；在志书中的传播，超

① ［明］黄宗羲：《明文海》卷三百二十八。
② ［明］程诰：《霞城集》。

越了已往仅限于地方志而进入国家志书领域，如《明一统志》予以记载，志书等级不同自然辐射面也不同；在地方文献总志中的记载和传播，如《新安文献志》；以和宣平韵的形式传播，如程敏政的《游紫阳山寻许宣平金野仙二真遗迹次旧韵二首》。

明代对许宣平传说的传播，无论在数量上还是质量上都进入了一个新天地，达到一个新阶段，对整个传播起了强化和推动作用。

（五）清代：李白寻访许宣平传说的传播与特点

在清代，对李白寻访许宣平传说进行传播的主要是于成龙等、施闰章、徐倬、朱彝尊、张英等、吴之振、彭定求等、查慎行、蔡升元等、爱新觉罗·玄烨、蒋廷锡等、王琦、嵇曾筠等、王太岳等、陈邦彦等。

1. 于成龙等《江南通志》的记载和传播

于成龙（1617—1684）等在《江南通志》卷十五、卷三十四、卷一百七十五分别对有关李白寻访许宣平的情况作了记载。

《江南通志》卷十五：

城阳山在府西南，《寰宇记》：城阳，回环甚高，为城郭襟带。唐景云中，许宣平隐山之南坞，一名南山，又号翠微峰，取宣平“穿云入翠微”之句也。山椒有穿云亭，上有仙姥峰，分桃石、丰隆岭、丹地、浴仙池诸胜。①

《江南通志》卷三十四：

浣沙埠，在府龙井山北，相传李白访许宣平至埠上，一翁

① ［清］于成龙等：《江南通志》卷十五。

对曰：“门前一竿竹，便是许公家。”白怅望，翁已失所在，盖翁即宣平也。①

《江南通志》卷四十七：

许仙宫，在府南山，许宣平修真处，即“南山道院”，宋建炎中改今名。②

《江南通志》卷一百七十五：

唐许宣平，歙人，隐城阳山，绝粒不食，颜如四十许人，行及奔马，或题其诗于洛阳传舍云：“隐居三十载，筑室南山巅。静夜玩明月，闲朝隐碧泉。樵夫歌陇上，谷鸟戏岩前。乐矣不知老，都忘甲子年。”李白见之曰：“仙人诗也。”乃游新安，访之不遇，题诗其庵。宣平归见之。是冬野火烧庵不复知所在。③

《江南通志》对李白寻访许宣平传说作了多方面介绍，其中的“南山，又号翠微峰，取宣平‘穿云入翠微’之句也。山椒有穿云亭，上有仙姥峰，分桃石、丰隆岭、丹地、浴仙池诸胜”对南山介绍较为具体，大多首次出现。首次出现“许仙宫”的称呼，并指出即“南山道院”，宋建炎中改今名，进一步补充丰富了历史上对许宣平故址所建建筑的知识。

2. 施闰章《学馀堂文集》的记载和传播

施闰章（1618—1683）在《学馀堂文集》卷五《新安集序》记载：

① ［清］于成龙等：《江南通志》卷三十四。
② ［清］于成龙等：《江南通志》卷四十七。
③ ［清］于成龙等：《江南通志》卷一百七十五。

……公尝觞予斗山，顾河西层栏高处，曰：李太白旧酒楼也。李访许宣平，经此饮酒，予故表出之。……①

在这里，第一次指出歙县河西“太白楼”因李白寻访许宣平经此饮酒而得名，丰富了传说内容。

3. 徐倬《全唐诗录》的记载和传播

徐倬（1624—1713）在《全唐诗录》卷一百记载：

许宣平

宣平，新安歙人。景云中隐城阳山，不食，行如奔马，时或负薪卖，担挂一花瓠及曲竹杖，每醉腾腾拄之以归。有诗题庵壁，时行长安于驿路洛阳同华间传舍亦题之。李白东游览之曰：“此仙诗也。”及新安累访之不得。咸通七年，郡人许明奴家有妪入山采樵，见一人坐石上，食桃，甚大，自称宣平，即明奴之祖。与一桃食之后，妪却食轻健，入山不归。《负薪吟》：“负薪朝出卖，沽酒日西归。路人莫问归何处，穿白云行入翠微。”《庵壁题诗》：“隐居三十载，石室南山巅。静夜玩明月，清朝饮碧泉。樵人歌垄上，谷鸟戏岩前。乐矣不知老，都忘甲子年。”《见李白诗又吟》：“一池荷叶衣无尽，两亩黄精食有余。又被人来寻讨着，移庵不免更深居。”（李白访宣平不得，乃题诗于庵壁曰：“我吟传舍诗，来访仙人居。烟岭迷高迹，云林隔太虚。窥庭但萧索，倚杖空踌躕。应化辽天鹤，归当千载余。”宣平归庵见壁诗，因题此）②

其传说来源于《续仙传》，《见李白诗又吟》《李白题庵

① ［清］施闰章：《学馀堂文集》卷五。

② ［清］徐倬：《全唐诗录》卷一百。

壁》诗来源于宋代张君房。在《全唐诗录》中收入该传说和有关诗作，强化了它们在唐诗中的地位。

4. 朱彝尊《曝书亭集》和《明诗综》的记载和传播

朱彝尊（1629—1709）在《曝书亭集》卷十二《送曹郡丞（贞吉）之官徽州》诗中，有“名山谢康乐，隐吏许宣平”① 的诗句，把许宣平与徽州联系在一起，从中看出许宣平在徽州文化中的地位。

在《明诗综》卷六十八收录了程伯阳（伯阳字师道，歙人，王仲房云：“师道家贫，卖药自给，诗多漫与而沉思者自入法”）的《过南山怀许宣平》：

仙人去已久，访古经南山。
丹灶亦已没，白云长自闲。
风吹桂枝绿，雨落桃花斑。
空传负薪句，沽酒何时还。②

诗中通过眼前所见和心中所想，传达了作者对许宣平的怀念之情，给许宣平的传播打上了情感印记。

5. 张英等《渊鉴类函》的记载和传播

张英（1636—1708）等撰《渊鉴类函》卷三百六十引《续文献通考》：

唐许宣平，负薪卖于市，尝独吟曰：“负薪朝出卖，沽酒日西归。借问家何处？穿云入翠微。”李白入山，寻之不见，乃题其庵以归。是冬庵为火所焚，遂不见。后百余年有采薪

① ［清］朱彝尊：《曝书亭集》卷十二。
② ［清］朱彝尊：《明诗综》卷六十八。

者，见之南山石上。[1]

此处所记来源于《续仙传》，但较为概略。

6. 吴之振《宋诗钞》的记载和传播

吴之振（1640—1717）在《宋诗钞》卷六十一收录了范成大写许宣平的《题画卷》（其二）[2] 详见宋代范成大部分。这里通过直接宣传范成大，间接传播了许宣平。

7. 彭定求等《全唐诗》的记载和传播

彭定求（1645—1719）等修订的《全唐诗》卷一百八十五“李白补遗”：

《题许宣平庵壁》“我吟传舍咏，来访真人居。烟岭迷高迹，云林隔太虚。窥庭但萧瑟，倚杖空踌躇。应化辽天鹤，归当千岁余”。(见《诗话类编》)。[3]

《全唐诗》卷八百六十《许宣平》：

许宣平，新安歙人，景云中隐城阳山南坞，结庵以居，时或负薪卖，担挂一花瓠及曲竹杖，每醉拄之以归。尝于同华间题诗传舍，李白东游览之曰：“此仙诗也。”及新安，累访之不得。后咸通七年，郡人许明奴家有妪入山采樵，见一人坐石上，食桃甚大，自称明奴之祖，即宣平也。与一桃食妪。妪后却食轻健。入山不归。《负薪行》：“负薪朝出卖，沽酒日西归。路人莫问归何处？穿入白云行翠微。”（一作“借问家何在？穿云入翠微”，一作“穿白云行入翠微”）《庵壁题诗》：“隐居二十载，石室南山巅。静夜玩明月，清朝饮碧泉。樵人

① ［清］张英等：《渊鉴类函》卷三百六十。
② ［清］吴之振：《宋诗钞》卷六十一。
③ ［清］彭定求等：《全唐诗》卷一百八十五。

歌垄上，谷鸟戏岩前。乐矣不知老，都忘甲子年。”《见李白诗又吟》（白访宣平不得，乃题诗于庵壁曰：“我吟传舍诗，来访仙人居。烟岭迷高迹，云林隔太虚。窥亭但萧索，倚杖空踌蹰。应化辽天鹤，归当千载余。”宣平归庵见壁诗作此：“一池荷叶衣无尽，两亩黄精食有余。又被人来寻讨着，移庵不免更深居。”①

此中“我吟传舍咏”“隐居二十载”“窥亭但萧索”诸诗句与一般的都不同。《见李白诗又吟》来自于宋代张君房。在《全唐诗》中收录有关李白寻访许宣平的资料，进一步强化了传说的地位。

8. 查慎行《苏诗补注》的记载和传播

查慎行（1650—1727）在《苏诗补注》卷三十八收录有《附程正辅次韵》（按程正辅，名之才，时为岭南监司，先生表兄也，唱和诗世多不传，此首从广东旧志采出，附录于此）一诗，中有“回思紫阳山，追随许宣平”② 的诗句，明确表达了对许宣平的遵从和追随。

9. 蔡升元等《佩文斋咏物诗》的记载和传播

蔡升元（1652—1682）等十一人编录的《佩文斋咏物诗》卷一百八十四收录有范成大写许宣平的《题画卷》（其二）③，详见宋代范成大部分。

10. 爱新觉罗·玄烨《御定韵府拾遗》的记载和传播

爱新觉罗·玄烨（1654—1722）于1717年《御定韵府拾遗》卷二十三的“许宣平”，收录有范成大诗句“无限白云堆

① ［清］彭定求等：《全唐诗》卷八百六十。
② ［清］查慎行：《苏诗补注》卷三十八。
③ ［清］蔡升元等：《佩文斋咏物诗》卷一百八十四。

去路，不知谁识许宣平”。[1]

11. 蒋廷锡等《大清一统志》的记载和传播

蒋廷锡（1669—1732）等的《大清一统志》卷七十九《仙释》：

唐许宣平，歙人，隐城阳山，绝粒不食。李白见其题壁诗曰：“此仙人诗也”。访之不获，后百余年有采樵者，见之南山石上。[2]

《大清一统志》卷一百四十一：

唐许宣平，景云中隐莒州城阳山，时负薪出，担上挂一瓢及曲竹杖，每醉辄歌曰：“负薪朝出市，沽酒日西归。借问何家处，穿云入翠微。”后于驿路传舍随所到即题诗，李白览之叹曰：“此仙人诗也。”因游新安，访之不见，乃题诗庵壁曰：“我吟传舍诗，远访仙人居。烟岭迷高迹，云林隔太虚。”[3]

此处所记与此前所传多有不符：将歙县城阳山改成了“莒州城阳山”，将“负薪朝出卖”改成了“负薪朝出市”，将“借问家何处”改成了“借问何家处”，将“来访仙人居”（张君房）改成了“远访仙人居”，“随所到即题诗”变成了许宣平题诗，如此传播，有些错乱，这在李白寻访许宣平传说的传播中是较为少见的，显得过于随意。

12. 王琦《李太白集注》的记载和传播

王琦（1696—1774）在《李太白集注》卷三十收录有李白《题许宣平庵壁》：“我吟传舍诗，来访真人居。烟岭迷高

① ［清］爱新觉罗·玄烨《御定韵府拾遗》卷二十三。
② ［清］蒋廷锡等：《大清一统志》卷七十九。
③ ［清］蒋廷锡等：《大清一统志》卷一百四十一。

迹，云林隔太虚。窥庭但萧索，倚柱空踌躇。应化辽天鹤，归当千岁余。”此诗自注据《太平广记》中的《许宣平》收录，后注有《续仙传》《太平寰宇记》。（见《四库全书》集部二，别集类一，《李太白集注》卷三十）

在《李太白集注》卷三十六“拾遗”中收录了出自《续仙传》的《许宣平》传说[①]。

在《李太白集注》卷三十六记载有关李白寻访许宣平资料四则：

李白来访许宣平于紫阳山下，过渡得破船，有老翁在，问宣平家，老翁指船篙，赋曰：“面前一竿竹，便是许公家。”盖即宣平也，二仙相遇甚奇。（《方虚谷诗集》）

州南数里有岸特高，号浣纱阜，隔溪对龙井山，望城阳不远，相传李太白访许宣平，徘徊岸上甚久。（罗愿《新安郡志》）

浣纱阜，在徽州府南二里，相传李白来访许宣平，阜上待渡。（《江南通志》）

施愚山《歙城西太平十寺》诗曰：“数峰存十字，绀宇入苍烟。得径穿云窟，从僧问雪泉。江桥秋树外，山郭夕岚边。大好留诗处，何人继谪仙”。注云：李太白经此留诗。又有集《河西太平寺》诗曰：“僧庐路入披云岭，仙客诗留碎月篇。”注云：唐许宣平隐居披云岭，李白有“滩前留碎月”之句。（《学馀诗集》）[②]

王琦对有关李白寻访许宣平的史料作了多方反映，主观上

① ［清］王琦：《李太白集注》卷三十六。

② ［清］王琦：《李太白集注》卷三十六。

是便于人们对李白有关诗歌作品的理解，客观上传播了李白寻访许宣平的传说。

13. 嵇曾筠等《浙江通志》的记载和传播

嵇曾筠（1670—1739）等监修的《浙江通志》卷二百一收录有《许宣平》传说：

许宣平，新定人，景云中负薪以卖，常挂一花瓢及曲竹杖，每醉行吟曰："负薪朝出卖，沽酒日西归。时人莫问我，穿云入翠微"。好事者多诵其诗，传舍是处题之。天宝中李白东游览诗叹曰："此仙人诗也。"咸通中，许明奴家妪入山采樵，见一人坐石上，方食桃，甚大，谓妪曰："我许明奴之祖宣平，与汝一桃食之，不可将出。"妪食桃后，日渐童颜，入山不归，行疾如飞。①

这里只记载了许宣平的故实，其中没有言及李白寻访事，来源于张君房，但将原来"新安歙人"改为"新定人"，编撰者为了将其纳入浙江本土，有意作此处理。

14. 王太岳等《四库全书考证》的记载和传播

王太岳（1721—1785）等编《四库全书考证》卷七十三"许宣平"：

"隐居三十载，筑室南山巅。静夜玩明月，闲朝饮碧泉。"案："筑"《全唐诗》作"石"；"闲"作"清"。又"云崖隔太虚"，案："崖"，《全唐诗》作"林"，并与此异。②

这里的记载全为考证性质，没有多少新意。

---

① ［清］嵇曾筠等：《浙江通志》卷二百一。

② ［清］王太岳等：《四库全书考证》卷七十三。

15. 陈邦彦等《御定历代题画诗》的记载和传播

陈邦彦（生卒年不详）等辑汇《御定历代题画诗》卷二十四收录有宋代范成大写许宣平的《题画卷》（其二）[①]，详见前宋代范成大部分。

从以上清代对李白寻访需许宣平传说的传播情况看，有以下特点：一是在传播队伍的构成上，外籍的占了绝大多数，这与明代刚好相反。二是在传播方式上较为多样，《全唐诗》《佩文斋咏物诗》《御定历代题画诗》《渊鉴类函》《御定韵府拾遗》等朝廷组织编撰的官方传播起了重要的推动；《全唐诗录》《全唐诗》和《李太白集注》等有关唐代诗歌著作对李白寻访许宣平故实的高频率传播，强化了其在唐代文学中的地位和影响。三是在传播的内容处理上，主要集中转述以往的故实资料，缺少对资料和内涵的挖掘，尤其缺少较多的个人文学创作的传播，有的在传播中出现了误差，如《大清一统志》。四是在传播的数量上，超过了以往任何时代。

除以上主要见于《文渊阁四库全书》收录的自南唐到清代的有关著作以外，在明、清和民国时期的各种《徽州府志》和《歙县志》中也对李白寻访许宣平这一传说作了较多传播，限于篇幅不能一一列举，有待另文撰述。

二、李白寻访许宣平传说的传播特点

综观李白寻访许宣平这一传说的传播过程可以看出有以下四大显著特点：

一是这一传播是一种接续式传播。这一传说从产生以后，就自南唐而宋、自宋而元、自元而明、自明而清一代接一代传

① ［清］陈邦彦等：《御定历代题画诗》卷二十四。

播，从没有出现断裂的情况，虽然各代传播的情况不尽相同。这一方面体现了传说本身的魅力和生命力，另一方面也体现了文化传播发展的惯性。这种接续式传播又是通过再影响式传播来实现的：传说本身的再影响和传播者的再影响。在接续不断的传播中形成了特定地域文化心理，形成了不可颠覆的、牢不可破的精神传统。

二是这一传播是一种多样式传播。这一传说在文本传播上，从最早的传记性传说，到后来的传说、诗歌、散文、诗话、考证等多样化文本并存；在传播队伍方面既有本土和非本土的文人，也有本土和非本土的官员；在传播途径上既有来自民间个人化的著述，也有来自国家层面的统一编撰的著作；在传播范围上既有本土的，也有本土以外的广大区域。由于如此多样式传播，使得这一传说的传播变得丰富多彩，也使得这一传说的传播显得魅力无穷。这种多样式传播，使得李白寻访许宣平这一传说在各时代的传播中更加深入人心。

三是这一传播是一种再创造式传播。从总的方面说，在这一传说的内容传播上保持了一种相对稳定的状态，基本上都在沈玢《续仙传》中《许宣平》的框架范围内。但综观其过程，也并不是一种消极意义的传播，不是一种为传播而传播的传播，总是或多或少、直接间接地进行着创造式传播。（一）传播内容上的再创造，如在宋代传播中就出现了张君房、罗愿对原传说的修改加工，元代方回就丰富了李白寻访许宣平失之交臂的细节内容；（二）传播对象上的再创造，从传说中人物的生活场所出发，对人物生活地域中的故居、遗址、祠、宫等进行考证、修复、纪念等；（三）传播主体上的再创造，这一传说最早出现在沈玢《续仙传》中是以《许宣平》为题和以许宣平为主体的，或许由于李白声名显著的原因，后来在传播过程中主要形成了以“李白寻访许宣平”的流传格局。正是这些创造式传播，丰富了这一传说的内涵，延伸了这一传说的意义，也拓展了它的应有魅力。

四是这一传说的传播是一种依托式传播。这一传说的传播从一开始就与徽州文化的产生与发展紧密相连。宋代是对后世产生深远影响的徽州文化的诞生期，文化发展非常活跃，使得这一传说在该时期得到了多样化传播。特别是到了明代，出现了以本土为主要传播地域和以本籍人士为主要传播队伍的局面，使这一传说的传播显得更加深入与广泛。如果再加上明清时期和民国时期各种《徽州府志》和《歙县志》的记载传播，就更可以体现出地域文化背景对这一传说的传播的依托性作用。徽州文化产生与发展了近千年，这一传说也随之传播了近千年。可以说，徽州本土的文化氛围成了这一传说传播的最大乐土，徽州文化的创造者成了这一传说传播的中坚力量。这一传说由于其本身包含了徽州文化元素，成了区域文化发展的牢固情结。正是依托了这一徽州地域文化力量，使这一传说的传播获得了强力支撑，并显示出旺盛的生命力。

李白寻访许宣平的传说经历了千余年的漫长传播过程，经历了从内向外的传播、个人向群体的传播、民间向官方的传播、单向向多向的传播和地域向民族的传播，整个传播过程既是一个发散的过程，又是一个集结的过程。其传播的实质是道教文化的传播、诗歌文化的传播、人的精神文化的传播、地域文化与民族文化相融合的传播。通过这一传播过程，我们看到了特定传说作为地域文化基因和精神血脉的一部分对特定地域文化的生成与发展所具有的强大活力和推力。这一传播所具有的重要历史文化意义在于，通过李白寻访许宣平体现了作为“诗仙”的李白和创造了“仙诗”的许宣平的精神追求，传达了当时时代和社会对得道成仙的普遍渴求，寄予了不同时代人们对热爱美好生命愿望的真切表达。这就告诉我们：凡是具有历史文化价值的东西，都将被世代所认同；凡是具有历史文化价值的东西，都具有不朽的生命力。

——这就是这一传说能够历经千年而不衰的最根本原因。

三、李白徽州行的地域文化意义

诗仙李白一生漫游神州，吟咏人生。他在古徽州大地留下的游踪和诗篇，一直传诵至今，在徽州产生了抹之不去的文化影响。

李白徽州行的最早记载见于南唐沈汾的《续仙传·许宣平》，后收进清人王琦撰《李太白集注》卷三十。此一记载中说：唐天宝中，李白自翰林出行东游，于驿路洛阳同华传舍读到了新安歙人许宣平的庵壁题诗，诗曰："隐居三十载，筑室南山巅。静夜玩明月，闲朝饮碧泉。樵人歌陇上，谷鸟戏岩前。乐矣不知老，都忘甲子年。"嗟叹曰："此仙诗也。"于是前往徽州寻访许宣平，但未能如愿，乃题其庵壁而去。其《题许宣平庵壁》诗曰："我吟传舍诗，来访真人居。烟岭迷高迹，云林隔太虚。窥庭但萧索，倚柱空踌躇。应化辽天鹤，归当千岁余。"诗中既有对"真人居"实感的真切描绘，又有对自己寻访不遇的遗憾情绪流露，还有对"真人"归来的悬想。

李白在歙州寻访许宣平不遇，在写了《题许宣平庵壁》诗后，只得以游览州内的黄山、黟县等地来作为对自己此行的补偿。

此后，李白徽州行的传说在民间广为流传，许多典籍作了记载。宋人罗愿在《新安志》卷十"记闻"中说："其赠许宣平诗，沈玢述以为传，当不虚也。"

学术界对李白徽州行的确切时间和线路曾作过详细考证，

如夏立恒在《“诗仙”李白五下安徽》① 一文中认为：李白曾先后5次来到安徽，并在这里创作了200余首脍炙人口的传世佳作。他认为唐天宝十二年（754）秋，53岁的李白第三次来到安徽，应泾县汪伦邀请到桃花潭游玩后到了黄山，又到新安江一带寻访许宣平。（另有一说是李白先到歙州寻访许宣平，后到黄山、黟县，再到泾县）。这与《续仙传·许宣平》中所记在时间上大体相合，因为李白当时虽然作出寻访的决定，但并不等于即刻前往。这还要受到其他方面的限制和影响。其实，李白在《见京兆韦参军量移东阳二首》（其二）中就曾以“他年一携手，摇艇入新安”的诗句明确表达过想到徽州一游的愿望。因而后来李白的徽州之行只不过是对自己愿望的付诸行动罢了。

笔者认为李白徽州行是真实可信的，这可从以下方面得到佐证：一是历史上对李白之行有各种各样的书籍记载；二是徽州至今还留存着李白不少游览遗迹；三是至今保存和流传着李白所写的一系列有关徽州和黄山的诗篇；四是民间至今流传着李白徽州行的生动的口头传说。这些丰富的物质和非物质历史文化遗存都直接或间接地证明了李白徽州之行的真实性。况且，李白对徽州的一千二百多年的历史影响，已经成为一种抹之不去的事实影响，已经客观地赋予了丰富的地域文化意义。

首先，李白在徽州的一系列游踪，成了后人追踪、缅怀和纪念的胜迹，成为徽州人发思古之幽情之所在，滋养了徽州人的诗意情怀。在歙县渔梁有李白当年问寻许宣平的“李白问津处”，太平桥头有相传李白曾在此饮酒的“太白楼”，桥下练江有以李白“槛外一条溪，几回流碎月”诗句得名的“碎月滩”；在黄山有相传因李白饮酒听泉、酒酣醉卧石旁而得名

① 《新安晚报》2005年9月1日。

的“醉石”,“醉石”上方有李白手书的“鸣弦泉”和“洗杯泉”,有李白访问的温处士的隐居之处“白鹅岭”,有李白梦见黄山美景、无法以诗表达而掷笔山谷之中,长出如花盛开的黄山松的“梦笔生花”;在黄山区碧山乡石亭村有根据李白在此所作《答山中人》诗句中的“问余”而命名的“问余亭”;在黟县有相传李白曾垂钓于浔阳台的“李白钓台”,等等;如此众多的李白游踪成了后人凭吊诗仙、发思古之幽情的场所,焕发了徽州人的诗情。

其次,李白在徽州留下的一批诗作,鼓荡起徽州诗风,使这“尚武”的山越之地潜藏进了“崇文”的因子。生活在唐代歙州的主要是山越人,而山越人具有一种为人诟病的“尚武”之风。只是因诗仙李白的到来,这一“尚武”之地才渐次吹进了“崇文”之风。人们年复一年、日复一日地品味着诗仙李白的寻访故事和他所写的《题许宣平庵》《太平兴国寺》《青溪二首》《送温处士归黄山白鹅峰旧居》《赠黄山胡公晖求白鹇》《答山中人》和《石墨岭》等徽州风情的美好诗篇,被一种特有的剀切和亲切所深深吸引和感动,深受李白诗情熏染和陶醉,沉浸在诗仙所创造的无尽遐思之中,领略着诗意世界的美好,从而培育和形成了徽州人的诗化情怀。李白徽州行诗篇早已化作了徽州人的诗魂和血液,成了继南朝(梁)沈约《新安江水至清浅深见底贻京邑游好》后,对徽州文化影响最为深切广大的历史性作品,对徽州文风的形成产生了重要的熏染影响。它作为文化因子,对徽州文化的兴盛和发展给予了一种根本性的内在激发。这种激发不但表现在直接催生了一批赞颂吟咏李白徽州行的诗篇,如清孙光启的《寻李白钓台》等,而且还鼓舞了一代又一代徽州人对于文化事业的孜孜以求,提升了徽州文化的发展品位,催生了后来徽州时代的文风昌盛。

再次，李白徽州行在徽州由美好的传说变成日常美谈，口耳之间传播着诗仙的风神，成为一种口头文化而影响着人们的思想情感，对人们的灵魂起着洗涤、净化和美化的作用，从而衍化生成独特的人格力量。文化是人所创造的，而人是有品格追求的。唐代以后，徽州人特别注重自我人格的涵养沉潜，在各领域特立独行，体现了前所未有的创造才情，出现了世人瞩目的名人辈出的大好局面，创造了灿烂辉煌的徽州文化。徽州人的这种特性，自是与对李白非同寻常的人格魅力和光华四射的创造才情的追慕和认同联系在一起的。

最后，李白以“诗仙”的高度敏锐，发现了作为创造了“仙诗”的徽州人许宣平的魅力，从而叩开了徽州道教文化的大门，使“养在深闺人未识”的道教仙山——黄山（北宋景祐《黄山图经》载：唐玄宗信奉道教，因传说黄帝在这里得道升天，于天宝六年六月十七日敕改黟山为黄山），开始向世人撩开神秘的面纱。李白以倾慕创造“仙诗”的许宣平而来，最终以领略黄山仙境之美而去。许宣平是得道成仙的仙人，黄山是黄帝炼丹的仙山，李白是一代诗仙；李白仰慕许宣平，寻访许宣平，说到底是仰慕和寻访徽州兴盛的道教文化！而徽州道教文化的盛行，正是唐代社会对道教文化的强烈追捧和推行的典型反映。徽州因李白的到来，客观上宣告了对徽州昌盛的道教文化的发现和肯定，也宣告了徽州从此为更多的世人所认知和瞩目。

地域文化的形成和发展，与它的历史文化传统具有血肉般的紧密联系。李白徽州行的文化影响早已化作徽州历史文化传统中熠熠闪光的部分，因而它对后来的徽州文化在其源头上的发展影响是必然的。李白徽州行的地域文化意义值得我们挖掘和深思。

第九章　程敏政的家族情怀与文学风貌

程敏政，这个令徽州程氏家族骄傲的名字，这个在徽州文化发展史上不可磨灭的名字，这个在中国明代文坛上熠熠生辉的名字，对于今天的徽州人来说，已经有些陌生，已经披上了神秘面纱，有着许多的谜等待着破解。要想揭开程敏政之谜，就必须开启“程敏政和他的世界”之门。在开启这扇门前，首先看到在其门扉上写着：

程敏政（1446—1499），字克勤，号篁墩，休宁县城陪郭人，明代著名文学家……

好了，程敏政之门现已渐渐打开，就让我们步入其中去细细寻想吧。

一、解读名号识“敏政”

虽说一个人的名字只是一个人的符号，但无疑包含和寄寓了取名者的初始愿望和理想。事实上，当一个人拥有了一个属于自己的特殊的符号后，这一符号也就成了一种潜质而暗含在自己的意识深处，在后天的生活、学习和事业发展中，也总是自觉或不自觉、直接或不直接地暗示或鞭策自己去求得“名”与“实”相符。只有这样，才理得而心安。特别是那些拥有丰富内蕴的名、字、号者更是如此。程敏政的名、字、号与其人生有诸多重合之处，折射出特殊的启迪意义，值得体味和深思。

先从程敏政之名——“敏政”来说，这两字就令人思，令人想。

第一，“敏政”在其直接的字面意义上，具有敏于政治、敏于政事之义。这是毫无疑义的。

这种寓意不但符合徽州程氏家族的从政传统，而且从程敏政自身的经历中也可看出，他不但从政时间早，而且升迁得也较快，虽有挫折，甚至严重挫折，但从总体上说，他的从翰林院编修到礼部右侍郎这一从政之路走得还是相当成功的。这样的成功之路不能不说是他敏于政治、敏于政事的结果。至于后来的会试舞弊事件那是别有原因的，同“敏”与“不敏”无关。

第二，“敏政”两字在形体结构上都有“文”字，是双“文”，也就是文上加文——有杰出的文才，程敏政自身发展道路也印证了此点。

程敏政早年即有“神童”之誉，这是得力于“文”而“神”啊！他后来学问精深，有“学问赅博程敏政，文章古雅李东阳”之称，为一时之冠冕，这也是“文”。他最终成为明代著名文学家，在《明史·文苑》中留下极为光彩的一页，这更是“文”。当然，也由于“文”而遭人嫉恨。特别是也由于“文”，而竟遭下狱，并因之悲愤成疾而辞世。因“文”而“神”，又因“文”而陨落，岂是“敏政”之名中的双“文”而显出的一种必然？其实，程敏政以双“文”为名，也与其家族发展的理想和愿望有关。

在徽州程氏家族中，主要是以“武宦之族”而显名于世的，即如从始祖新安太守程元谭、到程灵洗、到程南节、再到其父程信等均为武官。这一家族在“武”的方面为世所公认，而“文”的方面却显得相对不足。故而他的祖、父辈希望自己的家族中能出一个“文才”，以使这一家族显得有文有武，以显示和加强家族的势力和声望，也是情理之中事。而程敏政以自身的奋斗实现了家族对自己所寄予的厚望，以文学之才被载入史册。

程敏政不但其名让人思、让人想，而且其字——“克勤”，也富有启迪意义。

诚然，程敏政以早慧而崭露头角，为他人所赏，但如果他后来不能以“克勤”自勉，那就很有可能成为第二个宋代的方仲永，就不会有文学家的程敏政。反过来说，这“早慧”本身，尤其是在诗、文方面的独特颖悟，是非经一番陶冶和砥砺不可的。说到底他的“神童”之“神”是裹藏着“勤”的，无“勤”不能成其“神”！这“神童”之誉正是“克勤”所结出的第一个果实。

如果他不是“克勤”的，又如何能博得“学问赅博”的美名呢？又如何能在宫中讲学，以至孝宗皇帝都要称他为先生呢？他是“诵读常到夜分”才“淹贯群籍”（李东阳语）的啊！这“学问赅博”是他的“克勤”所结出的第二个果实。

如果他不是“克勤”的，又怎能创作、编撰出《篁墩文集》93卷、《新安文献志》100卷等共389卷的著作呢？单凭一时才气是难以胜任的，而只有把才气与“克勤”结合起来才能成就一番事业，才能创造出奇迹！这文学家的称号正是他的“克勤”所结出的第三个果实。

还有他的为官之路上，也无不洒满了辛勤汗水，体现了他的“克勤”精神！

程敏政以自己的行动，实践了自己的“字”，也以自己的

“字”告诉我们他之所以成功的秘诀，更以自己的行动生动证明了“勤奋出天才”“天才来自于勤奋”，是永远颠扑不破的真理！

程敏政，号篁墩。他为何以“篁墩”为号呢？这更令人思、令人想。

原来，篁墩乃徽州程姓的祖居地。东晋初年的程元潭出任新安太守后，遂定居现屯溪区篁墩（原海宁县黄墩）。古徽州六县程氏均为程元潭之后，形成以篁墩为中心向邻近各县散居的格局。作为第三十四世孙的程敏政以“篁墩”为号，正是体现了对自己生命之源的追寻和纪念，以示不忘先祖。

篁墩，不但是徽州程姓的祖居地，而且也是宋代理学奠基人程颢、程颐，理学集大成者朱熹先世的祖居地，故篁墩又有“程朱阙里”之称，甚至把它用作古徽州的泛称。所以，程敏政以“篁墩”为号，又有追溯和纪念自己的文化之源的意义。

“篁墩”之“篁”，乃程敏政由“黄”改造而来，经其一字之改，顿显诗情画意，文化气息扑鼻而来！

“篁墩”者，乃长满翠竹之地也。对此，程敏政不但有《篁墩书舍记》记之，而且还以诗赋之：

敢因一字浪雌黄，自分严于斧钺霜。
只有地灵知其意，年年风雨茁新篁。

虽有人斤斤于他对篁墩之名的理解是如何的荒唐可笑，是如何的不合于史书记载。他们没有想到，程敏政是相信自己的祖居地是诗情画意的，是富有文化气息的，而不是干枯直白无所意蕴的。他声言要让世人知道，改“黄墩”为“篁墩”是从他开始的，这是多么自豪！不仅如此，他还把自己书舍称作“篁墩”，甚至把自己的号和文集也以“篁墩”称之。这是怎样一种乡土衷肠和赤子情怀啊！只改一字就使自己的家乡美起来，也更显得名实相符了。这有什么不好呢？又哪有什么“杜撰无稽，亦蹈大言欺世之习”（纪昀等在《篁墩文集》前所撰的提要中语）呢？

从以上对程敏政名、字、号的解读中，让我们真切感到：程敏政是一个有很深的故土情结的人。正因如此，他回乡祭祖，遍游家乡名山胜水，每到一处，都要写诗撰文，以寄情怀。这从他的《篁墩文集》的大量篇章中可以看出。他虽处高官，有很大的社会影响，却能接受休宁县令欧阳旦之邀而撰《休宁县志》，使之成为休宁建县以来第一部志书。正因如此，他虽遭遇弹劾，却能用长达8年的时间和精力编成《新安文献志》这一皇皇巨著，成为明代和明代以前徽州文献之集大成者，为保存和弘扬徽州文化作出了历史性贡献！不但如此，他还把自己的号、书舍、文集以“篁墩”名之，与其说是表达了他对故土的眷恋之情，不如说是借自己的地位和影响来提高和张扬“篁墩”乃至整个徽州在世人心目中的地位和影响！所有这一切难道是偶然的吗？历史上以崇高地位而又能以孜孜不倦的精神不断地贡献于故乡徽州的又有几人？

是篁墩以自己的精血铸就了程敏政的生命之躯，是篁墩以自己丰厚的文化底蕴熏陶了程敏政的艺术创造气质，是篁墩以自己独有的品格和魅力招引着程敏政时刻不忘家乡，所有这些都是程敏政生活和创造的动力和源泉。正因如此，他才如此痴情地钟爱着这方土地，钟爱着这方土地上的乡亲，甚至连最后的遗骨与忠魂都与他的先人一起深埋于这方土地的青山之中，徽州程氏家族中有如此衷肠的又有几人？

篁墩因拥有程敏政这一天之骄子而愈显其毓秀钟灵，篁墩也因拥有程敏政这一天之骄子而其美倍增、其名益隆。

二、绵延深厚的家族情怀

程敏政于1444年，出生在一个祖籍徽州休宁陪郭的程姓家庭。

程敏政始祖为东晋新安太守程元谭，因有惠政，为民所请留，因赐第郡之篁墩。故篁墩以此为徽州程氏的祖居地。程敏政曾写有《拜先世祖晋新安太守府君墓于双石》的诗：

南朝遗迹半无闻，我郡犹传刺史君。
当日循良开甲第，至今行旅识荒坟。
百年守令孤芳在，万指儿孙一派分。
不见墓田双石磉，白杨寒雨晚纷纷。

后传十二世程灵洗（514—568），南朝大臣，军事家，梁时曾授谯州刺史、新安太守，后归陈，屡建战功，赠镇西将军，谥为忠壮公。程敏政曾拜其庙于篁墩，有诗曰：

僭侯东下势难支，出处如公最有辞。
忍见松楸污贼手，径提戈甲济王师。
两朝勋德收前史，一郡蒸尝奉古祠。
再拜遗容风动幕，凛然犹是起兵时。

忠壮公程灵洗十四世孙、唐御史中丞、歙州都知兵马使程子程南节，为程敏政直系先祖。他曾佐父起兵，保休宁东密岩，以抗御群盗，每战必为前锋，贼畏惮不已。群盗削平后，官歙州兵马大将军、上骑都尉，并知休宁县，曾自以一军屯休宁，遂定居陪郭，于唐天佐中以病卒，与夫人曹氏合葬县东南三里许坎裹之原。程敏政有《清明拜扫远祖兵马府君墓》诗云：

亭皋东半匝松杉，百世英灵此秘缄。
古迹未亡知县突，坚珉犹刻领军衔。
司尊泻露浇坟土，殉剑飞虹贯石岩。
支下闻孙今白首，亢宗无力愧朝衫。

程南节七传至万户、追封安定侯忠愍公国胜，为程敏政高祖。曾祖程杜寿、祖父程晟于洪武中在河间府担任守护，遂定居河间府。程敏政父亲程信即出生于河间里第，并娶河间林处士女为妻。

程信（1417—1479），字彦实，正统七年（1442）举进士，授吏部给事中。先后任山东右参政、四川参政、左佥部御史、刑部右侍郎等职。后因抗击蒙古贵族瓦剌部入侵等有功，升任南京兵部尚书兼大理寺卿，有文才。后因故称疾告退得准，于成化十一年（1475）回故乡休宁颐养天年。对此，程敏政有《夜梦家君，晓起得家书，时家君已得请还乡》诗记之：

梦接庭闱语未阑，晓来南雁寄书还。
平安字抵千金价，晚节功成九仞山。
窃禄尚堪供薄养，远游何日奉尊颜。
遥知两弟称觞处，彩服应留一副闲。

父亲返乡，敏政未能奉陪，对父亲路途安全非常牵挂，后收到仲弟克俭南京书、季弟克宽杭州书报家父平安抵达徽州的消息时，不禁以诗感怀：

两回家信一时闻，北雁如何久离群？
同气影随三处月，老亲身卧万山云。
怀归有约多成梦，窃禄无才可报君。
学业半荒鬓渐白，愁颜消得付余醺。

程信虽有疾在身，但返乡后能与耆旧徜徉山水间，却也自得其乐。但人有旦夕祸福，不料季子克宽于成化十四年（1478）七月，突然病逝。这一沉重打击，使他悲痛、颓唐不已。而克宽去世时，程敏政当时正在侍奉皇太子讲读，得此不幸消息不胜惊愕，又怕父亲忧伤过度，便向皇帝请求归省。经过了遥遥旅途跋涉，终于来到了父亲身边，并痛悼于季弟克宽灵前，有《哭亡弟克宽于南山堂僧舍》诗为证：

寸心如折泪如麻，恨杀鸰原日易斜。
黄卷有期承世业，朱颜无分乐年华。
佛前已悟身为幻，梦里长惊目是花。
千里远来多为汝，有灵今夕定还家。

程敏政到得家中，给父亲带来了些许慰藉。经过敏政两月的精心侍膳，父亲的饮食起居开始正常。这时，父亲便催促敏政还朝，曰："吾不能报国厚恩，汝当勉力，勿恋恋于此。"这样，敏政不得不告别父亲，远上京城，《二月一日辞亲赴京出休宁东门》诗即记特定情怀：

贱子来何时，倏焉戒晨装。
王程难久滞，俯首辞高堂。
哽咽不敢啼，惧我亲情伤。
踯躅县东门，涕下沾衣裳。
回思古之人，仕者不出乡。
自从封建废，坐使亲义戕。
我生竟何成，去往心彷徨。
春阴淡如染，遥山郁相望。
愿保忠孝期，桑梓生辉光。

季弟克宽的早逝，对程敏政的打击是深重的。回想过往手足之情，悲恸万分，以至在旅途中也时时梦见，即如《新城公馆夜梦亡弟，借邵文敬主事壁上留题韵》一诗，便是此情此景的形象写照：

弟兄无分过中年，千里云山望眼穿。
地下有时还见汝，人间无路可呼天。
英魂仿佛归何处，此夜分明到我边。
公馆北风吹梦醒，不知枕边已汍然。

更没想到的是，在程敏政回到京城不久，即传来了父亲不幸逝世的噩耗。

原来程信后因呕吐，“致疾转为风痰，既差而复者三”，即溘然长逝，终年 63 岁。后赠太子少保，谥襄毅。有子三人，长敏政，字克勤；次敏德，字克俭，以父兵部尚书荫入监受詹事主簿；次敏行，字克宽，邑庠生。女一人，许聘忠义前卫指挥子凌云汉。有孙男三人，长埙，次圻，又次垲；孙女三人。

程信后赐葬于成化十六年（1480）七月休宁东南山之原。

成化二十三年（1487）仲弟程敏德因谪官而卒。

弘治八年（1495）母亲去世，以弘治九年（1496）正月六日奉诏合葬于先父墓。

程敏政风神秀茂，修眉长髯，动静语默，宛然有道者。他传承了程氏家族的大家风范，具有英武气概，虽然遭遇了一系列亲人之丧和官场的挫折，但所有这些都始终没有动摇过他那永葆向上的“克勤”之心，像骆驼一样一步一个脚印地把事业推向巅峰。

三、从翰林院编修到礼部右侍郎

成化二年（1466），时年 22 岁的程敏政以殿试一甲第二人（俗称榜眼），授翰林院编修，历左谕德，直讲东宫，在翰林中赢得了“学问赅博”的美称。讲授内容主要为《大学》《中庸》《论语》和《尚书》等。他于成化戊戌（1478）四月曾于十一日赴储皇御春坊讲《大学》首章，又于十二日上御经筵讲《中庸》第二十章，有感于此而写有呈同事诸君子诗：

小臣踪迹本疏慵，衮职情知不易供。
才向储闱传大学，又从宣室讲中庸。
朝行辅德须耆俊，家法崇文自祖宗。
尚食屡饕无寸补，百年兴运愧亲逢。

孝宗嗣位后，程敏政以宫僚恩擢少詹事兼侍讲学士，直经筵，讲章内容主要是《中庸》和《尚书》。

程敏政认为讲解经史是件大事，讲读的人不仅要学识渊博，了解情况，知道天下利弊，还要敢于直言不讳，方才是一种尽职尽责的表现。由于他在讲解经史大义时能够联系实际，并多有己见，对治政很有现实意义，受到统治集团上层的重视，就连孝宗皇帝也称他为先生，以示尊重。

弘治元年（1488）冬，御史王嵩等以雨灾弹劾程敏政，因勒致仕。当时有人劝其自辨，他答道欧阳在执政故可辨，朱文公在庶寮故不可辨，于是回归家乡读书南山。后来由于中郎中陆容等为他极力剖白，才被召还朝。有人劝他不复出仕，程敏政答之以君实远臣不得不辞，晦叔世臣不得不起。

弘治五年（1492）复出不久，程敏政任太常侍卿兼侍读学士，掌院事。后于弘治八年（1495）因其母亲去世，服除转詹事，迁礼部右侍郎，专典内阁诰敕。

对于程敏政来说，弘治十二年（1499）这一年，是他一生中最为不幸的一年。这一年，“江南才子”唐寅闯进了他的生活，也搅乱了他的生活，甚至结束了他的生活。

唐寅（1470—1523），字伯虎，一字子畏，号六如居士，江苏吴县人。他年轻时与乡里狂生张灵整天纵酒为乐，不事学业。后受好友、书法家和文学家、吴中四子之一的祝允明规劝，才闭户读书，后于弘治十一年（1498）举乡试第一。主持乡试的梁储称赏其文，回朝廷后还出示给程敏政看，程敏政也很称赏。这样，唐寅的名字也就进入到了程敏政的脑海深处。

弘治十二年，作为礼部右侍郎的程敏政，与礼部尚书、大学士李东阳主持会试。由于举人唐寅、徐经预先所写的作文与试题相合。有人认为徐经曾经贽见程敏政，唐寅曾经从程敏政乞文；又有人说，江阴富人徐经贿程敏政家僮，得试题。给事中华昶以此弹劾程敏政鬻题。由此孝宗皇帝剥夺了程敏政阅卷的权力，令李东阳会同考官覆校，使得唐、徐二人卷皆不在所取中。可弹劾者仍执意为之，致使程敏政与唐寅、徐经一同下狱。后来华昶以所言事不实，调南太仆主簿，程敏政被勒致仕，放归田园，唐寅则黜为吏。有人说程敏政之狱，是傅瀚想争夺他的职位，故使华昶弹劾程敏政。这傅瀚乃天顺八年（1464）进士，与程敏政同事，后官至礼部右侍郎等职。

冤案毕竟是冤案，程敏政终于盼来了为之昭雪的那一天。激动的心情溢于言表，于《十二月廿一日得旨昭雪复官感激赋此》诗中可以见出：

紫凤衔书下九霄，君王还念旧宫僚。
春回大地阳初动，日转阴崖雪尽消。
犬马有情终恋主，山林无分又趋朝。
旁人欲问酬恩事，洛党尘编未寂寥。

但程敏政毕竟经历了下狱的打击，身体状况已大不如前，且积郁成疾，于当年发痈而逝，终年55岁。后赠礼部尚书。

再说唐寅谪为吏后，以耻不就，更以放浪山水来排遣郁闷之情。

说到放浪山水，唐寅曾于弘治十三年（1500）秋天，即程敏政逝世的第二年，来到程敏政家乡休宁县。也许是抱着对程敏政的敬意和愧意来寻访先人故地，以求得内心情感的平衡吧？唐寅在到程敏政故居凭吊后，还上了齐云山。说不定他就是在读了程敏政所写的《游齐云山记》一文后，才作出如此选择的。

休宁齐云山玉虚宫落成当日，唐寅正在山上踏访。暮色苍茫之际，唐寅来到紫霄崖下，忽见道长汪泰元心事重重的样子。唐寅不由趋前问道："大喜之日，道长何故愁肠百结?"原来玉虚宫虽已竣工，但宫前须置一碑石。原先答应撰写碑铭的名儒朱某却要300金润笔，汪道长故此发愁。唐寅听如此说，愤然说道："如此勒索，实在可恶。汪道长，唐寅不才，愿斗胆代撰碑铭，不取分毫，不知可否?"汪道长听如此说又惊又喜。惊的是这眼前之人竟是江南才子唐寅，喜的是这撰碑铭的事终于有着落了。当晚，唐寅一气写就《紫霄宫玄帝碑铭》，全文1028字，字句整齐，词藻华美。它后由新安书画名流篆额书丹，由徽州高手执锤，镌刻成高7.6米、宽1.4米的石碑，竖于其间，成为齐云山一景。

对于唐寅撰写碑铭一事，县志所载为正德十年（1515），即在唐寅造访齐云山后的第15年，唐寅应休宁县戴昭之请而撰碑铭。虽然在时间和人事上民间传说与县志有所出入，但对于碑铭出于唐寅之手这一点来说却是相合的。因为此地毕竟是程敏政的家乡，毕竟又到过此地，有此报答程敏政家乡的难得机会，何乐而不为呢？事实上，他不但写就了碑铭，而且还写有《齐云山纵目》诗：

摇落郊园九月余，秋山今日喜登初。
霜林着色皆成画，雁字排空半草书。
曲蘖才交情谊厚，孔方兄与往来疏。
塞翁得失浑无累，胸次悠悠却静虚。

于此透露出一种远离官场烦嚣、面临道山清虚的欣悦心境。

后来，唐寅回到姑苏，在阊门桃花坞内修筑了桃花庵，一人隐居其中，年 54 岁而卒。

两个文坛才人就这样共同演绎了一个令人感伤不已的悲情故事。

四、文星从这里升起

程敏政曾赢得“神童”的雅称，这一年是景泰六年（1455）。

这年 10 月，程敏政父亲程信因母丧服满而由山东右参政改任四川参政，程敏政随父入川。在这里程敏政见到了巡抚罗绮。程敏政年刚 10 岁，但能文善对，这使罗绮非常惊异。罗绮在惊异之余特向英宗皇帝推荐。

英宗皇帝于是诏而试之。

对当时程敏政应试经过，家乡有美好的传说。

程敏政年龄小，过宫门时，门槛高得难以跨过。见此情景，英宗随口吟出上联：“书生脚短。”

程敏政这时越过了门槛，听皇帝已出了上联，赶快跪下答道：“天子门高。”

皇帝很满意，命敏政坐下。刚好此时御膳监进蟹，于是英宗又手指盘中吟道："螃蟹一身甲胄。"

"凤凰遍体文章。"敏政立即对出下联。

英宗非常高兴，称赞他说："鹏翅高飞，压风云于万里。"

程敏政听出这是皇上对自己的勉励，于是奏对："鳌头独占，依日月于九霄。"

英宗在欣喜中又诏试《瑞雪》诗和作《经书议论》一文。

程敏政援笔立就。

皇帝大喜，即诏读书翰林院，给廪馔。

"神童"的美名从此传扬开去。

当时，英宗皇帝面试程敏政的题目出自大学士李贤之手，据程敏政自己回忆说："政生十龄，粗守庭训，误蒙诏命，远赴京师。惟时我公实司帝制命题试我，喜溢长眉。"（《祭妇翁大学士李文达公文》）从此，李贤也就喜欢上了聪明过人的程敏政。

后来，程敏政在翰林院读书时即受到了大学士李贤的特别垂爱，他"亲教诗书，正其句读，动止语默，无不会心"。不但如此，而且"迨及壮年，遂妻以子"。每念及此，程敏政都充满了感激之情。

无疑，这李贤也是程敏政成长道路上具有积极影响的人物之一。

当然，程敏政能成为颖异之童，自与其父程信的悉心教育和培养有关。程信虽为武官，但本是进士出身，谙熟诗文，不但自己多有所作，而且经常以诗启蒙敏政，加上在教育子女上"严而有法"（程敏政语），故成就了敏政的早慧之才。

作为神童的程敏政的被发现和被重视，客观上也就决定和预示了他未来事业的发展方向，一颗文坛之星从此开始冉冉升起。

程敏政早年拥有“神童”之誉，青年时代获得“学问该博”的桂冠，中年以后又有文坛上的崇高地位，于此就清楚了为什么《明史》把他列入《文苑》中来评定他的历史功绩和地位了。徽州府知府何歆在《篁墩文集》的后序中说：“广东琼台丘公（即文学家邱睿，官至礼部尚书、文渊阁大学士——笔者注）在馆阁……，历数自宋景濂（即明初文学家宋濂——笔者注）诸公而下至于其同时，又极多推让，而篁墩程先生亦所爱重焉。”于此看出程敏政在上层文士中的地位。南京工部主事李汛在《篁墩文集》后序中所说的“先生居馆阁三十余年，制作之富，流布天下，天下之人莫不爱而诵之”。于此见出程敏政社会影响的广泛程度。

当然，我们对于作为文学家的程敏政的认识，主要应从他的文学创作实绩本身来看，这就是他所亲手编定的《篁墩文集》。

《篁墩文集》这一皇皇巨著，共93卷，计一百余万字。从总体上对其作品可以分成散文与诗歌两大类。

诗歌这一大类，从卷61到卷92，计31卷，在文集中占了三分之一的篇幅。有人做过粗略估计，他所创作的诗歌作品，总数有数千首之多，而文集中只是收录了其中的一部分。从这部分看，它们具有想象丰富，清新飘逸，善于赋比，既重格律又显洒脱，既注意锤字炼句又格外平易近人的特点，独具一家风貌和格调，显示了丰富而独特的创造才情。

散文与诗歌相比，其散文所具有的艺术价值更突出，艺术成就也更其骄人。

散文类涉及的文体有30种之多，按其性质特点又可一分为二，即：

（一）议论说理类：包括卷 1 ~ 8 中的青宫直讲和经筵讲章共 8 篇；卷 9 ~ 12 为制策、奏议、表、策问、考、论、说、辨等共 20 篇；卷 36 ~ 39 为题跋，共 178 篇；卷 53 ~ 55 为书简，共 165 篇；卷 57 为疏、启札等 20 篇；卷 58 ~ 59 为杂著，共 21 篇；卷 93 为拾遗，有考 1 篇；以上共计 413 篇。

（二）叙事抒情类：卷 13 ~ 20 为记，132 篇；卷 21 ~ 35 为序，277 篇；卷 40 ~ 41 为行状，8 篇；卷 42 ~ 48 为碑、志、表、碣，110 篇；卷 49 ~ 50 为传，30 篇；卷 51 ~ 52 为祭告文、祭文，100 篇；卷 56 为箴、铭、赞，109 篇；卷 60 为赋、辞、诔，17 篇；卷 93 拾遗中有序、记、铭、赞、跋共 13 篇；以上共计 796 篇。

对于议论说理散文，论者多有赞美。《四库全书总目》提要中说："明之中叶，士大夫侈谈性命，其病日流于空疏。敏政独以博学雄才，高视阔步。其考证精当者，亦多有可取，为一时之冠冕。"又说："敏政学问淹通，著作具有根抵，非游谈无根者可比。"还有他的同事、大学士李东阳在《篁墩文集》原序中所说的："赜探隐索，注释经传，旁引曲证，而才与力又足以达之，虽皆出于经史之余，而宏博伟丽，成一家之言，质诸今日殆绝无而仅有者也。"这是很崇高的评价。他的"学问赅博""称一时冠"的称誉也主要来自于这一类散文。

叙事抒情类散文在其艺术价值方面又要比前类更高，可读性也更强，在今天仍有积极而丰富的审美意义。这类散文共有 16 种文体，而又以其中的"记"的艺术水准最高。

在《文集》中，"记"共收 133 篇，在数量上虽不是最多的，但也很可观。它主要是记写楼堂轩亭、山水游踪和人物事迹等，饱含情感，逸兴飞动，语言淳美，显示出杰出的艺术创造才能。有些篇章，单是它的题目就给人以美不胜收之感，诸如：《夜渡两关记》《溪山行乐记》《碧云深处记》《壶天秋月记》《竹窝静趣记》《留春轩记》《竹南书舍记》《筠谷幽居记》《挹秀楼记》《竹窗记》《瑞莲记》等等，可谓情趣盎然，多姿多彩，具有深致婉曲的审美意象，令人味之不厌。

程敏政文学创作的总体风貌特点可说是“宏博伟丽”（李东阳语），或者说是“豪放奔逸”（何歆语）。这样的特点，在他的一些短小作品，即如《夜渡两关记》中也得到了充分体现。

《夜渡两关记》论字数不足七百字，但那种因“离亲之久”而省亲心切，以至“诸所弗计，冒险夜行”的至情至性的流泻，令人感动不已！那种艺术表现上的大开大合，波谲云诡，而又弛张有度的才能，令人惊叹不已！那种以不可多见的题材所显出的幽深壮美的意境，令人陶醉不已！正如近人林纾所言：“此篇非有意为文字，而文字颇奇恣。由沿道纪实，不欲奇而自奇。至文势之曲折回合，亦因其自然，无斧凿痕迹。”此乃的评。何歆对程敏政散文所作出的“其以才驱气，以气驾文，豪放奔逸，俱有余地……要亦韩、柳、欧、苏之俦，……世不可无者也”的评价也符合实情、毫不为过，笔者深有同感焉。

程敏政这颗升起在明代文坛上的璀璨之星，是光照海内的，又是光照永远的。

第十章　徽州民谣的特性与徽州人的观念世界

随着徽州非物质文化遗产研究越来越受到学术界的重视，作为非物质文化遗产之一的徽州民谣，也因其独有的价值而受到学人的关注。

徽州民谣是在古徽州“一府六县”范围内产生的反映徽州人劳动、生活、习俗、时政和思想感情，由徽州人民创作并用徽州各地方言吟诵而口传心记代代传承的原生态民间口头艺术。徽州民谣是博大精深的徽州文化和中国民间文学独具特色的珍宝，是徽州非物质文化遗产的代表之一。

一、徽州民谣的地域性特征

徽州民谣的形成区域为古徽州。徽州从时间上说，起于北宋宣和三年（1121）的改歙州为徽州，至今已有800多年的历史；从空间上说，包括历史上歙县、绩溪、休宁、黟县、祁门和婺源县的“一府六县”属地，区域面积近两万平方公里。

徽州地处皖南丘陵山地，崇山峻岭环峙。东有大鄣之固，西有浙岭之塞，南有江滩之险，北有黄山之隘。境内江河自四境奔腾外注如悬布之势，人叹“三百六十滩，新安在天上。”

徽州四面环山，自然屏障相对闭塞，构成“八山半水半分田，一分道路和庄园”的地理格局。这里历来较少战乱，给人一种安其生、乐其土的稳定感。历史上的大动荡时期，这里成了中原士民大规模徙居之地。徽州境内的新安江下汇钱塘，婺江、阊江西入鄱阳，如此水系构成了历史上徽州人的黄金通道。

徽州自古就有“大好山水”的誉称。黄山、白岳奇观耸立其间。这与徽州位于地球北纬30度圈这一神秘地带有关。地处中亚热带北缘，气候湿润，气温适宜，野生动植物资源丰富。

早在南宋时期罗愿的《新安志》中就有“山限壤隔，民不染他俗”的记载。所谓“山限壤隔”，是说徽州处于万山环绕之中，是一个具有相对独立性的地域社会；“民不染他俗”，是指在一个相对封闭的地理环境中，徽州逐渐成为一个独立的民俗单元，形成了自己独特的民俗和民情。

如此独特的地理环境，使徽州成为博大精深的徽州文化的发祥地，也成了孕育徽州民谣的一方沃土。

徽州民谣的产生区域，主要分布在历史上“一府六县”徽州属地。从县域上分，徽州民谣可分为歙县民谣、绩溪民谣、休宁民谣、黟县民谣、祁门民谣和婺源民谣等。它们因各县方言的不同而有自己的特点，但共同反映了徽州人生活的方方面面，是研究徽州文化的活化石。

徽州民谣的产生区域是固定的，但其影响区域要大得多，总归起来主要有三个区域：

一是“小徽州”区域，即徽州本土的“一府六县”区域。这是与其产生的区域紧密对应的，也是影响力最大的区域。

二是徽州周边区域，即亚徽州文化圈，如原周边的太平县、石台县、旌德县以及现属浙江的淳安县等地。它们因其地缘关系，直接或间接地接受徽州文化的辐射影响。

三是“大徽州”区域。由于历史上徽商足迹遍布全国各地，徽州民谣也随着徽商的身影播散到了全国各地，像“前世不修，生在徽州；十三四岁，往外一丢”的民谣，就与“无徽不成镇”“钻天洞庭遍地徽”的民谚一样具有广泛的影响。尤其是其中的徽商民谣，曾对徽商的形成和发展产生过积极影响，是徽商历史的形象写照，具有特别的认识价值。由于传播面广，在全国产生了一定影响。这是徽州民谣不同于其他区域民谣的地方。

众所周知，民谣是最古老的文学样式之一，数千年来像社会生活的晴雨表一样敏锐而真切地反映着时代和社会的脉搏以及人们的思想感情。徽州民谣也是如此。

徽州民谣从总体上说是伴随着徽州人的产生而产生、发展而发展的，像一些劳动民谣、习俗民谣、生活民谣和爱情民谣即是如此。

由于徽州民谣是徽州民间的集体创作，又通过口耳相传的形式传播，有些作品很难判定它的具体产生时间。当然，也有些种类的徽州民谣是在徽州人发展到一定阶段才有的，这可从它的特定内容上可以看出来，如徽商民谣。它就是在徽商形成和发展阶段才有的，最迟在明代成化、弘治之际出现，因为徽州出贾之风在此一时期形成。徽商民谣以其典型反映徽商思想情绪，以其特有魅力为抒写和传播徽商精神起到了不可替代的作用。

二、徽州民谣的艺术性特征

徽州民谣具有地域的鲜明性、题材的多样性和艺术的独创性三大特征。

首先是地域的鲜明性。

（一）与徽商历史相映衬。徽商拥有在中国商界鼎盛三百年的光辉历史，这在徽州民谣中得到了形象化表现，显示出浓郁的地方色彩。以《前世不修》《徽馆学生意》《写封信啊上徽州》《火焰虫》《学徒苦》《十送郎》《宁愿嫁给种田郎》为代表的一组民谣，反映了徽州的经商习俗，体现了徽商的艰苦创业精神，揭示了徽商的奋斗理想，反映了徽商妇的丰富复杂的思想情感等，是徽商历史的形象写照。

（二）与徽州教育相呼应。徽州民谣中的教化民谣，从一定方面揭示了历史上徽州人才辈出的根本原因，在于注重文化教育和成材培养，又反映了它自身在灌输教育观念上起到的不可替代的作用。如童谣中的《打发哥哥进学堂》“学不脱三年书，出来考个状元郎！”《读书郎》“读得三年书，中个状元郎；前门竖旗杆，后门开学堂。”《扁荚藤》“读了三年书，中个状元郎；前街竖旗杆，后街做祠堂。”在婚仪民谣中的《接房歌》《敬新人》《撒帐东南西北中》《传代》也有形象的表现。

（三）与徽州方言相结合。徽州民谣在语言表现上，特别注意与徽州方言相结合，既使民谣语言通俗化，又使之具有特别的生动性，还使之具有地方性。相对独立且偏僻的地理单元，半封闭的山居方式，促进了徽州方言特点的形成和定型，具有语调硬朗、节奏明快和语词形象丰富的特点，反映了徽州人形象思维的特点。徽州民谣的乡土气息，主要透过语言表现出来。如《十送郎》中的“拍拍枕头睡睡添”中的“睡睡添”，“开开槛闼看看天”中的“槛闼”（窗户），“送郎送到阁桥头”中的“阁桥头”（楼梯口），“帮我家哥哥撑得稳端端”中的“稳端端”（安稳）等，由于有机地运用了富有表现力的徽州方言语词，显得既形象又具有浓郁的乡土气息。

其次是题材的多样性。

徽州民谣题材非常多样化，涉及徽州人生活的方方面面：有反映徽州人劳动生活的，如《姆儿乖乖宝》《大公鸡你别叫》《打麦》等；有反映徽州人日常生活的，如《望娘亲》《姑嫂莫顶真》《接外甥》等；有反映徽州人的经商生活的，《送夫出门》《天光下饶州》《学徒苦》等；有反映徽州人习俗生活的，如《嫁女哭轿辞》《新娘哭嫁》《抢亲谣》等；有反映徽州人的爱情生活的，如《杉树林》《摘黄瓜》《映山红》等；有反映徽州人教育观念的，如《哥哥考个秀才郎》《打发哥哥进学堂》等；有反映徽州人对特定时局认识的，如《轿夫叹》《城里有官府》《抓壮丁》等；有反映徽州人的游戏生活的，如《数猫》《大鸡领小鸡》《蜻蜓》等。多样化的民谣题材，既反映了徽州人生活的丰富多彩，又体现了徽州民谣的多姿多彩。

第三是艺术的独创性。

艺术的独创性体现在以下三方面：

（一）形象刻画生动

在徽州民谣中，往往通过三言两语的简笔勾勒，就使形象栩栩如生地浮现眼前。如《徽馆学生意》中刻画的徽商形象："一双破鞋，踢踢踏踏。一块围裙，像块纥褙。""雨伞挑冷饭，背着甩溜鳅。过山又过岭，一脚到杭州。"就把学生意的艰辛给活画了出来。《黟县妇人实可怜》中对落泊的徽商形象的刻画可谓淋漓尽致："生意一失回家转，腰间没有半文钱。三餐茶饭无来路，烟瘾一发泪涟涟。前年卖掉一块坦，旧年又卖一丘田，动用家伙都卖尽，锡银首饰当烟钱。"《接外甥》中通过"一碗茶，冷冰冰；一碗面，没三根；一双筷，水淋淋；一碗鸡，没竹翼；一碗鱼，没眼睛；一碗青菜没油星"

的形象描绘，把一个虚情假意的舅母形象给鲜活地再现了出来，具有很强的艺术性。

（二）体式灵活多样

徽州民谣在体式上灵活多样，有自由体，也有格律体；有自由灵活的三言两语式的简笔勾勒，如《城里有官府》，也有较长篇幅的铺排抒写，如《黟县妇人实可怜》；特别是对话体的精巧运用，如《送夫出门》《小小新妇靠公婆》《瞌睡虫》等，显得真实自然，鲜活动人，别具一种艺术神采。

（三）语言风格独具神采

徽州民谣中的语言表现独具魅力，呈现出多样化的风貌格调。主要有简洁有力的，如《城中有官府》；有尖锐泼辣的，如《喜鹊哥哥尾巴长》《对面山上一只鸡》；有回环往复的，如《徽馆学生意》《写封信啊上徽州》等；有风趣幽默的，如《十八岁大姐三岁郎》《算命》等；有凄切感伤的，如《宁愿嫁给种田郎》；有委婉情深的，如《十送郎》等；细细读来，无不风采独显，意味深长。

三、徽州民谣的价值性特征

徽州民谣具有丰富的认识价值、深刻的教育价值和高超的审美价值。

首先是具有丰富的认识价值。

徽州民谣属于徽州民间的集体创作，是徽州人的观念、智慧和情感的结晶，对徽州人的生存和发展起过积极的作用，是徽州历史和人文的活化石，具有特别的认识价值。

徽州民谣是一部徽州民间思想生活史，从中可以让我们认识徽州人所具有的人生观念、婚姻观念、生活观念、教育观念、是非观念和审美观念，是认识徽州人的一把钥匙。

徽州民谣是一部徽州民间生活的写真史，能让我们看到到徽州人生活的原生态——既有生活中的真、善和美，又有生活中的假、恶和丑，对前者是歌颂和赞美，对后者是揭露和批判。在这种原汁原味的表现中，使我们看到了徽州人的思想情感的自我洗礼。

徽州民谣中的徽商民谣，揭示了徽商走向成功的心路历程，从中可以领会徽商之所以能够走向鼎盛的奥秘，于此还能深切感受徽商妇为徽商成功付出的沉重代价，于此由衷感到她们的辛酸和伟大。徽商民谣是徽商历史的形象而生动的写照。

徽州民谣还对我们树立关怀民生、关心民间的人文精神具有重要的启迪意义和认识价值。

其次是具有深刻的教育价值。

徽州民谣是一部别具一格的乡土教材。

徽州民谣以形象的话语，动人的情感，鲜活的情境表现徽州人的生活世界，展示了徽州人的自爱、自尊和自信，并以此教育和引导着徽州人如何做人做事。那些正面形象和事例直接导引和规范着徽州人为人处世的准则，那些反面事例和形象告诉人们做人的是非曲直，令人警醒和反省；特别是那些反吸毒的徽州民谣在今天读来仍有重要的教育意义。

徽州历史上之所以成为“东南邹鲁”，之所以人才辈出，之所以徽商称雄数百年，与深入人心的徽州民谣的反复劝导教育是分不开的。

第三是具有高超的审美价值。

徽州民谣是徽州民间文学的杰出代表。

徽州民谣不仅类型多样，而且数量众多；不仅内涵丰富，而且品格超越，具有特殊的魅力。这些民谣是徽州文学的瑰宝和绝唱，是中国民间文学的宝贵财富。

徽州民谣在内容上丰富多彩，艺术形式上瑰丽多姿，表现手法上灵活多变，具有很高的审美价值。它们在为实现徽州民谣的认识和教育价值起到促进作用的同时，也体现了自身高超的审美价值。

四、从徽州民谣看徽商兴盛的地域风习

徽商是活跃在明清之际中国经济社会的一支劲旅，是中国封建社会后期特殊的经济现象。徽商兴盛的原因虽有多方面因素，但地域风习因素无疑是重要的关节点。徽州的这种为商习俗在民谣中有生动形象的记载和反映。从徽州民谣中去探看徽商的兴盛原因无疑是一个不可或缺的视点和角度。

前世不修，生在徽州。
十三四岁，往外一丢。

只要是对徽州历史文化有所了解的人，对这首民谣都能随口成诵。它形象地揭示了徽州历史上一种奇特的从商习俗与鼎盛徽商形成的一种本质。它与“无徽不成镇”的俗语一样在世间广为流传。

徽州地处皖、浙、赣三省结合部，为安徽的南大门。徽州于宋宣和三年（1121）由歙州改设而来，辖歙县、黟县、休宁、祁门、绩溪、婺源，治所在歙县，有“一府六县”之称。这里教育发达，文风昌盛，被誉为“东南邹鲁”和“文献之邦”，是著名徽商的发源地。

徽州是自梁元帝以来以“大好山水”享誉神州的地方！清澈见底的新安江逶迤成悠长的山水画廊，风光绝美的黄山、齐云山拔地而成千古奇观。这首民谣为什么要以埋怨的口吻说出“前世不修，生在徽州”的话语？殊不知，这里“山水”

是“大好”，文化是昌盛，可生计实在艰难。“徽州介万山之中，地狭人稠，耕获三不赡一。”① “民”可是“以食为天”的，连“食”都成了问题岂不心生哀怨？由此看来就连极不合情理的“十三四岁，往外一丢”也似乎变得合乎情理了。这实在是环境所逼使然。为了从商，也就有了“歙南真荒唐，十三爹来十四娘”的婚俗，以至“或初娶妇，出至十年、二十、三十年不归，归则孙娶妇而子或不识其父”② 的情况也时有发生。

细析此一民谣，其中所包含的哀怨之情有二：一是人们对所生活的环境难以解决温饱而心生不满；二是对把十三四岁的孩子送去经商无可奈何。这正道出了徽州从商习俗形成的必然性。当别的地方十三四岁的孩子正在朗朗诵读或是在天真无忧地嬉戏时，徽州的孩子却被父母狠心地“往外一丢”了：丢出去当学徒，学做生意——小小年纪便踏上自立的征程，去经受风雨的磨炼，去接受生活的洗礼，因此才有“大抵徽俗，人十三在邑，十七在天下”③ 的说道。

这一民谣最初产生的时间虽然难以确定，但从其内涵看，应该与徽商形成和发展的历史相伴相随，至少在明中叶时就有了它的身影，因此时已形成了以乡族关系为纽带的徽州商人群体。但不管怎样，它就像飘荡在徽州大地上的幽灵一般，以它深藏着的真切况味和特有的磁力与徽州各地相碰撞，衍生出了

---

① 康熙《休宁县志·汪伟奏疏》，见张海鹏、王廷元主编：《明清徽商资料选编》，黄山书社，1985年8月版，第6页。

② 《魏叔子文集》卷17《江氏四世节妇传》，见张海鹏、王廷元主编：《明清徽商资料选编》，黄山书社，1985年8月版，第51页。

③ 《弇州山人四部稿》卷61《赠程君五十叙》，见张海鹏、王廷元主编：《明清徽商资料选编》，黄山书社，1985年8月版，第42页。

以此为主题的一组民谣，如流传于歙县的《前世不修》、祁门县的《天光下饶州》和绩溪县的《徽馆学生意》等即是，使徽州大地充满着它的最强音，显出特有的鼓动人心的力量。

“十三四岁，往外一丢”，究竟是怎样“丢”的呢？“丢”了以后又怎样呢？

先看流传于歙县的《前世不修》[①] 吧：

前世不修，生在徽州。
十三四岁，往外一丢。
三年吃苦，拼搏出头。
发达是爷，落泊歙狗。

歙县地处徽州东部，与浙江省淳安县毗邻，历史上的徽州府治所在地。新安江流经县境，入浙江省钱塘江，是徽商东出经商的黄金水道。

“三年吃苦，拼搏出头。”说起来易，做起来难！可以说更多的人是难以在三年后“出头”的。可现实又是残酷的——“发达是爷，落泊歙狗”。前者地位是何其优越，充满了得意，被人羡慕；而后者却要面对被乡亲奚落，被族人小看，被父母责骂，真是无颜见家乡父老！徽州游子背负着亲人的重托和压力，也只能是一往无前走到底了。要么发达，要么落泊，除此别无选择。试问哪个甘愿落泊呢？于此看出徽州人自小就承受着怎样的精神重负！走出家门，究竟是祸是福就看各人的造化了。“徽之俗，一贾不利再贾，再贾不利三贾，三

① 庄寿宝：《古徽州传奇》（明清部分），中国文史出版社，2007 年 12 月版，第 10 页。

贾不利犹未厌焉”[①]，这其中难道只是一个简单的“犹未厌”吗？深藏着一种义无反顾与别无选择，是现实的逼迫所使然。

再看流传于祁门的《天光下饶州》[②] 吧：

> 前世不修，生在徽州。
> 十三四岁，往外一丢。
> 半夜收包袱，天光下饶州。
> 赚得钱来心头肉，赚不钱来骂“天收”。

祁门位于徽州西部，西南与江西省接壤，有阊江水系流向江西鄱阳湖，是徽商西出的重要通道。历史上的饶州，治所在江西鄱阳。从这所歌谣可知祁门人经商走的是沿境内的阊江通向江西鄱阳湖的水路。这里的“赚得钱来心头肉，赚不钱来骂天收”与前面的“发达是爷，落泊歙狗”一样，都应了徽州黟县西递古村落中“读书好营商好效好便好，创业难守成难知难不难”的联语所指。“效好便好”，一语切中为商肯綮。经商总是要讲效益的，“效”不好自然一切不会好。命系于商，“赚不钱来”真个要天打五雷轰，连天理都不容！冯梦龙《二刻拍案惊奇》卷三十七《叠居奇程客得助，三救厄海神显灵》中说：“徽人因是专重那做商的，所以凡是商人归来，外而宗族朋友，内而妻妾家属，只看你所得归来的利息多少为重轻。得利多的，尽皆爱敬趋奉；得利少的，尽皆轻薄鄙笑。犹如读书求名的中与不中归来的光景一般。”[③] 这里所说的恰与

① 光绪《祁门倪氏族谱》卷下《诰封淑人胡太淑人行状》，见张海鹏、王廷元主编：《明清徽商资料选编》，黄山书社，1985 年 8 月版，第 49 页。

② 程成贵：《徽州文化古村——六都》，安徽大学徽学研究中心，2000 年 12 月编印，第 188 页。

③ （明）凌濛初：《二刻拍案惊奇》卷 37《叠居奇程客得助，三救厄海神显灵》。

民谣内容相对应，体现了徽州商人出外经商的极其不易，需要克服来自各方面的种种压力。

最后看流传于绩溪的《徽馆学生意》[1] 吧：

前世不修，生在徽州。
十三四岁，往外一丢。
吃碗面饭，好不简单。
一双破鞋，踢踢踏踏。
一块围裙，像块纥褙[2]。
前世不曾修，出世在徽州。
年到十三四，便多往外遛。
雨伞挑冷饭，背着甩溜鳅[3]。
过山又过岭，一脚到杭州。
有生意，就停留；没生意，去苏州。
转来转去到上海，求亲求友寻路头。
同乡多顾爱，答应肯收留。
两个月一过，办得新被头。
半来年一过，身命都不愁。
逢年过时节，寄钱回徽州。
爹娘高兴煞，笑得眼泪流。

绩溪县位于徽州东北部，东与浙江省接壤，历史上以经营徽菜最为著名，是“红顶商人”胡雪岩的故乡。绩溪人经商学生意大多走的是通往杭州的山路，因而才有如民谣中所描写的景象出现。

---

① 《绩溪县志》，黄山书社出版，1998 年 9 月版，第 1019 页。

② “纥褙”：用破布与糨糊制成的做鞋面用的夹里。

③ “甩溜鳅”：甩来甩去的样子。

这一民谣既有概括的叙述，又有具体的描绘，既有闯荡艰辛的写照，又有成功喜悦的流露，从一个侧面活画出了外出闯荡的徽州商人的真实面貌。加上对比描写、反复描写和三言、四言、五言、七言相杂的活泼句式及特有韵辙的回环往复，让人倍感徽州人经商成功的不易，意味尤其深长。在这里我们看到了：经商是徽州人求生存、图发展的基本理念；徽商的起步和发展充满了艰辛，充满了义无反顾的决心和坚忍不拔的意志；徽商充满了乡谊，经常网开一面，互相顾爱，提携后生共同发展；徽商充满了乡土和孝的理念，一有收获即回报乡里和父母。徽商之所以能一步步走向鼎盛，实在是一种历史的必然。民谣中虽不无哀怨之意，但徽州人那种坚毅果决、义无反顾的为商决心，令人不得不心生钦佩。外出经商是徽州人最大的人生使命。在经商为重的思想驱使下，随之而来的吃苦耐劳、万难不拔的“徽骆驼”精神就成了徽商艰苦创业的基本品格。徽商的成功实在是一种苦尽甘来的真理性实现。

以上广泛流传于徽州各地的徽商民谣，与徽商足迹相伴随播撒于全国各地，反映了徽州浓郁经商风习形成的内在根由，体现了徽商的独有意志品格与精神风貌。徽商的历练和成功，自然带来了徽州本土生活的富庶，也带来了徽州教育的发达，徽州文化的昌盛，所有这些连同它的“大好山水”一起，终于使徽州成了一个令人艳羡和醉心追寻的人类家园；与此同时也创造了“无徽不成镇”、称雄中国商界数百年的神话以及令世人赞叹的博大精深的徽州文化。

五、从徽州民谣看徽州人的观念世界

在众多广泛流传的徽州民谣中，蕴含着徽州人的一系列思想文化观念，对它们加以解读可以从中获取解读徽州人的一把钥匙。徽州民谣，徽州人的一个独特观念世界。

（一）追求艰苦创业而又自足自乐的人生观念

自古以来，由于徽州地处山区，人多地少，生活困窘，迫使生活其间的徽州人不得不考虑生计问题。而徽州人通过自己的摸索和实践终于领悟到只有走出山门才能求得生存和发展。这在客观上使走出山门、寄命于商成了徽州人普遍的求生观念，以至经过时间和空间的历练而最终成为一种乡土风俗。徽州人把尚未真正成人的子弟提早放飞，虽然有些不合常情、虽然是不得已的，但与其在家苦熬，不如走出山门换个活法、争个前程的观念无疑是积极的，是一种不失开拓性的观念。由于这种观念的先进性，也就使对徽州人及徽州本土乃至全国经济和社会的发展产生重大的历史影响成了不可避免。

在民谣中，这种艰苦创业的观念主要从反映徽商创业生活的民谣中见出，如《徽馆学生意》《学徒苦》和《写封信啊到徽州》等。在流传于绩溪的《徽馆学生意》的民谣中如是说：

前世不修，生在徽州。
十三四岁，往外一丢。
吃碗面饭，好不简单。
一双破鞋，踢踢踏踏。
一块围裙，像块纥褙。
前世不曾修，出世在徽州。
年到十三四，便多往外遛。
雨伞挑冷饭，背着甩溜秋。
过山又过岭，一脚到杭州。
有生意，就停留；没生意，去苏州。
转来转去到上海，求亲求友寻路头。

同乡多顾爱，答应肯收留。
两个月一过，办得新被头。
半来年一过，身命都不愁。
逢年过时节，寄钱回徽州。
爹娘高兴煞，笑得眼泪流。

从中看出在古徽州经商是一种习尚，成了徽州人求生存图发展的基本理念；徽商的起步和发展充满了艰辛，充满了义无反顾的决心和坚忍不拔的意志；徽商充满了乡谊，经常网开一面，互相顾爱，提携后生共同发展；徽州人充满了乡土和孝的理念，一有收获即回报乡里。所有这些都让我们看到了徽商之所以能走向成功，实在是一种历史的必然。

作为徽商的创业生活是异常艰苦的，而学徒生活尤其如此，流传在休宁一带的《学徒苦》的民谣道出了其中甘苦：

学徒苦，学徒愁，
头上带“栗包”，背脊驮拳头。
三餐白米饭，两个咸鱼头。

从此可知学徒生活既有生活上的艰苦，又有学艺的辛苦，还有难以免除的肉体和精神上的痛苦。而他们无疑是吃得“苦中苦”的，到后来他们也终于成了“人上人”了——成了称雄一方、人所称羡的徽商中的一员。流传于绩溪的《写封信啊到徽州》的民谣更是全面而深入地体现了这一群体的心路历程：

青竹叶，青纠纠，写封信啊上徽州。
叫爷不要急，叫娘不要愁，儿在苏州做伙头。
一日三顿锅巴饭，一餐两个咸鱼头。
儿的那双手像乌鸡爪，儿的那双脚像炭柴头。

天啊地啊老子娘啊，儿在外面吃苦头。
青竹叶，青纠纠，写封信啊上徽州。
叫爷不要急，叫娘不要愁，儿在苏州做伙头。
儿今在外学生意，心中记住爹娘的话：
“茴香豆腐干，不能自己端；吃得苦中苦，
方为人上人。”学好了生意我再上徽州。
天啊地啊老子娘啊，没有出息我就不回头。

在外学手艺的徽州子弟虽然自己在外面吃尽了苦头，可还不忘爹娘所叮嘱的“茴香豆腐干，不能自己端”，其中的“茴香”实乃“回乡”的谐音。此句意为千万不能因为吃不了苦而中途打道回府，让邻里乡亲耻笑。虽然吃尽苦头，却反复安慰自己的爷娘“不要急”“不要愁”，之所以能如此，一是他们不敢也不愿违背乡俗招人耻笑；二是由于自己心中满怀着理想，那就是能出人头地，能过上梦寐以求的好生活。而事实上也往往正是在外面做伙头的这些人，后来成了在全国经营徽菜馆的著名徽商。再如同是流传于绩溪的与上一民谣属同样题材的《焰火虫》：

火焰虫，低低飞，写封信，到徽州。
一劝爷娘别挂念，二劝哥嫂不要愁。
一日三碗锅焦饭，一餐两个腌菜头。
面孔烟抹黑，两手乌溜溜。
今朝吃得苦中苦，好的日子在后头。
火焰虫，节节红。
公公挑担卖胡葱，婆婆绢糊灯笼，
儿子开店做郎中，新妇织布做裁缝，
一担米桶吃不空。

此一民谣可与《写封信啊到徽州》相映照，但在理想的表现上更其具体，即“公公挑担卖胡葱，婆婆织绢糊灯笼，儿子开店做郎中，新妇织布做裁缝，一担米桶吃不空”。这种理想图景对于当时缺吃少穿的徽州人来说，无疑是很诱人的。正是这种理想的鼓舞，他们才能以苦为乐，乐此不疲。此中不但反映出这一类从商者的普遍心理世界，而且也折射出所有徽商的心路历程。

在“前世不修，生在徽州，十二三岁，往外一丢”的著名民谣中，细细品味，其中不无哀怨之意，但同时可以看出徽州人的那种坚毅果决、义无反顾的决心和勇气。外出经商，徽州人最大的事业追求，在事业为重的思想驱使下，随之而来的吃苦耐劳、万难不拔的“徽骆驼”精神就成了徽州人艰苦创业的基本品格。徽商的成功实在是一种苦尽甘来的真理性实现。

与外出经商的徽州人略有不同，生活在本土的徽州人在观念上则流露出另一种情怀，那就是流传于休宁的《山里好》和流传在绩溪的《手捏苞芦馃》的儿歌中所表现的。《山里好》中说道：

手捧苞芦馃，脚踏硬炭火，
除开皇帝就是我。

又《手捏苞芦馃》：

手捏苞芦馃，脚踏树桩火；
无忧又无虑，皇帝不抵我。

这两个作品体现了一个共同的思想，那就是对那种无忧无虑的生活的满足，但这种满足又完全是自足自乐式的，因为所满足的只不过是那种简单的温饱式生活，但在这里却把它当作最大的满足。这里带着浓厚的山里人意识，这种意识无疑是盲目和狭隘的。其中自然也多少包含了对统治阶级的某些鄙视的意义，但其中主要是表现了自足自乐的生活观念。从这里也告诉我们，走出去的徽州人之所以大多能取得重大成功，就在于他们具有开阔了的眼界和拓宽了的胸襟！

作为徽州人的人生观念是走出山门的徽州人将艰苦创业的观念与立足本土的徽州人自足自乐的观念融合在一起。走出去者通常具有与时俱进、永不满足的观念，而在本土者的观念却必须重新打造，即使是今天黄山人的观念也仍然如此。

（二）追求自由幸福而又从一而终的婚姻观念

追求自由、幸福美好的婚姻生活是人的基本心愿，这同样在徽州民谣中得到了表现。如流传于歙县的《早日找个男子汉》：

红萝卜根，白萝卜根，跟着爹娘无终身。
早日找个男子汉，喝茶吃水也宽心。

再如流传于绩溪的《许个好婆家》：

柏枝树，柏枝丫，柏枝树下好人家。
生个男，会当家。生个女，会绣花。
等到十八岁，许个好婆家。

就是在美好的婚姻求而不得的情况下，有的就采取非正常的方式来实现，如流传在黟县的《抢亲谣》：

东山站着姑，西河蹲着哥。
姑儿红着脸，哥儿打哆嗦。
你爹心肠狠，彩礼要得多，
可我穷哥没奈何！
姑儿开了口，说你是傻哥，

农家老规矩，穷汉无钱抢老婆。

这里表现的就是以抢亲的方式来实现对自由幸福的婚姻生活的向往和追求，并且这一方式在民间得到了合法化，成了一种风俗，就是官府对此也只能是睁一只眼闭一只眼。这为部分由于客观原因所制约的两情相悦者的自由幸福生活的实现扫除了障碍。

而像流传于绩溪的《蜘蛛吊水》和《蜘蛛吊水过难关》表现了对媳妇在婆家小心做人而没有自由和幸福的生活的哀叹，从反面传达出对希求自由幸福生活的合理的肯定，对限制和剥夺其自由和幸福的对象予以否定。如《蜘蛛吊水》：

蜘蛛吊水过栏杆，暴做新妇三年难。
晨早挑水十八担，一夜推磨到天光。
公婆进来吓一跳，小姑进来心一慌。
服侍大来服侍小，闲言闲语听多少。
困上床来细细想，翻来覆去无处讲。

又如《蜘蛛吊水过难关》：

蜘蛛吊水过难关，初做媳妇实艰难。
灯盏量米大锅饭，指甲蘸盐当三餐。
堂前来把公婆问，走到堂前开口难。
“今朝有米何消问，明朝无米靠何人?”
“锣靠鼓，鼓靠锣，山上树木靠石塔，
年轻媳妇靠公婆。”

这两首民谣均以“蜘蛛吊水”的意象来比况封建时代新媳妇的不平等地位。所谓“蜘蛛吊水”，即指蜘蛛结网挂丝，以此来形容新媳妇在婆家的诚惶诚恐、小心翼翼地特殊情形，是入木三分的。

有的民谣则表现了童养媳的悲苦而不幸的婚姻生活，她们追求幸福生活而不得，只能忍辱负重，在空耗生命中实现从一而终。如流传于休宁的《等郎媳》：

娘啊娘，做事真荒唐！
把我嫁到人家去，童养媳等童年郎。
我大他十岁何样讲？不像老婆不像娘。
驮着要拉尿，哭着要吃糖。
日间带他嬉，夜间驮上床，清早帮他着衣裳。
等到郎大我又老，等到有儿又同样。
天下多少违心事，命里注定没法想。

一个青春女子在陪伴、侍候“童年郎”中打发自己的青春，这是极其不幸的，但这里把造成不幸的原因归结为自己的亲娘，这是不对的，其实在根本上是封建婚姻制度对妇女的摧残。还有流传于绩溪的《十八岁大姐三岁郎》：

喜鹊哥哥尾巴长，十八岁大姐三岁郎。
半夜三更要奶吃。“我是你的老婆不是你的娘！
不看公婆待我好，一脚踢你见阎王！”

与前首不同处在于将无尽的哀怨转化成了诙谐。在这诙谐中暴露了封建婚姻生活习俗的荒诞，当然作为当事者的内心深处仍然是充满了无可奈何。

特别是作为徽州妇女还存在着物质生活幸福而婚姻生活不幸福的一个特殊群体，那就是徽商妇。徽州男子在出外经商时，一般都要提前完成婚配，这种习俗也就决定了徽商妇的痛苦命运。他们婚后相聚无多，一般都是数年相聚一次，大多夫妻一辈子团聚的时间加在一起也不过三年多，“一世夫妻三年半”的俗语说的就是这种情况。这要忍受多少煎熬！所以徽商妇充满了辛酸和哀怨的情感是很正常的。像流传于歙县的《十送郎》这首民谣里表现的徽商妇那种在送别时的依依难舍的情怀实在是可以理解的，真是聚时不易别时难，此次分别后就再也不知何时能够相聚了，有的甚至成为永诀：

一送郎，送到枕头边，拍拍枕头睡睡添。

二送郎，送到床面前，拍拍床沿坐坐添。

三送郎，送到槛闼边，开开槛闼看看天。有风有雨快点落，留我的郎哥歇夜添。

四送郎，送到房门边，左手摸门闩，右手摸门闩，不晓得门闩往哪边。

五送郎，送到阁桥头，左手搭栏杆，眼泪往那流；右手提起罗裙揩眼泪；放下罗裙透地拖。

六送郎，送到厅堂上，左手帮哥哥撑雨伞，右手帮哥哥拔门闩。

七送郎，送到后门头，望望后门一棵好石榴。心想摘个石榴给郎吃，吃着味道好回头。

八送郎，送到荷花塘，摘些荷叶拼张床。生男叫个荷花宝，生女就叫宝荷花。

九送郎，送到灯笼店。别做灯笼千个眼，要学蜡烛一条心。

十送郎，送到渡船头。叫一声撑船哥、摇橹哥，帮我哥哥撑得稳端端。

在这里既有对远行的丈夫的百般依恋，又有对早日返回团聚的美好期盼，还有对生育后代的美好希望，更有对丈夫的深情告戒和祝愿，一个贤惠的徽商妇形象跃然纸上。

流传于屯溪的《送夫出门》的民谣，表现了徽商妇在怀有身孕而万般无奈情况下企求丈夫照顾而不得的悲苦心境。作为经商的丈夫自是身不由己，不得不做出超出常情的决定（当然那种傲慢而冷漠的大男子主义是应该否定的），而妻子也只能在心底深喊几声悲苦外只得认命：

十指尖尖奉一杯，（夫白：摆到桌上。）
敢问夫君几时回？（夫白：不曾走，就想我回来？）
十月初上要分娩。（夫白：生呗！）
分娩之时靠何人？（夫白：叫你妈来！）

由于徽商离乡背井的特殊性，客观上给徽商妇造成了精神上的莫大痛苦，并产生了消极的后果，使得一些妇女都不敢嫁与徽商为妻。在流传于歙县的《宁愿嫁给种田郎》的民谣里我们深切体味到了徽商妇辛酸的婚姻生活，也深切理解了她们追求幸福婚姻生活而不得的失望和悔恨的感情：

悔呀悔，悔不该嫁给出门郎，三年两头守空房。
图什么高楼房，贪什么大厅堂，夜夜孤身睡空床。
早知今日千般苦，宁愿嫁给种田郎。
日在田里夜坐房，日陪公婆堂前坐，夜伴郎哥上花床。

这一民谣通过徽商妇反悔的情感宣泄，典型地反映了她们饱尝情感生活痛苦折磨的内心世界。徽商的巨大成功后面饱含了徽商妇的沉痛血泪和巨大牺牲。虽然如此，但她们从一而终的婚姻观念却始终没有动摇，表现了她们在爱情上的坚贞。至于那种因殉夫而死而成为节烈者，在今日的徽州大地上仍可从现存的众多贞节牌坊中见出，但那是封建礼教以礼杀人的鲜活见证，我们今天对于那些牌坊的鉴赏，万不能忘记了这种残酷性质而作出加害于死去魂灵的错误评判。

（三）追求孝敬父母而又家庭和睦的生活观念

徽州人孝敬父母而又家庭和睦的生活观念在歌谣中有直接体现的，但更多的是间接体现的，之所以如此，是因为在徽州人看来以孝敬父母为中心的家庭和睦的生活观念是本该如此的，而没有这种观念则是极不正常的，是理应受到唾弃的。因而在一些歌谣中就主要对那种不孝敬父母的人和事进行嘲讽和否定，以此来张扬本该如此的思想观念。

直接体现徽州人孝敬父母观念的民谣主要有流传于休宁的《望娘亲》：

其 一

甜菜开花齐地乌，红嘴绿鹦哥。
鹦哥困，爱梳头，开开楼门摘石榴。
栀子花，“乒乓乒”；茉莉花，上刀心；
做双花鞋望娘亲。
娘亲怀我十个月，月月辛苦到如今。

其 二

一只乌，绿茵茵；买花线，穿花针，
做双花鞋看娘亲。
娘亲带我十个月，月月都担心。
生男犹自可，生女冷冰冰。

这两首民谣真切传达了出嫁女子不忘娘亲的美好感情，表现了对娘亲历尽艰辛的深切理解以及对娘亲养育之恩的由衷感激，其情异常感人。

间接体现徽州人追求孝敬父母而又家庭和睦生活观念的民谣主要有《对面山上一只鸡》《喜鹊哥哥尾巴长》和《世上事

颠倒颠》。如流传于休宁的《喜鹊哥哥尾巴长》：

喜鹊哥哥尾巴长，讨了媳妇忘了娘。
日朝日夜挑丈夫，挑得丈夫狠心肠，
日打爷，夜骂娘。
不曾讨亲真孝子，讨了亲，实该死。

这里对夫妻两人不孝顺父母的恶行进行了揭露和批判，促人警醒。流传于绩溪的《世上事颠倒颠》如是说：

世上事来颠倒颠，媳妇骑马公来牵。
叔叔伯伯撑雨伞，无用男人捏马鞭。
捏得好，打三鞭；捏不好，三脚颠。

此中对一个蛮横无理的泼妇进行了形象写照，在“世上事来颠倒颠”的评价中加以否定和批判。

除此以外，在徽州的民谣中还对影响家庭和睦的姑嫂之间的不良关系进行了戏谑式批评，以期建立起正常的姑嫂关系而使家庭关系和谐起来，如《嫂嫂看见姑娘来》《姑嫂莫顶真》等即是。如《嫂嫂看见姑娘来》：

青竹蛇，骑白马，骑到娘家门槛下。
娘亲看见女儿来，喜笑颜开迎出来。
爹爹看见女儿来，买酒买肉端上来。
哥哥看见妹妹来，放下文章下楼来。
弟弟看见姐姐来，泡茶端水敬上来。
嫂嫂看见姑娘来，躲在房里不出来。
“嫂呀嫂，别小气，今朝有爷有娘来嬉嬉，
无爷无娘不来看尔那个臭面皮。”

这里对“看见姑娘来，躲在房里不出来”的嫂嫂的无礼加以批评，一个如何正确做人和如何使家庭生活和谐的问题摆在了我们面前。

在徽州民谣中我们还可看到对那种不重家族情义的行为进行漫画式的嘲讽批评，具有积极的教育效果，如流传在休宁和屯溪的《接外甥》：

一只鸟，叫咩咩，叫到梭塘接外甥。
外甥堂前坐，舅母灶下走马灯。
一碗茶，冷冰冰；一碗面，没三根；
一双筷，水淋淋；一碗鸡，没竹翼；
一碗鱼，没眼睛；一碗青菜没油星。

此一民谣讽刺了舅母在接待外甥时的吝啬，对其虚情假意加以嘲笑，其人情价值取向是非常明确的。徽州人的孝敬父母而又家庭和睦的生活观念是根深蒂固的，也是符合民族文化传统的，即使在今天也还是应该积极发扬的。

（四）追求重视读书而又博取功名的教育观念

历史上徽州人的出路不外两条：一是经商，二是读书。读书读好了，可以入仕，既解决了生计问题，又可光宗耀祖，可谓一举两得，因而成了徽州人的最大向往和追求。就是经商，也要做一个儒商，那就是亦贾亦儒，或先贾后儒，或先儒后贾。而经商成功了就投资教育，是徽商的一种最基本和最普遍的投资。徽州多才人，与徽州重视教育的美好传统是密切相关的。这种重视教育的传统，也从民谣中表现出来，或者说徽州人追求重视读书而又博取功名的传统思想在一定方面是通过民谣的形式来广泛传播并使之深入人心的。

首先，在徽州，把读书和功名的思想加以灌输早在孩童的时候就开始了。而对孩童的这种灌输是通过歌谣的形式在自觉不自觉中进行的。如流传于歙县的一首摇篮曲《来家做个状元郎》：

推索钩，慢索落，我家囡儿进学堂。
念不到三年书，来家做个状元郎。

尚在摇篮中的婴儿的耳边就有了“进学堂”“念书”和“状元郎”的概念的回响，这种潜移默化的灌输不可谓不早，由此也可以想见这种影响会是根深蒂固的。又如流传于黟县的《扁荚藤》：

扁荚藤，随地生，外公外婆接外孙。
外公接得哈哈笑，外婆接得笑哈哈。
舅舅接得忙打转，舅母接得苦巴巴。
实劝舅母别叫苦，同是一树好桃花。
外公给囝一包糕，外婆给囝一包糖。
舅舅买了几本书，舅母送囝进学堂。
读了三年书，中个状元郎。
前街竖旗杆，后街做祠堂。

这其中的“读了三年书，中个状元郎。前街竖旗杆，后街做祠堂”的理想鼓舞不可谓不诱人，使受其影响和熏陶的人无不充满向往之心。还有流传于绩溪的童谣《哥哥考个秀才郎》：

推车哥，磨车郎，打发哥哥上学堂。
哥哥学了三年书，一考考着个秀才郎。
先拜爹，后拜娘，再拜拜进老婆房。
金打锁匙开银箱，老婆房里一片光。

这里描画了读书人在科场取胜后又迎来洞房花烛的美好生

活情景，让人充满无限憧憬。又如流传于屯溪的《读书郎》：

牵三哥，卖三郎，
打发团，进学堂。
读得三年书，中个状元郎。
前门竖旗杆，后门开学堂。
金屋柱，银屋梁；
珍珠被，象牙床，
枕上一对好鸳鸯。

这里把读书人的理想描绘得更加具体生动，在荣耀的后面，添加进了“黄金屋”与“颜如玉”的思想。这样一些歌谣裹藏着的虽然不外是诸如“书中自有千钟粟”“书中自有黄金屋”“书中自有颜如玉”等封建社会中广泛流行的读书观，但所有这些在徽州人眼中更显得灿烂一片，因为徽州人不但是这种理想的传播者和鼓舞者，而且经常是这种理想的实践者和享有者，即如中国第一状元县即在徽州的休宁县等即是形象写照，理想和现实在徽州人这里达到了高度统一，因而这些民谣就更有陶醉人心的作用。

其次，徽州人的这种重视读书而又博取功名的教育观念，经常在新婚礼仪时把它作为一种人生理想加以张扬，这从一些礼仪歌谣中可以见出。如流传于歙县的一首《开面歌》中唱道：

一线金，二线银，
三线做夫人，四线事事如意，
五线五子登科，六线六六大顺，
七线七仙美貌，八线八仙重寿，
九线九子十三孙，十线十足俱好。

好、好、好，白头偕老，
喜、喜、喜，夫妇齐眉。

在对将要成婚的徽州姑娘进行开面的仪式时就包含了“五子登科”的美好祝愿。在流传于歙县的《接房歌》中有一节这样唱道：

手拿红灯亮厅堂，相请新娘新郎出（啊）洞房。
辉煌花烛堂前亮（啊），大家出来个来贺房。
大登科名标金榜，小登科那就花烛（啊）洞房。
甘罗十二（格）为丞相，戴忠十四状元郎。
朱买臣五十当富贵（啊），姜太公八十遇文王。
老彭祖八百多年福寿长，猕猴精长生不老万年青。

这里把“大登科名标金榜，小登科那就花烛洞房”与历史上的人物相映衬，以揭示其中的某种必然性，从而把它作为一种符合事物发展规律的对象来追求。同是流传于歙县的《送新人进房》中的一节：

好男生五个，好女生一双。
五男并二女，七子共团圆，
三个做宰相，两个中状元。

这里的“三个做宰相，两个中状元”看来是不无夸张的游戏之词，但在徽州本土却是可以找到现实根据的，如“一门八进士”“同胞翰林”“一镇四状元”等，就是做丞相的也代不乏人，所以这是对理想的一种升华和概括，具有鼓舞人心的重要作用。还有流传于歙县的《撒帐东南西北中》：

撒帐撒向东，东边一点太阳红。
昔日有个周文武，去访全才姜太公。

文王接去定天下，保定武王坐九龙。
今晚洞房花烛夜，生下孩儿做国公。
撒帐撒向南，南边五老已临凡。
凤阳有个朱洪武，打擂才收众将官，
遇春大海多奇勇，保定太祖坐江山。
今晚洞房花烛后，生下孩童做高官。
撒帐撒向西，玉兔东升笑嘻嘻。
唐室世民真天子，忠臣叔宝与尉迟，
咬金本是真福将，保了唐王登帝基。
今晚洞房花烛夜，产下孩儿穿紫衣。
撒帐撒向北，紫微真帝天喜出。
立即难得柴王父，借头金殿功劳得，
子将接拜为弟兄，坐定江南布大德。
今晚洞房花烛夜，产下孩儿做相国。
撒帐撒向中，月里嫦娥好娇容。
顺治八旗分左右，天下一刻会成功，
大清圣主登龙位，一十八省唱年丰。
今晚洞房花烛夜，产下孩儿立大功。
撒帐撒得奇，夫妻恩爱两齐眉，
生下五男并二女，赛过唐朝郭子仪。
撒帐撒得高，八仙今夜共来朝，
仙姑敬上长生酒，采和仙菜献蟠桃。
撒帐撒得低，张仙送子笑嘻嘻，
自从今夜成亲后，产下儿女做同知。

其中的“生下孩儿做国公”“生下孩童做高官”“产下孩儿穿紫衣”“产下孩儿做相国”“产下孩儿立大功”“生下五男并二女，赛过唐朝郭子仪”“产下儿女做同知”更是典型地传达了徽州人对于下一代的殷殷期盼，如此强烈的美好愿望，又怎能不激发后人去努力拼搏呢？还有流传于歙县的《传代》：

一代长命富贵，二代金玉满堂，
三代三元及第，四代事事如意，
五代五子登科，六代六国丞相，
七代七子团圆，八代八仙庆寿，
九代九子十三孙，十代荣华富贵万万年，
十一代当朝拜相，十二代两国封王，
十三代三星拱照，十四代四海名扬，
十五代五枝丹桂，十六代六部佳丞，
十七代七夕相会，十八代荀叔八龙，
十九代九世同居，二十代果是文王，
二十一代前有高头双星进宝，二十二代得职双榜状元郎，
二十三代甘罗十三为丞相，二十四代太公八十遇文王，
二十五代相送月里嫦娥女，二十六代平贵里外两封干，
二十七代彭祖公公八百岁，二十八代杨老婆婆万万春，
二十九代多福多寿多贵子，三十代全这家福禄大团圆。
传代传进房，百子千孙闹洋洋，
双产麒麟来送子，多生贵子状元郎。
百代百子千孙闹洋洋，千代发脉多开族，万代各支各派赏英豪。

人生代代无穷已，徽州人把对读书博取功名的追求作为一个长远的事业来追求，即使一代不行，还有下一代，永远不得放弃。正是在这样的一些民谣所体现出的追求重视读书而又博取功名的教育观念的鼓荡下，徽州大地上才出现了“十户之

村，不废诵读”的良好读书风气，才出现了“一门八进士”“两朝十举人”“连科三殿撰，十里四翰林”等科举佳话，才出现了各类人才雨后春笋般涌现的群星璀璨的局面，从而铸就了徽州文化的勃兴，成为华夏的一道光彩夺目的风景线。

当然，在徽州不只是民谣具有追求重视读书而又博取功名的教育观念，如流传着的“娇子不娇书，娇书变养猪”“三代不读书，好比一窝猪”“穷不丢猪，富不丢书”等俗语，以及在今日西递古民居仍能见到的“几百年人家无非积善，第一等好事只是读书”“欲高门第须为善，要好儿孙必读书”“二字箴言惟勤惟俭，两条正路曰读曰耕”和“读书好营商好效好便好，创业难守成难知难不难”等对联也同样具有这种美好的思想观念和积极的教育作用，但所有这些无疑以民谣的影响力为最大，因为民谣在思想的传播上往往赋予一种情境，使它更具体也更形象，因而也更具魅力。民谣对徽州人的重视读书而又博取功名的观念的形成、强化与实践起了最直接的推动作用。

（五）追求崇尚正义而又反对邪恶的是非观念

在徽州的不少民谣中，还表现了一种崇尚正义而又反对邪恶的是非观念。在此之中，有的是表现对人世间人与人之间不公平现象的不满，如通过抬轿与坐轿的对比喊出“世道真是不公平”的愤然之声的流传于绩溪的《轿夫叹》：

抬轿是人，坐轿也是人。
坐在轿里乐融融，抬着轿子汗淋淋。
世道真是不公平。

流传在休宁的《点点脚》的民谣则表现了对徽州妇女身体的摧残和由此带来的痛苦，揭露了封建陋俗对妇女犯下的罪恶：

点点脚，绕啊绕，绕上田塍摘羊角。
羊角不曾生，上山摘黄樱。
黄樱不曾红，下城买灯笼。
灯笼红彤彤，照我嫁老公。
嫁个洋学生，讲我有眼不识丁，一双小脚得人憎。
公婆犹自可，丈夫要离婚。
我怨娘亲心肠狠，娘讲裹脚是正经。
我想读书识个字，娘亲骂我囡儿精。
只讲娘亲千般苦，害着做囡的一生。

有的揭露了不合理制度对徽州家庭带来的灾难，传达了一种不满和反抗的思想，如流传于绩溪的《抓壮丁》：

听到村边狗叫声，忙推哥郎走出门。
抓丁拉夫谁不怕？壮丁抓去活不成。

再如流传于休宁的《抓壮丁》：

正月新春正月正，国民政府抽壮丁；
十八抽到四十五，独子也服国民兵。
二月杏花满山冈，到处壮丁都抓光；
农忙田地无人种，三年少收两年荒。
三月桃花是清明，抓到壮丁送进城；
一路押送新兵站，想要回家万不能。
四月初夏蔷薇花，铁壁营里过生涯；
天气燠燥肚又饿，四肢无力汗不干。
五月石榴是端阳，新兵日日上操场；
教官拳打脚尖踢，下操还要上讲堂。

六月伏天开荷花，盐水汤恰老南瓜；
肚肠饿得咕咕叫，心想不如开小差。
七月凤仙颜色多，兵卒生活真难过；
日间吃的糙子米，夜间钻的稻秆窝。
八月桂花过中秋，敌机来把炸弹丢；
横下心来想逃溜，跑掉和尚跑不掉庙。
九月重阳菊花黄，秋风一起天气凉；
一床破絮盖不住，身着短裤单衣裳。
十月初冬花芙蓉，老娘床上病呻吟；
吃着上餐无下顿，身在兵营难救贫。
冬月雨雪到冬至，心想写信往家寄；
借得笔来又没纸，欲哭无泪空叹气。
腊月梅花过年忙，乡镇保长喜洋洋；
别人家里团圆聚，我的家里哭断肠。

这里把抓壮丁给徽州百姓带来的不幸和痛苦进行了全面深入的揭露和批判，表现了徽州百姓对不合理制度的深切痛恨。就是今天的人读来也是一股悲凉之气透底而生，那样残害人民的制度不加以推翻，人民就永无出头之日！今天的社会虽然已经有了大不同，但还应时刻警醒才是！

有的传达了对官府的以势压人必将导致人民反抗的思想情绪，如流传于绩溪的《城里有官府》：

城里有官府，乡下有山坞；
城里有铁索狞狞，山里有红藤葛藤！

这里的红藤、葛藤为蔓生植物，农民通常用于缚物，十分牢固。此处意为官府可以用“铁索”束缚百姓，但如果把百姓逼反了，野藤也可用来捆绑官员，表现了旧时百姓与官府的对立以及对统治者的蔑视和反抗。

有的表现了一种朴素的反迷信思想，如流传于绩溪的《算命》，通过对瞎子算命的明显错误的揭示，在笑骂声中表达了对迷信思想的彻底否定：

嫂在房中绣花巾，耳听门外叮当声。
开开门来请先生，报个八字给你听。
先生掐指算一算，还有三年再动婚。
嫂嫂一听抿嘴笑，骂声瞎子滚出门。
头胎生过了，二胎要临盆。

有的表现了对残害生命健康的吸毒行为的揭露和批判，强烈呼唤人人走健康生活之路的思想，如流传于绩溪的《鸦片害人真不轻》：

初吸鸦片好威风，烟馆欢迎献殷勤：
碗头茶，是毛峰，桂圆、玉条当点心。
日子长，烟瘾深，一日一元银，
吸得倾家又荡产，走进烟馆无人迎。
回家东借又西寻，卖田卖地卖妻卖子孙。
虱子成堆捉不清，眼泪鼻涕滴淋淋。
肚肠吱吱叫，头发乱蓬蓬。
牙齿漆黑，面色乌青，像个鬼精。
债主到，做贼偷点东西还老兄。
衙门差役到，一根铁索锁进监牢门。
鸦片害人真不轻，劝君别进烟馆门。

还有流传于休宁的《劝戒乌烟歌》：

石榴开花杨柳青，劝人不要吃乌烟。
吃着乌烟犹自可，驼起背来又叉肩。

乌烟本是外国生，外国人家害人精。
不知害着人家多少好子弟。

这两首民谣流传于20世纪三十年代，对吸毒的危害进行了形象揭示，对外国殖民主义者毒害我国同胞的罪行表示了强烈愤慨，对乡亲后生充满了恳切的劝诫。重读这些民谣，对吸毒之风盛行的今天仍有积极的劝戒作用。警钟应该长鸣！

通过对徽州民谣的分析和整合，我们从中见出了追求艰苦创业而又自足自乐的人生观念、自由幸福而又从一而终的婚姻观念、孝敬父母而又家庭和睦的生活观念、重视读书而又博取功名的教育观念和崇尚正义而又反对邪恶的是非观念等种种观念构成了徽州人丰富的观念世界。从中可以看出徽州人的观念世界总体上是符合封建礼教规范的，又是具有自己的地域特点的；既有在今天仍具现实意义的，又有需要加以扬弃的。但无论怎么说，徽州民谣中所呈现出的徽州人的种种观念，是极其本真的，对于我们认识徽州人的内在本质具有无可替代的地位和作用。事实已经证明并将进一步证明，我们从徽州民谣中去探听徽州人观念世界中的内在声音是最为有效的途径。

第十一章　作为家谱文学的昌溪吴氏《集遗录》的思想内涵

在歙县昌溪吴氏家谱中收录了一部有关吴仕昭《集遗录》的诗文集，这无疑是家谱中的一个亮点。笔者为此颇激动了一番，并不惜费时将它们一一抄录下来，以作为赏析和珍藏。当然也从中进一步深切认识到了吴氏祖先的另一种光辉。

吴仕昭为昌溪一之公九世孙、孟庸公长子。他于明洪武十八年（1386）钦试进士，除授承直郎刑部广东司主事，后升授承德郎。他在任秉公执法，治狱平允。当时为明朝初期，用法严峻，士民冤屈而死的很多。洪武二十一年（1389）孟冬月，吴仕昭上书直谏，遭贬谪，被处极刑。由于当时同僚上疏挽救，才免去一死，但被充军。他不忍心家族受到充军牵累，即于当日又一次奏对，于是触怒皇上，卒于官，时年 37 岁。吴仕昭为国家、为家族如此轻生重义，表现出了一种特有的忠烈气概。在当时朝廷上下产生了震动，一些人不顾个人危险，撰写怀念文章。

《集遗录》收录的就是有关仕昭公生前与友人的吟唱之作，距今已有 600 多年的历史。这里不妨先将其收录经过作一简要勾勒，以见出它的来之不易和弥足珍贵。

不妨先从祁门的李义在嘉靖二年（1523）春天所写的《集遗录·序》中来认识一番："是集也，秋官卿吴公之所遗也。公讳仕昭，生丁元之季世，博文好古，以山水图集自娱。别号清隐，轩名希濂，意者效茂叔之光风霁月，乐濂溪之乐，以终其志也。……当时贤大夫以诗鸣者，馨其德，题其轩，绘其图，一唱群和，吟咏性情，凡若干篇，脍炙人口，表而彰之，以示传之不朽。奈何世远人湮，家罹回禄，皆煨烬之，余十存一二，残编蠹简，中视之为糊窗蔽隙，不甚顾惜也。正德辛巳，裔孙准，字本直者，亦能绳其祖武，适见潇湘之图于西山之牖，盖启其端也。由是广询博访，搜幽剔隐，复获希濂之卷、清隐之图于伯氏之家，不啻连城尺璧，如锡百朋也。然历年已久，多为风雨虫鼠之所毁伤，不免字迹磨灭，亥豕不辨，又就有道而正其缺略，模录成帙，袖以示予，……噫，吾子之用心亦可谓孝且诚矣。”

又从嗣孙吴准于嘉靖癸未仲秋所写的《希濂卷记》中可知：“……而当时诸名公相与题其轩，咏其事，一唱群和，遂成巨卷。无如历年既久，则颇残缺失次。余生也晚，未尝不为之太息也。噫，石鼓之文尚亦有缺，况兹非金石之质者耶夫？百世之下将欲深探作者之本意，即其子以求其情，即其情以求其道，于其道之所同者会而通之，则庶几也，讵可以文害辞、以辞害意哉？先世遗文必征诸其子孙，而残缺若此，可胜悼哉！于是劳心焦思，广询博访，求什一于千百，疑者阙之，存者订之，用绘厥图，以冠其上，并为之记以传焉。”

于此我们知道了此一《集遗录》能流传至今，实在是不容易的事情。

在《集遗录》里，留存有一首都御史汪尚临《题仕昭公像赞》的诗，诗曰：

昌溪溪水碧流长，闻道当年应宿郎。
云锁青山芳草遍，恩公开国奉明光。

此一诗作概写了仕昭公的时代背景、生活环境和人生经历，既简括疏荡又具诗情画意，令人喜爱。

通观《集遗录》主要有以下几方面内容：一是仕昭公题四景画诗及他人的应和之作；二是仕昭公题《潇湘图》诗及他人的应和之作；三是他人通过吟咏希濂轩赞美仕昭公之诗作；四是他人通过吟咏《昌溪清隐图》赞美仕昭公之诗作。总之，所有诗文全与仕昭公相关联。通过对《集遗录》的品读，可以从仕昭公身上看出昌吴氏人的独有品格和力量，可以从中领悟到昌溪人自古而今的价值观。

一、从仕昭公题《四景画》诗及他人应和之作看其价值取向

在《集遗录》中，特别珍贵的是保存了仕昭公的八首题《春夏秋冬四景画》诗作和两首咏《潇湘图》诗作，让人十分惊喜！不但让我们能够领略他的诗作意境和情怀，而且可以见出其驾驭语言的艺术功力。

我们先来看仕昭公题《四景画》诗吧。

春

春来无地不繁华，水色山光满眼佳。
乌帽蹇驴何处去，杏花村里酒旗斜。

二

酒旗轻扬杏花风，远近山光翠黛浓。
载酒寻春联骑出，游人身在画图中。

夏

依山跨水结幽亭，杨柳风生清若水。

看弄渔舟移白日，不知人世有炎蒸。

二

溪光映翠浸山光，杨柳风清水阁凉。
坐看轻舟人举网，不闻渔唱起沧浪。

秋

老树青黄向老秋，溪江如练着扁舟。
水波不动风徐至，好问当年赤壁游。

二

叶脱高林秋意清，游人如在镜中行。
扁舟泛泛闲终日，云影天光浪不惊。

冬

瑞木花开触处飘，山林高下尽琼瑶。
茅草独坐诗多思，不待乘驴踏灞桥。

二

玉立群山插碧天，推窗吟望兴悠然。
定应懒作千人出，不驾山阴访戴船。

从这四组八首《四景画》题咏中，我们看到了他对《四景画》的无比喜爱之情，流露出对于艺术之美的由衷激赏。而所有这一切都在根本上源于对自然界一年四季的热爱，源于对人生和社会的热爱。于此我们看到了仕昭公的一颗爱美之心在激烈跳动。如此，才会对春天有“春来无地不繁华，水色山光满眼佳”和“载酒寻春联骑出，游人身在画图中”这样的诗句来描绘；才会对夏天有“溪光映翠浸山光，杨柳风清水阁凉”和“看弄渔舟移白日，不知人世有炎蒸”的吟叹；才会对秋天有“老树青黄向老秋，溪江如练着扁舟”和“叶脱高林秋意清，游人如在镜中行”的观照；才会对冬天有“瑞木花开触处飘，山林高下尽琼瑶”和“玉立群山插碧天，推窗吟望兴悠然”的体味。通过对这些诗句的体味，一个热爱人生、热爱自然、热爱艺术的形象鲜活地站立在我们眼前，令我们心生敬爱之情。

难怪一个叫潜溪的人在读了仕昭公的《题四景诗》后，也写了《续题四景》的诗以作应和。诗曰：

蹇驴双出觅春丛，潇洒风流两钜公。
踏遍软红何处去，杏花枝上酒旗风。

密柳熏风暑气除，白云流水傍闲居。
江村长夏堪消日，时有小舟来卖鱼。

黄泥坂下碧云浮，赤壁山前好放舟。
江山不尽闲风月，千年鹤梦两悠悠。

江山面面绝风尘，玉树瑶花处处春。
清兴满腔浑不俗，空斋独坐懒干人。

另一个叫鹤谷逋仙的人也写了《续题四景》的诗来作应和，诗曰：

午杏风和称丽春，翩翩两骑踏红尘。
主人定有金龟兴，一醉宁知宦海深。

柳甸新飔送晚凉，凭虚草阁傍沧浪。
高闲听彻渔家傲，不道烟波弄小航。

古木萧萧挟晚霜，秋江漫漫涌微茫。
游人过却林皋下，美酒鲈鱼载小航。

罗浮梦觉苑堂白，万玉飞装小广寒。
清彻蒲团诗思活，煮茶细啮碧琅玕。

这两人的应和之作与仕昭公的诗作恰成映照，更让我们加深了对仕昭公的审美世界的理解。仕昭公的审美世界是纯洁、妩媚和灿烂的！

二、从仕昭公《便面潇湘图》吟咏及他人应和之作看其内在品格特点

在《集遗录》里我们看到还收集有两首仕昭公吟诵《便面潇湘图》的诗作，细细吟诵，殊为可爱。

其 一

细竹娟娟摇翠葆，遥山隐隐抹青蛾。
一团月影涵秋思，怪底凉风到面多。

其 二

坡仙写竹称绝奇，胸中有竹千万枝。
老文气吞筼筜谷，为写此君真似之。
老斋欲继二贤躅，清苦形容瘦如竹。
挥毫转腕生凉飔，参差万竿立苍玉。
高低远近烟生昏，仿佛虚籁先秋寒。
雨过蛟龙挂形影，月明凤凰翻羽翰。
我家此竹坡边住，一见此图心似醉。

拂云直干颇萧踈，傲雪真姿独憔悴。
题诗掷笔长嗟咨，前人手种非今时。
坡前新阴渐满地，岁寒节操宜坚持。

如果说第一首作品只是写出了特有意境的美妙的话，那么第二首作品在对潇湘图作了一定的吟咏之后，笔锋一转到“我家此竹坡边住，一见此图心似醉。拂云直干颇萧踈，傲雪真姿独憔悴。题诗掷笔长嗟咨，前人手种非今时。坡前新阴渐满地，岁寒节操宜坚持”，显得异常感人，特别是“岁寒节操宜坚持”一句，写出了对保守节操的自我劝勉，显得品格磊落，意志坚强，令人颇受鼓舞。在《集遗录》里，我们可以非常清楚地看到，仕昭公除了爱莲就是爱竹了。难道这是一种巧合吗？不！正是莲的清洁和竹的坚贞，构成了仕昭公的整个人格世界的骨骼。而这也正是他在后来的人生道路上即使献出生命也在所不惜的根本原因所在！为什么自古以来有那么多士子要咏竹、颂竹？他们是在以此砥砺自己的意志、节操和品格啊！

下面我们再来看看仕昭公的友人们是怎样应和的吧。在应和者中除了渐江渔者、东篱主人、梧冈、木菴、拙斋、张钧和方喜等人的作品外，还有以下这样一些友人不无充满深情地应和道：

江望次韵

湘云低压碧琅玕，湿翠濛濛拂袖寒。
昨夜月明洞箫歇，一窗秋思梦魂安。

子仪次韵

猗猗淇澳碧琅玕，日暮佳人倚袖寒。
雨过潇湘明月上，枝头昨夜凤栖安。

再 咏

玉堂官纸白如银，写出潇湘一段真。
胜似卷廉秋水裹，万竿浓翠拂苍旻。

桥门生次韵

故人肄业在宫庠，每忆家山绕翠篁。
何日归来耽隐趣，一竿和月钓沧浪。

东星次韵

几个筼筜倚北崖，清风元自掌中来。
从今自掩柴门看，未许王猷取次开。

罗江次韵

万顷碧琅玕，萧踈带雨寒。
家家比君子，处处报平安。

又

湘水映清波，春山展翠蛾。
万竿添景色，绝胜淇泉多。

直菴次韵

山拥青螺水涌波，江天翠色妙于蛾。
浑然一带潇湘景，妃泪篁斑两较多。

又

谁拈秃笔写琅玕，雨露风晴墨色寒。

多少古今题绝妙，撚髭欲和句难安。

汪强次韵

湘云漠漠凝寒水，水澄夜静孤龙语。
二妃幽怨不可招，苍筠泪湿斑斑雨。
九嶷山高空插天，日斜倒影开金莲。
翠华渺杳不复睹，至今犹忆南薰弦。
蕭斋昔作乘槎客，曾泛银河泝天阙。
归来惯识此段奇，一握生绡写秋色。

才子次韵

生绡写出湘江水，月夜箫韶闻凤语。
皇英繁怨未可知，泪痕染竹多如雨。
澄清秋水碧连天，巫山十二拥翠莲。
生生妙趣不复见，世乏知音已断弦。
我今久作官游客，几度观光朝帝阙。
公余览此潇湘图，满目江山挹秋色。

双溪次韵

蕭斋笔底超凡俗，不作人间闲草木。
霜枝雪叶一万竿，斧斤不到森如束。
初看月夜影当户，似觉风秋声满谷。
翠连千亩若云屯，黑入太隐疑雨沐。
昔闻老可墨君堂，满地婵娟皆此属。
三百余年寂不存，幸有吾翁近芳躅。
吴生求咏意有余，愧我形容才不足。
只恐春雷破蛰时，变化无容在淇澳。

在以上这些唱和之作中，只有少数几篇直接写到仕昭公本人，如桥门生的“故人肄业在宫庠，每忆家山绕翠篁。何日归来耽隐趣，一竿和月钓沧浪”和双溪的“吴生求咏意有余，愧我形容才不足”，其余多从画作意境本身来吟咏，虽不能直接看出他们对仕昭公的评价，但也可以看出他们对仕昭公审美趣味的认同以及相交甚厚的感情流露。

三、从他人对“希濂轩”吟咏和赞美看仕昭公美好心志与追求

仕昭公爱莲，不但爱莲，而且以希濂名轩，表达自己的美好心志。

对于仕昭公的心志，当时的永嘉人陈民初理解得较为深透。他在所写的《希濂轩序》一文中说：“士生天地，赋禀不同，好尚亦异，昔徽之爱竹，和靖爱梅，靖节爱菊，濂溪爱莲，岂徒然哉？亦各有趣也。吴公仕昭爱莲，以希濂名轩，惟其寓之之深，故好之之笃。诚以涟漪之莲为花之君子，目击净植之莲，宜思所以为君事，不然徒以娱其心目，不契其所归，安取其为希濂？希濂之人亦濂之徒也。以希濂自况，居是轩，读周子书，自堂而室，涵泳优游，光风霁月之蕴，而后则可以称希濂之名轩，而其乐则无涯矣。”

祁门的李义在嘉靖二年春天时节所写的《集遗录·序》中对此也作如是言：仕昭公“别号清隐，轩名希濂，意者效茂叔之光风霁月，乐濂溪之乐，以终其志也。”

嗣孙吴准于嘉靖癸未仲秋所写的《希濂卷记》一文中，对仕昭公的心志有如下体味：“夫遁世以乐志也，托物以寓情也，公慕乎古人者也。故其心必曰：莲为花之君子，周子尝爱之矣，其爱之也，岂徒尔哉？盖取其净植之德耳。是故居是

轩，读周子书，得其性命之蕴。”

以上对仕昭公心志的体味和理解不能不说是深切的。而以下诗作则从艺术的角度，对仕昭公的美好心志作了吟唱和揭示。

天台人江灏咏《希濂轩》诗曰：

花中堪比德，惟有水芙蓉。
周子昔曾爱，吴生今亦同。
寓情因托物，学古特追踪。
若用资观玩，非知太极翁。

又

亭亭外直又中通，清画幽香递远风。
吾子爱花花比德，高情定与古人同。

又

昌水高人迥不群，一轩偏把水云分。
清时自有金莲炬，无暇希濂作隐君。

同里之友人吴扩咏《希濂轩》诗曰：

亭亭君子花，托根在淤泥。
淤泥讵能染，净植凌涟漪。
中通外自直，不妖也不枝。
香飘清且远，色腻红为姿。
所以舂陵翁，寓意独嗜之。
我友家昌溪，芳敷盈前池。
玩之有深契，使以心旷夷。
求道固专志，希贤而为期。

于今整征旆，冽冽凉飚吹。
成均育才地，多士云集时。
但愿力陶镕，名德俱相宜。

江宁人施孟文咏《希濂轩》诗曰：

大隐昌溪远市尘，每将高志对先贤。
窗前生意宁除草，轩里幽情独爱莲。

又

白发林泉甘潦倒，黄尘岁月任推迁。
等闲悟得先天理，太极图经尚可传。

同郡紫阳人曹□咏《希濂轩》诗曰：

水华出涟漪，托根果清绝。
淤泥相掘场，曾不污其洁。
由来质素美，是以不能湼。
譬之人处世，正己在风节。
虚灵苟不昧，纷拏讵干亵。
以莲喻君子，百卉何敢躐。
吴君负长才，有志慕先哲。
所爱既殊俗，践履当勇决。
今兹赴京畿，壮志觐天阙。
入海观鱼龙，眼界益超越。
守道心不渝，功名比皋契。
伊洛渊源长，愿言步前辙。

休宁人程松咏《希濂轩》诗曰：

周子尝爱莲，所爱非徒尔。

后人看此花，因之慕周子。
吴生花满池，爱之良有以。
圣贤皆人为，造诣诚在己。
为山九仞高，一篑不可止。

东篱人吕旭咏《希濂轩》诗曰：

面面轩窗向水开，芙蕖万柄绕池栽。
光风入座香成阵，霁月穿簾锦作堆。
不染污泥清有德，每沾时雨净无埃。
古今独羡濂溪爱，喜子希濂好自培。

从这些吟诵《希濂轩》的诗作中，我们不难看到：士子对操守是何等看中，特别是对莲花般的“出淤泥而不染，濯清涟而不妖”的品格的推崇和看中。而仕昭公就是自觉向莲看齐的人，并以之自勉的人，不但如此，而且他在事实上已经成了这样的人。因此，才有人来吟唱他的雅室，才有人来赞叹他的为人。读着这样一些作品，又何尝只是一种精神的享受？它更是一种品格的砥砺和提升！让我们读《希濂轩》诗，做《希濂轩》人！希濂，是一代又一代人的崇高追求！

四、从他人对《昌溪清隐图》吟咏看时人对仕昭公的影响和评价

对《昌溪清隐图》的由来，嘉靖壬午年孟月来孙邦永在《清隐图记》中说：“吾祖仕昭公丁元之季世，洁其身而晦于家，傲耽乎昌水之滨，与诸逸士相酬赠，情往而兴来，好事者为绘昌溪清隐之图，其一时林泉，风味高蹈，襟期致足乐矣。逮圣主崛兴，大召名儒，由是幡然而出。寻由郡庠趋登进士，擢授南京刑曹，其时之可行有如是，夫以时隐而隐，曰：不事王侯高尚其志；时显而显，曰：观国之光利用宾于王，是以隐不徒隐，与道俱隐，出不徒出与道俱出。其出处之大概有合于古人之所云视接舆沮溺辈不侔矣，清隐讵足以尽公哉。永之遡公不克负荷之惧，为感慨系之不能已云，仅六仅而其图已散失不可考，存者有诗数章而已。”于此可知其所从来以及之所去之大概。

对《昌溪清隐图》的经历情况，裔孙吴准知之最详，因为是在他手上失而复得的。他在《续歌识清隐图本末》中作了具体叙说：“清隐图历年既久，未免晦失，吾得之伯氏文翁，因续歌以识其本末。”歌曰：

伯翁来我岁庚辰，手携清隐云避名。
东园妙手本好事，十日始为留其真。
置之草屋乐丘阿，忽有访戴来相过。
壶天山水参差是，才士睥睨相吟哦。
自从殂落委尘垢，虫鼠蠹啮成断朽。
烟迷雾断尺幅中，谁复珍惜摩以手。
旧闻此图今见之，珠璧灿烂腾蛟螭。
毕方肆雪失纸本，真迹神物为呵持。
锦屏山水开新榭，未及此图多光价。
沉吟重惜意蹉跎，漫作狂歌声上下。

其事可讴，其情可感，不愧为仕昭公之后人也！而如今，此《昌溪清隐图》已不得见，早已不知流落何处矣！面对先人，我们只有汗颜！

围绕《昌溪清隐图》，仕昭公的诸多好友多有吟咏，解读这些作品，有利于我们懂得仕昭公的为人和情怀。

天台人溆东渔叟江灏有感于仕昭别号昌溪清隐、东园道人，为写《昌溪清隐图》，特歌以赠之。其《咏昌溪清隐图》曰：

昌溪古水清且涟，昌溪林壑清而妍。
吴生筑室据其会，水光山色罗堂前。
读书在泮凡几年，每忆清趣心涓涓。
不知登名列俊造，岂容投足栖林泉。
明年春贡当在贤，礼围校艺期争先。
文冠伦魁我所望，志同金石生宜坚。
丈夫事业须勉旃，功成名遂行言旋。
昌溪之清尚可隐，此时归作人中仙。

徽州岩镇溪北人东篱主人吕旭，字德昭，咏《昌溪清隐图》曰：

昌溪之水秀且清，笃生人杰因地灵。
吴郎世居此溪上，号以清逸逃其名。
吾闻大隐在朝市，用之则行舍之止。
莘野耕夫受商聘，渭川钓叟因周起。
二人名垂宇宙间，高风凛凛谁能攀。
吴郎读书郡庠里，安能晦迹居丘山。
同宗友人好事者，想像溪山为图写。
青山绿水绕幽居，红树白云围秀野。
吴郎岁贡登春闱，功名拾芥英妙时。
白首归来遂清隐，溪山出色他年期。

江宁人迢思老人施孟文咏《昌溪清隐图》曰：

吴郎家居昌溪东，昌溪之水流无穷。
春风三月涨红雨，桃花浪煖鱼化龙。

滩声潺潺石磊磊，平皋远浦寻兰茝。
明年折桂步蟾宫，直泛灵槎访瀛海。

槐塘人唐子仪，名文凤，号梧冈咏《昌溪清隐图》曰：

昌溪乔木固森森，莫为林泉负壮心。
系出丰南征世学，名驰泮壁辨鸮音。
辍耕不久藏莘叟，旱岁偏应望雨霖。
明日挂帆天上去，凤池春色映华簪。

从这些吟咏之作来看，具有一些共同特点，那就是：

首先，都对仕昭公的优美家居环境作了无一例外的赞美。如江灏的“昌溪古水清且涟，昌溪林壑清而妍。吴生筑室据其会，水光山色罗堂前”；吕旭的“青山绿水绕幽居，红树白云围秀野”；施孟文的“春风三月涨红雨，桃花浪煖鱼化龙。滩声潺潺石磊磊，平皋远浦寻兰茝”等，极尽赞美昌溪山水之美好。

其次，都对侍昭公过早地隐而不出表示了不同意见，并极尽劝勉之事。如江灏的“不知登名列俊造，岂容投足栖林泉”，“文冠伦魁我所望，志同金石生宜坚”，“丈夫事业须勉旃，功成名遂行言旋”；吕旭的“吴郎读书郡庠里，安能晦迹居丘山”，“吴郎岁贡登春闱，功名拾芥英妙时”；施孟文的“明年折桂步蟾宫，直泛灵槎访瀛海”；唐子仪的“辍耕不久藏莘叟，旱岁偏应望雨霖。明日挂帆天上去，凤池春色映华簪”等。

最后，这些吟咏之作也体现了对仕昭公的清隐之心的肯定，但认为要实现清隐当在功成名就之后，如江灏的“昌溪之清尚可隐，此时归作人中仙”，吕旭的“白首归来遂清隐，溪山出色他年期”等。

这种包含深情厚谊而又艺术化的劝勉，对仕昭公无疑是有重大影响作用的，因为他后来通过自己的努力和追求，还是步入了仕途之路。当然，从他的不幸结局来说，还是以不出仕为好，因为他骨子里是一个刚直不阿的人。在这一点上他自己是看得很清楚的。正因如此，他在早年即选择了清隐之路。但这种选择却被他的友人给否定了。

要问今天的我们读了《集遗录》后的感想如何，笔者倒更愿意用乾隆癸未冬月昌溪吴氏裔孙吴瀣的《集遗录》读后记里的话来回答："读集遗清隐诸篇，乃知我昭公之德与公之所以发祥也。其一时酬赠往来，皆良师益友。有道君子之所言，岂吟风弄月为高哉？百代如闻其声矣。初此录秘于故家，后人多未及见，今谱刻之千秋万祼不磨矣。公有灵矣哉！"

现在笔者又有机会将《集遗录》中的诗篇公之于世，以为更多的人来品读和忆念，那更是：公有灵矣哉！公有灵矣哉！

第十二章　徽州文学石刻的类型与特点

在黄山市众多旅游资源中，有一个不曾特别关注但又十分重要的资源，那就是徽州文学石刻。我们不得不承认，徽州文学石刻在过去的黄山旅游发展中曾扮演过重要角色，为黄山市的旅游发展作出了重要贡献。我们今天对徽州文学石刻进行新的认识和新的开发，必将对黄山市旅游的新发展产生重要影响，此中意义不可低估。

从徽州文学石刻资源的现存来看是非常丰富的，这种丰富性不但表现在全市三区四县范围内都有一定分布，而且在相对集中的黄山和齐云山两地也呈现出特有的丰富性。徽州文学石刻资源从大的方面来说可分为两类，一是文学崖刻，一是文学碑刻。

一、徽州文学崖刻的类型与分布特点

徽州文学崖刻可以分为诗句崖刻、联句崖刻和全诗崖刻及全文崖刻四种类型。

（一）诗句崖刻

这类诗句崖刻往往结合景物区域范围和特点，起着画龙点睛的作用。如在黄山风景区有刻于玉屏峰狮石上的落款为乙亥仲秋□林张寅题写的杜甫“一览众山小”诗句，就恰到好处地揭示了身处此地的游览者以特有视角所得到的认识，又体现了游览者对黄山的崇高地位的中肯评价。又如由黄山管理处于1978年按毛泽东诗词墨迹刻于玉屏峰上的“江山如此多娇”诗句，既对风景如画的黄山给予高度赞美，又能激发旅游者对祖国山河的热爱之情，可谓传神之作。

（二）联句崖刻

这类联句崖刻在数量上不是很多，但有的影响很大。如在黄山风景区青鸾峰悬崖上的“立马空东海，登高望太平”的联刻，字径6米，其中“平”字一竖长9.4米，十分醒目出彩，令人惊叹不已。这是国民党第三战区副司令唐式遵于1939年招募黄山石工宣庆发、朱立宗、胡义和等六人刻成。工人用竹篓篾篮等原始工具，自峰顶坠下，冒生命危险艰难钻凿，费时半年完工。碑文由歙人罗长文撰。此外还有刻于翡翠池边岩壁的寿联崖刻：“普慈莲花大生大化，黄山妙果寿世寿人。”又有刻于芙蓉居门石上一联句曰：“养得卑池常浴日，乱飞花雨且耕云。”这类联刻非常经济，如能恰到好处，定能使景点光芒四射，熠熠生辉。

（三）全诗崖刻

此类诗刻在徽州是大量的，如在黄山风景区，刻于飞龙峰百花洞的百花诗石刻，可以说是徽州最早的诗刻之一。它为宋人邓宗度所题，诗曰：“我试问阳和，洞间谁是主？尽日立东风，百花无一语。”位于始信峰琴台石壁上的崔国因摩崖诗刻。崔国因于1884年游黄山宿狮子林，曾赋诗二首刻于石壁上。诗曰：“三十年前此地游，禅房草榻暂淹留。湿云侵岫晴疑雨，深谷藏风夏已秋。自惜鸿泥成往迹，重携蜡屐豁新眸。山灵见我应相识，清瘦形容似旧不？”“解组归来历九瀛，看山又作步虚行。廿年宦辙身犹健，半榻茶烟梦已清。萝月朗离尘垢相，松风嘘出海潮声。文殊歆证前因果，我是仙猿再世生。”题刻宽 1.18 米，高 0.94 米。位于松谷庵的邹鲁摩崖诗刻也很有特点。邹鲁（1885—1954），广东大埔人，曾任国民党中央执行委员、中山大学校长。他于 1937 年夏游黄山，惊叹黄山造化，遂题刻于松谷庵桥下溪中大石上。一为五言诗：“种柏有余地，补种桃与梅。移来数株桂，区老手自培。沈子娴园艺，花木满园栽。即此小庭苑，亦见规画才。黄山新面目，启此一山隈。邀朋共欣赏，行当年年来。”一为七言诗：“引流辟地佛堂前，我与黄山结一缘。殿建慈云环种柏，他年劲节看参天。”位于玉屏峰狮石上的刘伯承诗刻。刘伯承曾于 1957 年 10 月至黄山休养，时任国防委员会副主席，所作《与皖南抗日诸老同志游黄山》诗后刻于崖壁上。全诗为：“抗日之军昔北去，大旱云霓意如何？黄山自古云成海，从此云天雨亦多。”此诗刻与迎客松相映照，使景物平添盎然诗趣。

在齐云山有此类崖刻不下三十处。诸如镌于展旗峰东侧的《登齐云山诗》，为进士、光禄大夫、柱国、太子太保、吏部尚书兼兵部尚书汪鋐于明嘉靖十五年春三月题，草书，字体潇洒。崖刻高 140 厘米，宽 260 厘米。又如镌于展旗峰北侧的《紫霄崖诗》，为进士、太子少保、礼部尚书庐陵顾学于明嘉靖二十九年三月三日题。行草，诗五首，幅宽 280 厘米，高 120 厘米。

除黄山和齐云山外，在徽州有代表性的现存摹崖诗刻主要有：一是位于黄山区仙源镇东门河滩鳞凤桥右侧的板石摩崖诗刻。题刻年代从明延续至民国时期，板石面积 250 平方米。石上有明嘉靖县令刘元凯诗：“移杯就溪山，鱼鸟来争酒。呼童分一瓢，化作天边斗。”字径横直约 3.3 米，色白称异，历数百年风雨，仍清晰如初。其他还有五首诗刻较完整，书体有正楷和隶书两种。现为黄山区重点文物保护单位。二是位于屯溪区南溪南村后一公里花山的摩崖诗刻。花山山崖巍峨，怪石突兀，绿树葱茏，景色秀丽，吸引了历代文人雅士，留下众多的摩崖石刻。其中有明嘉靖丁未立春南溪南吴建中题刻：“莫言秖尔石崖崔，□似群仙到上台。潮生遥忆浮槎去，秋晓还疑驾鹤来。俯仰此中闲日月，驰驱何处觅蓬莱。浩歌一曲心千里，谁共登临劝羽杯。”三是位于婺源县中部金竹村水口的钓台诗刻，明天启间学者余绍祉漫游山川，曾垂钓于此，并题诗二首刻于石上。其一曰：“山光淡兮潭水清，履峰器兮倚空清。钓大泽兮匪逃名，群峰明兮月盈盈。”

此类诗刻是当时游者即时即地的有感之作，饱含真情实感，能引后人发思古之幽情，是情感的浓烈抒发和对景点的美好点染。

（四）全文崖刻

这类全文崖刻主要见于齐云山，数量相对较少。如镌于齐云山天门岩外崖壁上的《德政碑》，由明万历年间新都汪道昆撰，玉山程福生书，正楷，刻石全文幅宽320厘米，高570厘米。字迹现已部分剥落。镌于郎灵院（风虎关旧址）的《紫霄道人传》碑，楷书，刻石高250厘米，宽110厘米。镌于展旗峰东的《赞我中颂碑》，为明万历年间汪道昆、丁应泰等撰写，宽400厘米，高470厘米。镌于石桥岩的《石桥岩记》，为明万历十二年春月大鄣山吴子玉撰，楷书，高110厘米，宽84厘米。这类崖刻由于数量较少，更显得弥足珍贵。

二、徽州文学碑刻的类型与分布特点

徽州文学碑刻主要有两类，一是诗的碑刻，一是文的碑刻。这两类碑刻以齐云山为代表。

（一）诗的碑刻

在齐云山现存诗的碑刻不下二十处。其中主要有《登齐云山排律八韵》碑，竖于真仙洞府文昌岩下，高190厘米，宽100厘米，厚18厘米，由黟县西递青石琢成，楷书，字径7厘米，笔画圆润，洒脱秀丽，由明万历二十三年东莱綦才书。《咏白岳诗》碑竖于石门岩内，高110厘米，宽44厘米，红色砂石琢成，诗文草体，邑人书画名流金塘书。《齐云岩组诗》碑嵌于真仙洞府黑虎岩，高56厘米，宽260厘米，红色砂石琢成，字体楷书，字径4厘米，明万历三年刘唐书。《题齐云岩诗》竖于紫霄崖下玉虚宫前，碑高170厘米，宽100厘米，厚20厘米，红色砂石琢成，草书，为明隆庆元年秋月徽郡守段朝宗题。《望齐云山得汤望老先生韵》碑竖于真仙洞府黑虎岩，高120厘米，宽66厘米，红色砂石琢成，草书，明嘉靖三十年题刻。《赞齐云诗》碑竖于紫霄崖下玉虚宫侧，碑高250厘米，宽95厘米，厚20厘米，红色砂石琢成，字体行书，字径10厘米，为明嘉靖元年四月梧冈题。赞曰："石磴盘空上，天门傍日开。深山饶草木，灵境易风雷。龙下玄元殿，鹤鸣降节台。秦皇徒泛海，此地即蓬莱。"《登齐云山次徐比部韵》碑竖于紫霄崖玉虚宫前，高200厘米，宽135厘米，红色砂石琢成，字体行书，字径15厘米，为明嘉靖三十五年冬眉山张景贤题。曰："嵯峨白岳倚长空，势人层霄鸟道通。路接天门云宛转，崖悬晴瀑雨溟蒙。香炉缥缈承朝雾，金殿参差动晓风。西望太和应咫尺，更从何处问崆峒。"

除齐云山以外，在徽州较有代表性的诗碑还有以下四处：一是位于歙县城西太白楼后披云峰新安碑园内祝枝山的《西溪南吴氏八景诗》诗刻等。二是镶嵌于歙县许村许氏宗祠内的云溪堂诗文帖碑，为黧青色黟县青石质，有《云溪草堂诗》

13首，为翰林傅伯城等人撰书，均为直径半厘米的楷书。三是立于黟县碧山乡碧西村的培筠园内的张九成诗碑。培筠园为南宋时邑人汪勃的别墅。诗人张九成来访，写有七绝《碧山访友》以赠。诗云："万仞巍然叠嶂中，泻来峻落几千重。森森桧柏松花老，又见黄山六六峰。"此碑虽久经风雨侵蚀，碑的上段亦已残缺，但诗文完整，字迹依稀可辨。四是位于黄山区仙源镇水东村三峰庵里许河旁的三峰庵诗刻。此碑上尖下平，高183厘米，下宽140厘米，正面为蝌蚪文。清人项荣世有诗赞曰："蝌蚪文犹在，几同石鼓看。鬼神应守护，风雨竟凋残。宁虑天机泄，翻嫌太璞完。至今横卧处，剔鲜读真难。"丰富的诗碑，无疑是灿烂文化景观的美好代表。

（二）文的碑刻

在齐云山此类碑文石刻总计约有三十余处。如《云岩开辟兴复碑记》竖于齐云山齐云岩太素宫三进殿前，于1275年休宁县金大镛撰。全文约800字，记载了齐云山开山奠基的历史。后碑毁，1597年金继震重勒石。1967年再毁，碑文见《齐云山志》。《监司袁使君平寇碑》在天门岩内，碑高320厘米，宽118厘米，厚16厘米，黟县青石琢成，明万历十七年兵部左侍郎汪道昆撰文，罗应鹤篆额，许立功楷书，知县丁应泰立。《紫霄宫玄帝碑铭》，位于齐云山紫霄崖下，玉虚宫西侧，碑高760厘米，宽140厘米，厚20厘米，用整块红色砂石琢成，下雕龟贝承托，碑面朝北，正面刻玄帝碑铭全文，系江南才子唐寅于1500年游齐云山应道长汪泰元之请所作骈体文，共1028字。古徽州著名书法家汪肇篆额，戴炼书丹，歙、休名匠刻手朱云亮、汪阳熙执錾主镘，费时2年竣工。碑的背面刻有《紫霄崖兴建记》，叙述明正德年间修建玉虚宫始末。

除齐云山以外，在徽州较有代表性的文的碑刻还有位于歙县城西太白楼后披云峰新安碑园中董其昌的《五百罗汉记》等。镶嵌于歙县许村许氏宗祠内的云溪堂诗文帖碑，为黧青色黟县青石质，有《云溪草堂诗序》一篇及后序一篇。前后序分别为吴郡申时行、长州张凤翼的行书，为直径半厘米的楷书。

三、徽州文学石刻的现状评价与开发

就徽州文学石刻总的情况来说，徽州文学石刻对提高黄山市旅游景点的文化品位起到了不可替代的积极作用，而它自身也卓然特立地成为灿烂的徽州文化遗产的一个重要组成部分，为黄山市旅游的发展具有积极作用。但从总的方面说，还明显存在以下种种不足：

一是现有徽州文学石刻总量不大，未成气候。就整个黄山市的旅游发展状况来说，主要还是自然景观在起拉动作用。尽管世界文化遗产西递和宏村后来居上，但与徽州文化的深厚积淀相比，在文化氛围的营造上显然还不够浓郁。为此，作为徽州文化的一条重要视线的文学石刻总量应该更大一些才能与之相适应，才能形成特有的文化气候。

二是现有徽州文学石刻过于分散，缺少集中展现。从全市范围说，徽州文学石刻遍布全市，可谓范围之广，但不够集中，只有黄山和齐云山相对集中一些。但徽州文化的特点不能只从这两座山来体现，还应该有山下的更多的景点来加以有机体现。

三是现有徽州文学石刻过于一般，缺少亮点。在众多的徽州文学石刻中，为人们交口称赞的并不很多，像黄山风景区的“立马空东海，登高望太平”的联句石刻，可谓徽州文学石刻中的奇观，能与此匹配的文学石刻很少。在此方面要有大的突

破，要创造出新的奇迹式亮点。而这样的奇迹式亮点的出现，只有建立在思想内容和艺术表现上具有重大特色的基础上才有可能。

四是现有徽州文学石刻过于单一，有待丰富。在众多的文学石刻中，题材表现还不够多样，表现形式还不够灵活。应该广开题材领域，追求表现形式的灵活多样，只有这样才能真正使之丰富起来。

过去的不足，正为今天的发展提供了空间。笔者认为，在今天的旅游资源和产品开发上，应注重徽州文学石刻的开发。这是因为：一是作为徽州文化的继承者也应该是徽州文化的创造者，理应在新的时代有新的作为；二是为使今天的旅游发展与徽州文化的大背景相协调，这种深度开发是题中应有之义；三是只要在开发上注意高品位、高起点，就容易形成新的亮点；四是徽州文学石刻的开发投资不多但见效很快。

那么，如何进行徽州文学石刻的既有深度又有广度的开发呢？笔者认为要着重抓好以下几点：

首先，要在精选文学石刻内容的基础上做活新的文学石刻开发这篇大文章。要把体现徽州文化特色的最杰出的徽州文学篇章筛选出来，作为特定景点的点睛之笔突现出来，以形成新的亮点。

其次，要在精选原有景点的基础上进行全新包装和加工，以使旧景换新颜。要对具有一定特色的景点进行全新的包装和加工，用新的文学石刻来提高景点品位，赋予旧有的景点以崭新的意义。

再次，要在精心设计的基础上创造新景，使徽州文化大观园增添新的奇葩。一是创造徽州文学石刻园林，集中体现徽州文学和文化的博大精深。二是利用新的自然背景融入徽州文学石刻来创造新的景点，使自然与文化达到更高程度的和谐统一，从而给人们带来更多更大美的享受。

只要我们善于借鉴前人成功经验，大胆革新，勇于创造，就一定能够创造出新的徽州文学石刻奇观，就一定能够为徽州文学石刻在新的时代条件下得到全新发展作出自己的贡献。

后　记

《徽州文学概论》书稿付梓在即，在这里有必要对相关问题做些说明。

20世纪80年代徽学研究复兴后的一段较长时间内，很少有专门研究徽州文学的，甚至普遍认为徽州没有文学，如有的话也只是对徽州文化与徽学研究一星半点的点缀而已，这从原出版的《安徽文化志》和《安徽艺术志》中即可看出。

本人就是在“徽州无文学”的背景下开始徽州文学研究的。自己对徽州文学的研究，主要是一种凭兴趣的自选题行为，参加各种类型的徽学研讨会，基本上都是提交有关徽州文学论文，曾先后撰写了《徽州文学创作主体的类型特点》《徽州文学的几个基本问题》《徽州文学的历史地位》等文；曾获安徽省社科规划办课题《作为徽文化背景下的徽州文学史研究》立项，后以《徽州文学史》书稿完成结题；曾有幸参与向中央领导汇报徽文化活动，也以徽州文学为选题汇报，效果良好。现如今，学界已对徽州文学予以关注并达成共识，以致有学者在有关学术会议和文章中提出了“《徽州文化全书》不全，缺徽州文学”的批评意见。时下，越来越多的学者参与到徽州文学的研究中来，并取得了一系列研究成果，徽州文学在徽学研究中的地位日益突显。

都说徽州文化博大精深，其实作为徽州文化有机整体一部分的徽州文学也同样如此。越涉猎其中越感到它是一个富矿，深感不是少数学者投身其中所能穷尽的，有待更多有志于徽学研究者致力于徽州文学研究。

我之所以对徽州文学有所涉猎，得益于大学同窗、原安徽大学徽学研究中心主任、现中国人民大学文学院教授、博士生导师、教育部“长江学者特聘教授”朱万曙先生。他曾以“我不是徽州人都研究徽学，你是徽州人更应研究徽学”相激励，于是我选择了与专业靠得最近的徽州文学以响应。现《徽州文学概论》付诸出版，万曙同学为之作序自是不二人选：一是我以此作为对他当初激励从事徽学研究的交代，二是他本人也一直以徽州文学为研究方向，且多有成果问世。他在我请求作序后慨然应允，不但在百忙之中提供了序文，还对书稿提出了修改意见，我是非常感谢的。

为使该著作具有书卷气，我特意恳请清华大学人文学院副院长、中文系教授、博士生导师、《清华大学学报》（哲学社会科学版）副主编刘石先生题写书名。之所以请他题写书名，一是他是著名书法家徐无闻、启功先生高足，精研书论，擅长书艺；二是他是我大学恩师刘元树教授公子，相识已三十余载。记得那年赴京学习、特意观览清华园，就是他安排入住校内宾馆，并于冬夜十一点多还到校门口迎接。此情此景，至今历历在目（发表于《人民日报》“大地”副刊的《又见荷塘月色》散文，就是此次观览清华园的成果）。对他慨然应允题写书名，在此表示由衷感谢！

合肥工业大学出版社多年来致力于徽州文化选题的出版，取得喜人成绩。这次对本书的出版同样给予了很大支持，特此致谢！

徽学研究方兴未艾，徽州文学研究局面日益喜人。对于徽州文学来说，我的研究是初步的，甚至是粗浅的，现在我将过去研究所得以《徽州文学概论》结集出版，如能对未来的徽州文学研究起一点铺路石的作用也就了无遗憾了。相信在不远的将来，徽州文学研究将迎来一个新境界，达到一个新高度。

吴兆民

2017 年 9 月 28 日于自清轩

图书在版编目（CIP）数据

徽州文学概论/吴兆民著．—合肥：合肥工业大学出版社，2017.12
ISBN 978-7-5650-3735-1

Ⅰ.①徽…　Ⅱ.①吴…　Ⅲ.①地方文学—文学研究—徽州地区
Ⅳ.①I209.954

中国版本图书馆 CIP 数据核字（2017）第 329357 号

徽州文学概论

吴兆民　著　　　　责任编辑　朱移山

出　版	合肥工业大学出版社	版　次	2017 年 12 月第 1 版
地　址	合肥市屯溪路 193 号	印　次	2017 年 12 月第 1 次印刷
邮　编	230009	开　本	880 毫米×1230 毫米　1/32
电　话	人文社科编辑部：0551-62903310	印　张	8.5
	市 场 营 销 部：0551-62903198	字　数	186 千字
网　址	www.hfutpress.com.cn	印　刷	安徽联众印刷有限公司
E-mail	hfutpress@163.com	发　行	全国新华书店

ISBN 978-7-5650-3735-1　　　　定价：38.00 元